Zu diesem Buch

Papua-Neuguinea, Peru, Kolumbien, Südafrika, Australien, England, USA, Japan und die Niederlande – nicht nur diese Länder, sondern alle Kontinente dieser Welt kennt der Kosmopolit Janwillem van de Wetering aus eigener Anschauung. Nun legt er, mit vielen Privatfotos und autobiographischen Notizen angereichert, sein erstes kriminalliterarisches Reisebuch vor. Die Stories sind nicht nach dem traditionellen Muster von Gut und Böse gestrickt und entziehen sich so geschickt moralisierenden Maßstäben. Ob sich nun in Papua-Neuguinea eine reiche Touristin auf einen Kannibalen als Reiseführer einläßt oder ein Amsterdamer Millionär die peruanische Mafia in seine Dienste stellt, immer strahlen jene Erzählungen diesen verschmitzt-skurrilen van-de-Wetering-Touch aus. So schreibt er rückblickend über seine wilden Jugendjahre im biederen Holland: «Ich sehnte mich nach ständiger Bewegung. Ich träumte davon, überall Unruhe zu verbreiten, alle Möglichkeiten auszuschöpfen und mich dann fröhlich pfeifend davonzumachen.» Auch für Janwillem van de Wetering gilt als Lebenscredo jener zeitlose Aphorismus von Blaise Pascal:

«Daß der Mensch unglücklich ist, kommt daher, daß er nicht still in seinem Zimmer sitzen kann.»

«Seine Helden sind eigensinnig wie Maigret, verrückt wie die Marx-Brothers und grenzenlos melancholisch: Der holländische Krimiautor Janwillem van de Wetering, der mitten in den einsamen Wäldern des US-Bundesstaates Maine lebt, schreibt Romane als philosophische Traktate.»
ZEITmagazin

In einem Interview der *Frankfurter Rundschau* erklärte Janwillem van de Wetering sein erzählerisches Ziel: «In den ersten elf Büchern haben meine drei Helden als Polizisten im Rahmen staatlicher Moralvorgaben gehandelt. Jetzt müssen sie selber über Gut und Böse nachdenken und ihren Weg finden.»

Daraufhin schrieb die Hamburger *Morgenpost* in ihrem Autorenporträt: «Das Böse, dieser Satz steht fest, ist stets das Gute, das man läßt.»

Janwillem van de Wetering

Sonne, Sand und coole Killer

Erzählungen aus dem Reisebuch eines Schriftstellers

rororo

Rowohlt

rororo thriller
Herausgegeben von Bernd Jost

Originalausgabe
Veröffentlicht im Rowohlt Taschenbuch Verlag GmbH,
Reinbek bei Hamburg, Juli 1994

Die einführenden Texte übersetzte Elfi Hartenstein
Umschlaggestaltung Peter Wippermann / Susanne Müller
Redaktion Peter M. Hetzel
Satz Aldus (Linotronic 500)
Gesamtherstellung Clausen & Bosse, Leck
Printed in Germany
1000-ISBN 3 499 43129 7

Inhalt

NIEDERLANDE

1931 – 1950
1965 – 1975

Dem Hinduismus und anderen fernöstlichen Denksystemen zufolge werden wir immer wieder in ein neues Leben hineingeboren, in das wir unsere Sehnsüchte und Wünsche aus dem alten Leben mit hinübernehmen. Aus diesem Grund bleiben unsere Seelen an einen bestimmten Typus von Körper gebunden, der dann in einem bestimmten Typus von Land wieder zur Welt kommt.

Wenn etwas schiefgehen kann, geht es schief.

Vielleicht trifft das Murphysche Gesetz ja tatsächlich auch auf den Kreislauf des Lebens zu?

Ich war immer überzeugt davon, im falschen Land geboren zu sein. Schon mit drei Jahren erklärte ich meinem Vater, er hätte dieses furchtbare Mißgeschick nicht verursachen dürfen. Alles ging mir auf die Nerven und deprimierte mich: der ständige Regen in diesem holländischen Sumpfklima, das zwanghafte Bedürfnis seiner Bewohner nach eintöniger Arbeit und zwanghafte Studien bis tief in die langen Winternächte, die dunkelblauen Anzüge von kleingeistigen holländischen Calvinisten (das gleiche Blau, wie es heute die Jeans und Jeansjacken der – gleichermaßen fanatischen – holländischen Hippies kennzeichnet), die grauen Schulen mit ihren grauen Unterrichtsstunden, die aus Kartoffeln, verkochtem Gemüse und irgendeiner Sauce bestehende Menüfolge...

«Wohin willst du?» fragte mein hilfsbereiter Vater.

Fort. Ich glaubte damals an Heilung durch geographische Entfernung, an andauerndes Herumziehen. Eine Zeitlang meinte ich, ich könnte die englischen Könige des Mittelalters nachahmen: Man versaut das eine Schloß und läßt es von seinem Sklaven wieder reinigen und auf Vordermann bringen, während man sich in ein anderes begibt, das saubergemacht wurde, als man das erste versaute. Ich sehnte mich nach ständiger Bewegung. Ich träumte davon, überall Unruhe zu verbreiten, alle Möglichkeiten auszuschöpfen und mich dann fröhlich pfeifend davonzumachen. Mein Vater versuchte, mich zu warnen, und wies darauf hin, daß es Gefahren mit sich bringt, wenn man sich wie ein munterer Grashüpfer zwischen schwitzenden Arbeitsameisen bewegen will – aber jeder muß seine Erfahrungen selber machen. Mein Unterbewußtsein steht Holland offensichtlich immer noch kritisch gegenüber. Die meisten meiner dort angesiedelten Erzählungen, die auf kleinen Erlebnissen während meiner sieben Jahre bei der Amsterdamer Stadtpolizei basieren, gehen irgendwie schlecht aus. Obgleich die hier vorliegende Geschichte recht heiter anfängt: Da ist ein erfolgreicher Kerl, der in seinem neuen Volvo durch eine der schönsten, zauberhaftesten Städte Europas fährt...

Und DREI ...!

Der gutaussehende, erfolgreiche Frank Nullish und sein nagelneuer, phantastischer Volvo Automatik hatten die Wahl an diesem schicksalsschweren Tag. Sie konnten links abbiegen, nachdem sie aus der Klinik kamen, in der Franks Frau Betty-Baby nicht geheilt wurde, und nach Hause fahren. Zu Hause, das war Franks geräumige Eigentumswohnung auf der obersten Etage eines vierstöckigen Hauses im vornehmen Amsterdamer Vorort Amstelveen. Die Wohnung bot einen Ausblick auf einen gepflegten, von großen Pappeln gesäumten Park, dessen stets gemähte Rasenflächen einen klaren Teich mit strahlend weißen Pekingenten darauf umfaßten. Links abzubiegen war die nette Alternative – der Volvo würde auf seinem Einstellplatz in der Tiefgarage stehen, und Frank, die alte Meerschaumpfeife zwischen die Zähne geklemmt, würde vom Balkon aus die Enten beobachten, während Cat, die Katze, schlaff auf seinen Armen lag.

Frank rauchte. Cat schnurrte. Unter ihm quakten die Enten.

Rechts abzubiegen bot keine ganz so nette Alternative, bedeutete, in ein Gewirr kleiner, schmaler Einbahnstraßen, halbmondförmiger Gassen und steiler Brücken hineinzugeraten, das in die Innenstadt Amsterdams mit ihren einstmals stolzen und prächtigen Giebelhäusern aus dem siebzehnten Jahrhundert hineinführte, an der dann aber die Gefräßigkeit der Geschäftemacher Raubbau getrieben hatte und die erst in letzer Zeit wieder als ein malerisches, altes und sehr weltliches Zentrum auf Vordermann gebracht worden war. Von Interesse für Touristen und vergnügungssüchtige Einheimische – eine Gegend des lärmenden Vergnügens, kleiner Mauscheleien und aller möglichen anderen Dinge.

Er hatte die Wahl: links oder rechts. Der Volvo bog nach rechts ab.

«Diene der Königin und erfreue die Prinzessin.»

(Amsterdam: 1969)

Frank lächelte, glücklich für einen Augenblick, dann für erheblich längere Augenblicke beunruhigt.
Frank verstand sich gern als einen distanzierten und introvertierten Menschen, als jemanden, der gerne zu Hause war und blieb, der es im Leben zu etwas gebracht hatte, ein einsamer Beobachter der Enten.

Seine Frau Betty-Baby sah einsam fern, aber das war jetzt auch schon eine ganze Weile her, damals, bevor sie krankhaft zu fett geworden und in eine Privatklinik eingewiesen worden war. Ein kurzer, täglicher Besuch nach der Arbeit bei seiner kränkelnden Frau war fester Bestandteil seines distanzierten, introvertierten Einzelgänger-Lebens, und es war ganz und gar kein allzu schlechtes Leben. Wie lange war Betty-Baby jetzt schon fort? Frank rechnete nach, griff nach Zahlen und Daten, hinausgehende Zahlungen für Arztrechnungen, hereinkommende Zahlungen von der Versicherung. Während Frank rechnete, wartete der Volvo hinter einem Lastwagen, der faulig stinkenden Rauch ausstieß.

Frank kurbelte das Schiebedach zu. Natürlich störte es ihn kaum, daß die keuchend ausgehusteten Auspuffgase schmutzige, ölige Luft in die Ventilation des Volvos spuckten. Sinnlos, sich den Kopf über unvermeidbare Ärgernisse zu zerbrechen, wenn sonst alles wunderbar lief. Frank lächelte die riesigen Hecktüren des Lasters an, die ihm sowohl die Weiterfahrt als auch den Blick versperrten. Der Lastwagen setzte sich wieder in Bewegung, der Volvo bislang noch nicht, und als er es dann tat, nickte Frank in seinem Rückspiegel der wütenden Fahrerin hinter ihm zu. Sie füllte einen kleinen Wagen ganz aus. Der Wagen hupte, der Laster sprotzte. Frank lachte laut. Es könnte trotzdem alles kaum besser sein. Machte er nicht ein Vermögen mit dem, was Betty-Babys Dad einmal «unsere bescheidene, aber profitable Produktpalette» genannt hatte? Die Produktpalette bestand aus speziellen Haken und Nadeln, wie sie in der Kunststickerei benötigt wurden – von reichen Ladys mit dem Bedürfnis, Kissenbezüge zu besticken und Wandteppiche mit aufgedruckten Motiven, Klingelzüge, um Dienstmädchen zu rufen, die gegangen waren, und Schutzdeckchen für Tastaturen von Klavieren, auf denen niemand mehr spielte. Es mußte eine ganze Menge von diesen Ladies geben, dachte Frank: vornübergebeugte Großmütterchen und alte Tanten mit rutschenden Perücken und Schultertüchern, die die merkwürdig geformten Haken und Nadeln kauften, die von seiner Firma so fleißig produziert wurden. Sämtliche Produkte waren streng patentiert. Die Maschinen, die zu ihrer Herstellung benötigt wurden, waren schon seit Jahren abbezahlt. Die Stückzahlen waren nicht groß genug, daß die Großen der Branche auch nur in Erwägung zogen, sich damit abzugeben. Ein einfaches, kleines Produkt, eine hohe Gewinnspanne, keine Konkurrenz, ein stetiger und reichlicher Bargeldstrom in die Kassen von Franks Firma.

Seine Firma? Nun, die Firma von Betty-Babys Dad, aber der alte Herr vergaß heute immer wieder seinen eigenen Namen. Das war schon in Ordnung, als Wuffo, der Hund, noch lebte, denn Wuffo brachte ihr taperiges Herrchen nach Spaziergängen immer sicher nach Hause, aber dann wurde Wuffo selbst alt und vergeßlich, starb schließlich sogar, also ging der alte Herr in ein nettes Heim zu den netten Krankenschwestern, die seine netten Bedürfnisse befriedigten. Frank unterzeichnete mit Vergnügen die netten Schecks. Nachdem die Handlungsvollmacht dem Schwiegersohn Frank und dem einzigen Kind, der kränkelnden Betty-Baby, übertragen worden war – wem gehörte da was?

Aber im Augenblick war da noch eine weitere Frage, die ihm allerdings entglitten war. Erinnere dich an die Frage, Frank. Wie lange war Betty-Baby schon krank? Drei Monate vielleicht? Wird sie vermißt? Sie wird nicht vermißt. Die meistens unsichtbare Haushälterin Mrs. Bakker führt den Haushalt gut. Auf daß das gute Leben niemals aufhört. Also, wieso war der Volvo dann falsch abgebogen? Woher auf einmal diese beinahe nicht zu bändigende Wut? Woher dieses glühende Verlangen, aufs Gas zu treten und den stinkenden großen Laster zu rammen, dann zurückzuschalten, rückwärts in das kleine hupende Auto zu donnern? He, ein Parkplatz zwischen den Weiden am Rande der Gracht. Park dort ein. Kümmer dich nicht um irgendwelche Zeichen. Den drohenden Finger der Frau in diesem kleinen Wagen einfach ignorieren. Und wo du gerade schon einmal dabei bist, beachte auch nicht weiter das «Arschloch», das sich auf den Lippen der Frau formte.

Sicher in die Parklücke eingeparkt. So. So ist's gut.

Frank erkannte seine Umgebung wieder, als er aus seinem nur wenige Zentimeter vor der Mauer der Gracht parkenden Wagen stieg. Früher hatte sich hier der Firmensitz befunden, bevor die Innenstadt schmutzige Betriebe gegen glitzerndes Vergnügen austauschte. Heute befanden sich in den renovierten prächtigen Handelshäusern, Lagerhäusern und Werkstätten hinter ihren schmucken Giebeln gemütliche Bars, Touristenhotels und Kunstgalerien. Frank warf einen Blick auf seine Uhr – die Galerien würden etwa jetzt schließen, die Bars schon bald öffnen. Was jetzt? Ein Bierchen zischen?

Frank hatte seit Jahren keinen Zug mehr durch die Gemeinde gemacht. Dazu gehörten Kumpel, gute alte Freunde, die einen lautstark begrüßten und freundschaftlich knufften, bevor sie ihren Kreis öffneten und man in ihrer Mitte aufgenommen wurde. Frank erinnerte sich an eine Zeit, in der er «Tarzan» geheißen hatte, erinnerte sich, wie er sein tulpenförmiges Glas mit Wacholder gehoben hatte, um dem schnurrbärtigen «Pirat» mit seinem Ohrring, dem gedrungenen, militärisch gekleideten «Stinkie» und einem Barkeeper zuzuprosten, der unter dem Namen «Fats» bekannt gewesen war. Damals vor zwanzig Jahren waren das wich-

(Amsterdam: 1972)

«Wie die ganze Welt besteht auch Holland zu 70 Prozent aus Wasser.»

tige Menschen auf Franks Bühne gewesen. Die Bühne brach zusammen, die Schauspieler zerstreuten sich in alle Himmelsrichtungen, allerdings auch wieder nicht ganz, denn Frank erinnerte sich, erst kürzlich wieder dem Piraten über den Weg gelaufen zu sein, und sein neues Image, Glatze und kein Ohrring mehr, hatte vergnügt eine Frau und drei Kinder erwähnt. «Wir fünf, Tarzan, frühstücken jeden Tag zusammen.»

«Wir drei, Pirat», hätte Frank sagen können. Frank, den englischen Trenchcoat eng um sich gezogen, mit seinen gefönten Haaren, in die die Brise fuhr, sagte das nicht. Es entsprach sowieso nicht der Wahrheit. Betty-Baby und Cat frühstückten nicht, sondern schliefen immer aus, schnarchten leise, Hand in Pfote, während Frank im Wohnzimmer die vorbereitete Mahlzeit verschlang und dazu Instant-Kaffee schlürfte, dabei immer mit einem Auge die Zeitung überflog, um zu sehen, wie sich die Aktien machten. Nicht daß sie sich jemals wirklich machten. Langweiliges holländisches Bier und langweilige Banken, Elektro- und Ölkonzerne. Genauso beständig und sicher wie das niederländische Königshaus von Oranien.

Wenn die Kurse fallen, warte nur fünf Minuten. Und schon springen sie wieder nach oben.

«Trinkst du immer noch Bier, Pirat?»

«Nein. Kein Bier.» Der Mann verschwand schon wieder in der Menge, unterwegs, um mit einem Lächeln mehr Frühstücke für seine Sippe zu verdienen.

Frank, der zwischen dem Volvo und einer von Hundedreck eingerahmten Ulme stand, drehte sich zu einem Filmplakat um, auf dem sich eine nackte Frau einem warzigen Alligator näherte. Frank bemerkte die geschürzten Lippen der Frau, die sich der Brutalität der Bestie ergaben. Den Film ansehen? Aber sollte er nicht zuerst etwas zu Abend essen? Irgendwo in der Nähe einen strahlenverseuchten Happen nehmen? Warum nicht einfach nach Hause fahren und sich mit Cat eines von Mrs. Bakkers Filet Mignon teilen? Gebratene Pfifferlinge als Beilage? Käse und Crackers für das geruhsame Danach? Echte Schlagsahne auf frischen Früchten?

Java-Kaffee? Kubanische Zigarre? Blick auf den Park? Ein weiterer gemütlicher Abend, verbracht beim Beobachten der Enten? Was machte er überhaupt hier in diesem Höllenloch?

General Frank befahl sich kurzerhand, wieder in den Volvo zu steigen. Die Mannschaften erhoben Einwände, sagten: «Nee», hatten ungewaschene Ohren.

General und Mannschaften überquerten die Mauer der Gracht. Er fragte sich, ob er vielleicht eine Frau brauchte. Es müßten eigentlich eine ganze Menge nacktschultrige, nacktbeinige, ja sogar barbusige Frauen in den Gassen dieses Viertels warten, eingerahmt von Neonröhren, erotisch beleuchtet von rosa und dunkelrot getönten Scheinwerfern, die unter Fensterbänken versteckt waren; eine buntschillernde Auswahl.

«Komm, sieh uns zu, wie wir mit Alligatoren ausflippen», flüsterte die buntschillernde Auswahl.

Frank brummte abwiegelnd vor sich hin. «Du bist heute nicht ganz bei Verstand. Willst du dir was holen?»

Er versuchte es mit einem Kompromiß. Einen Pornofilm ausleihen und zu Hause in den Videorecorder schieben? Aber die Heiligen marschierten weiter, auf engen Bürgersteigen hinter phallischen Metallpfosten, von der Stadtverwaltung in Abständen von einem halben Meter aufgestellt, um friedliche Fußgänger vor dem üblen Verkehr zu schützen. Er berührte leicht die glatten Oberflächen der Pfosten, die darum baten, ihr Verlangen zu befriedigen. Er ging vorbei an Bars, die sich mit fröhlichen jungen Leuten füllten. Stand er mit seinen vierzig Jahren vielleicht schon jenseits der Grenze? Würde er mit seiner Kleidung nicht sofort auffallen?

Vor einem kleinen Geschäft blieb er stehen, setzte seine randlose Brille mit goldenen Stegen auf und begutachtete sein Spiegelbild zwischen hochhackigen Schuhen, Umhängetaschen und anderen Lederartikeln für schwule Touristen in der Schaufensterauslage. Sein hellgrauer Dreiteiler? Schien in Ordnung zu sein. Die kastanienbraune Seidenkrawatte? Nett. Das konservative rosafarbene Hemd aus reiner Baumwolle. Nett. Haare? Sicher, sie lichteten sich langsam, aber noch war nirgendwo eine kahle Stelle. Frank runzelte seine Stirn. Was kümmerte es ihn, ob er von kleinen Menschen akzeptiert wurde? War er denn nicht der Monopolist des Landes für profitbringende Spezialhaken und Nadeln für die Handarbeit? Frank schnaubte verächtlich, ging weiter, stieß sich seine Zehen am Kopfsteinpflaster, humpelte ein bißchen. Er erkannte den Giebel des Hauses wieder, gegen das er sich jetzt lehnte. Er schützte das Patrizierhaus, in dem er vor zwanzig Jahren, frisch von der Wirtschaftsfachschule, für Betty-Babys Vater zu arbeiten begonnen hatte. Kurze Zeit später war das Gebäude verkauft worden und die Firma in ein modernes Gewerbegebiet am Stadtrand umgezogen, wo er sie heute kommandierte, aber hier hatte Franks Karriere begonnen.

Frank lachte viel zu laut, zog dann wütend seine Stirn kraus. Wieso verlor er jetzt schon seine Beherrschung, wo er doch noch gar nicht zu trinken angefangen hatte? Deutlich hörte er die einleitenden Takte einer traurigen Jazz-Melodie. Kam die Musik aus Lautsprechern im Inneren des Gebäudes, oder drehte der gute alte Frankie langsam durch? Er schüttelte seinen Kopf, um eine deprimierende, wenn auch faszinierende Ballade loszuwerden, die zu einem von großen Männern mit tiefliegenden Augen auf Kontrabässen gezupften Muster gespielt wurde. Um sich von diesen Musikern in ihren Gehröcken zu befreien, appellierte Frank an die Wand, gegen die er lehnte, tastete sie liebevoll mit seinen Fingerspitzen ab. Er hatte dieses Gebäude als eine Ruine in Erinnerung, doch jetzt war seine Oberfläche geglättet und verputzt, seine Türen waren neu gestrichen und seine verrotteten Fenster ersetzt worden. Der imposante Eingang des großen Patrizierhauses wies sieben Messingklingeln auf, mit elegant beschrifteten Namensschildchen, eines für jede Etage. Dann befanden sich dort heute also Wohnungen statt des schmuddeligen Büros von Betty-Babys Vater, statt der anderen Büros und des Lagers für Fertigprodukte. Der Keller, wo früher einmal Maschinen gestampft und gehämmert hatten, war heute eine Bar geworden.

Frank erinnert sich wieder an den neunzehn Jahre alten, aufgeweckten jungen Burschen, der er einmal gewesen war, der hier sein Tor zum Erfolg gefunden hatte. Der durch dieses Tor gegangen war. Direkt eingetreten war. Und gleichzeitig in die Ehe.

Damals wußte er noch nichts von Betty-Baby, nichts von dem Alleinerbe. Zu jener Zeit lernte Betty-Baby auf einem Schweizer Internat noch Manieren und gute Umgangsformen, stand jedoch kurz davor, zurückzukehren und ebenfalls einzutreten.

Eintreten.

«Bist du angekommen?» fragte Frank Frank. «Wie gefällt dir die andere Seite?»

«Ich bin. Und sie gefällt mir», sagte Frank zu Frank.

Jetzt war er reich, und Betty-Baby war verrückt. Während Frank darauf wartete, daß das Kribbeln in seinen Zehen endlich abklang und die bedrückenden Baßspieler ihre Melodie beendeten, sah er das Gesicht von Betty-Babys Arzt. «Rein körperlich gesehen», sagte das Gesicht, «ist Ihre Frau vollkommen gesund.» Das Gesicht lächelte. «In diesem Punkt sind meine Kollegen mit mir natürlich einer Meinung.» Und was war dann mit Betty-Babys Juckreiz, ihren Bauchkrämpfen, ihrem schlurfenden Bein, den Gewichtsproblemen, den Atemschwierigkeiten?

«Ich würde Ihnen gerne einen Psychiater empfehlen, Mr. Nullish.»

Frank drückte sich von der Wand ab, stieß sich wieder seine Zehen, taumelte zurück in einen Passanten, drehte sich um, entschuldigte sich.

«Gehen Sie zu den Anonymen Alkoholikern», sagte der Passant. «Das ist zwar ein langweiliger Haufen stinkender Angeber, aber manchmal können sie einem wirklich helfen.»

«Ja», sagte Frank.

«Mir haben sie ganz bestimmt geholfen», sagte der Passant und deutete auf den nahen Eingang der Bar. Frank bemerkte den Geruch von Wacholder, der aus der Bar und aus dem Mund des Passanten kam. «Heute kann ich der Versuchung widerstehen», sagte der Passant, hob dabei sein stoppeliges Kinn. «Ich muß nicht mehr in die üblen Kaschemmen. Ich kann einfach nach Hause gehen.» Seine geröteten Augen blinzelten. «Okay?»

«Ja», sagte Frank.

Ganz sicher war Betty-Baby verrückt, genau wie sein Bruder Pete und dessen Frau Suzie. Eine andere Erfolgsgeschichte. Pete kam, durch Suzie, in eine Firma, die den Alleinvertrieb für japanische Maschinen zur Reparatur von Deichen besaß. Nachdem Suzie es müde geworden war, in Einkaufszentren ausgiebig von ihrer Kreditkarte Gebrauch zu machen, begann sie zu einem Klapsdoktor zu gehen. Auch Pete wurde eingeladen, dorthin zu kommen. Pete kam zu Frank. Da war Pete, in Franks Büro, zeichnete sich als Silhouette vor der Vitrine voller Nadelhaken und gebogener Nadeln ab. Angstschweiß glänzte auf Petes Gesicht. «Der Klapsdoktor will mich auch noch verrückt machen, Frankie. Am Ende werde ich noch genau wie Suzie und träume von Froschgesicht mit Penis-Zähnen. Aber nicht mit mir, Bruder, nicht mit mir», plapperte es über Petes feiste Lippen. «Suzie kann von mir aus Froschgesicht haben. Für mich die Freiheit.» Also kaufte Pete sich einen Plastik-Nachbau eines 1931er Duesenberg-Kabrios und lachte sich in der Innenstadt kleine Mädchen an, mit denen er auf seinem Plastik-Mini-Schoner segeln ging. «Keine Lust, mal mitzukommen, Frankie? In der Kajüte ein Mäuschen auf der Tischkante vernaschen, während all das Wasser um den Rumpf plätschert? Hast du so was noch nie gemacht?» Frank hatte so was noch nie gemacht, obwohl er absolut nichts gegen plätschernde Tischkanten hatte. Aber nicht, wenn der schweißige Bruder Pete dabei zuschaute. Sie alle waren verrückt geworden.

Wir sind alle verrückt geworden, dachte Frank.

Wenn er jemals hätte wissen können, daß er eines Tages seinen Lebensunterhalt damit verdiente, Handarbeitsnadeln zu verkaufen... Alten Damen zum achtfachen Selbstkostenpreis nützlich zu sein. Es war schon gut, daß er nicht an himmlische Gerechtigkeit glaubte. Solange er nicht daran glaubte, würde er auch Petrus nicht amüsieren müssen.

Petrus: «Mit was haben Sie sich dort unten beschäftigt, Sir?»

Frank: «Äh... mit Geldverdienen?»

Petrus: «Ach, ja, ist das so, Sir? Etwas genauer bitte?»

Frank: «Äh, ja. Nun, also, irgendwie hab ich den Markt für gebogene Handarbeitsnadeln monopolisiert, solche Nadeln, die alten Damen immer was zu tun geben. Die mit diesen kleinen verchromten Häkchen am Ende, wissen Sie? Und mit Mahagoni-Handgriffen?»

Petrus: «Was haben Sie sonst noch gemacht?»

Frank: «Äh, nichts.»

Petrus, der einen Flammenschwerter schwingenden Engelschor dirigierte: «Hahahahaha.»

Wahrscheinlich würden sie sich nicht mal die Mühe machen, ihn in die Hölle zu stoßen, sondern ihn statt dessen einfach nur auf grausame Art ignorieren, ihn ziellos herumirren lassen, so wie er auch jetzt umherwanderte.

Frank wanderte in die Bar. Der Barkeeper erinnerte ihn an Fats, doch dieser hier war jünger, wenn auch noch wabbeliger, hatte einen noch dickeren Bauch über seiner Hose hängen. Die Bar war auf alt getrimmt: Unter durchhängenden, verräucherten Balken, die eine nur teilweise getünchte Decke trugen, befanden sich Barhocker und Theke mit gelblich braunen Flecken und voller von Schrotflinten hineingeschossenen Wurmlöchern. Dazu eine Teakholztäfelung, die dem Ganzen etwas Eleganz verleihen sollte. Eine kupferne Stütze über die gesamte Länge der Theke, auf der unsichere Füße Halt finden konnte. Spucknäpfe in allen Ecken.

«Bier?» fragte Fats II, schob dabei einen Krug unter den Zapfhahn.

Frank hob abwehrend eine Hand. Bier ist für die Grachten, kommt raus, genau wie es reingeht, ist nicht mal höflich genug, seine Farbe zu wechseln. «Stopp, Fats. Whiskey. Amerikanischen. Eis. Kein Wasser.»

«Sir», sagte Fats. «Der Name ist Edmond.» Er griff nicht mehr nach dem Zapfhahn, genaugenommen griff er nach gar nichts mehr.

«Edmond», sagte Frank, wobei er sich behutsam vorschob, um zwischen zwei Langhaarigen, die sich abknutschten, und einem Dekolleté in einer Spitzenbluse, in das ein Mann mit wackeligen Zähnen glotzte, einen Barhocker zu erreichen, «es tut mir leid, Edmond.»

Edmonds Speckrollen waberten. «Sie wollten doch sicher noch etwas sagen, Sir?»

«Ist schon okay», sagten die Langhaarigen, Dekolleté und Wakkelzahn.

«Nein», sagte Frank.

«Es tut Ihnen nicht leid?» fragte Edmond.

«Doch, es tut mir leid.»

Edmond füllte ein Glas aus einer quadratischen schwarzen Flasche, rührte Eis mit einem silbernen Rührlöffel. Frank lächelte. Er hatte eine ganze Weile nicht mehr getrunken. Oder geraucht. Jetzt würde er auch rauchen. Er musterte die Tabakauslage hinter der Theke und zeigte auf Black Belgians. Edmond öffnete ein Päckchen, klopfte eine Zigarette heraus, schob eine Kerze herüber.

Frank hustete, wedelte mit der locker gestopften Zigarette den dichten Rauch fort, hustete wieder.

«Bist du böse?» fragte Dekolleté, ignorierte Wackelzahns Proteste, die er durch sein verkehrt herum sitzendes Gebiß nuschelte.

«Sir?» fragte Edmond, starrte dabei Wackelzahn an und schloß angeekelt und ungläubig halb seine Augen. «Sir? Könnten Sie Ihr Gebiß vielleicht wieder in Ordnung bringen?»

«Was soll *das* denn?» fragte die weibliche Langhaarige, während sie beobachtete, wie Wackelzahns belegte Zunge fieberhaft versuchte, den Sitz des lockeren Gebisses zu korrigieren.

«Fellini», sagte der männliche Langhaarige.

Frank, der fortschaute, trank weiter. Dekolleté führte ihren mit dem Gebiß knirschenden Begleiter stolpernd zur Tür.

Der männliche Langhaarige fragte, ob er einen Deckel machen könnte, um weitere Biere zu bestellen.

«Morgen», sagte Edmond.

Der männliche Langhaarige packte seine Frau bei den Haaren,

zwang sie, Frank anzusehen. Der männliche Langhaarige zwinkerte. «Hast du ein bißchen Cash? Hast du draußen ein Auto? Wie wär's mit einem Quickie?»

Die weibliche Langhaarige kämpfte sich los und verpaßte ihrem Ausbeuter eine wütende Ohrfeige. Edmond walzte das brüllende und spuckende Pärchen mit seinem massigen Leib hinaus.

«So», sagte Edmond, als er sich wieder hinter die Theke schob. «Noch einen auf Kosten des Hauses, Sir?»

Frank lächelte. Der starke Bourbon, geklärt durch das Nikotin, bewirkte ein plötzliches tiefes Verständnis. Frank begann zu wissen, daß er, nun schon eine ganze Weile, so ziemlich alles falsch gemacht hatte und daß er jetzt beginnen konnte, so ziemlich alles richtig zu machen.

Bei dem dritten Bourbon und der fünften Black Belgian schwamm Frank in schierer Freude. Eine weitere blitzartige Eingebung versprach, daß er exakt zu jenem Augenblick zurückkehren konnte, der den Punkt kennzeichnete, von dem ab er in die falsche Richtung gegangen war. Diesen Schritt mußte er lediglich in der Zeit verfolgen, denn sein augenblicklicher Aufenthaltsort war richtig. Der exakte Augenblick fand genau hier statt, hier vor zwanzig Jahren. Bis dahin war alles in bester Ordnung. An welche herrlichen Zeiten Frank sich nun wieder erinnerte. Damals gab es nichts, um das man sich kümmern mußte: Der junge Tarzan treibt sich im fröhlichen Dschungel herum, fährt auf seiner glänzenden Harley Davidson über die magischen Straßen Amsterdams, wohnt in einer Mansarde und hört Dizzy-Gillespie-LPs. Er trägt Cordhosen, eine Lederjacke und keine Krawatte. Er steht auf Jane.

«Ich Frank, du Ravena.»

«*Hah!*» brüllte Frank, schlug mit beiden Händen auf die Theke. «Hah!»

«Sir?» fragte Edmond.

«Edmond», flüsterte Frank. «Edmond, ich danke Ihnen. Dieser magische dritte Drink, der Drink auf Kosten des Hauses, er läßt mich das Wesen der Dinge erkennen. Vielen Dank, Edmond. Kommen Sie, ich gebe einen aus.» Er hob sein Glas. «Und eins.»

Er hob es höher. «Und zwei.» Er legte es an seine Lippen. «Und drei.» Und sofort durchzuckte ihn ein weiterer tiefer Einblick. Finde Ravena. Nach Ravena war alles schiefgelaufen, also würde er sich wieder mit Ravena in Verbindung setzen müssen, um ganz von vorne anfangen zu können. Wie einfach. Ihre magische Präsenz in sein Leben bringen. Ganz neu anfangen. Eine Kehrtwendung um hundertachtzig Grad in zwei einfachen Schritten. «Edmond? Haben Sie ein Telefonbuch?»

Ravena stand nicht drin.

Frank legte seine Hand auf die Seite des Telefonbuches. Damals ging es ihm gut, damals, bevor er rechts statt links abgebogen war. Erwartungsgemäß, tollkühn wie er war, trat der junge Frank Betty-Babys Dad in dessen düsterem Büro gegenüber. Der alte Mann hielt eine Predigt, über Einstellungen, über das knatternde, alles überragende amerikanische Harley-Davidson-Motorrad mit seinem extra breiten Lenker des jungen Frank. Betty-Babys Dad erklärte, daß ein Angestellter, der für das Management des Geschäftes ausgebildet wurde, nicht Marlon Brando imitieren sollte. Betty-Babys Dad in seinem Nadelstreifenanzug ließ gewichtige Worte träge fließen. Paßte der junge Frank Nullish auch richtig auf? Nein, er paßte nicht. Sein Blick lag auf den langen, hellbraunen Beinen mit den straff geformten Waden der neuen Sekretärin von Betty-Babys Dad, auf ihrem geschmeidigen Körper in kurzem Rock und enger Bluse, auf den eleganten Händen, die über den Tasten der Remington schwebten, auf ihren dunklen Augen und dem rabenschwarzen Haar.

Frank war Ravena an diesem Tag auf dem Flur begegnet. Sie schüttelten sich kurz die Hand. Heimlich las er in der Buchhaltung ihr Bewerbungsschreiben. Geboren auf Borneo? Frank sah Palmwedel, hörte Papgeien kreischen und das träge Schlagen von Fledermausflügeln, ein übertriebener Sonnenuntergang in blutroten und saften Orangetönen, die allmählich silbernen Farbnuancen wichen, als der Vollmond langsam auf den Himmel glitt. Ravena tritt vor, nackt bis auf einen Batik-Lendenschurz. Fußringe aus Muscheln klappern leise. Betty-Babys Dad hatte gesprochen, und

Frank wird fortgeschickt, um das Motorrad zu verkaufen, sich einen anständigen Anzug zu besorgen, sich zu benehmen, an seine Zukunft zu denken.

Aber nicht jetzt.

Frank trat für einen Augenblick aus der Vergangenheit, um weitere glasklare Bourbon-Erkenntnisse zu genießen. «Edmond?»

Aus der quadratischen, schwarzen, amerikanischen Flasche ergoß sich mehr von dem klärenden Trank.

Frank inhalierte Erkenntnis schenkenden schwarzen Rauch, tauchte wieder ein in die Vergangenheit.

Betty-Babys Dad ging auf Geschäftsreise. Frank kaufte sechs gelbe Tulpen und ließ sie von einem Büro-Lehrling in die Räume des Chefs bringen. Gegen ein kleines Entgelt versprach der Bote, nicht zu sagen, daß Frank die Tulpen gekauft hatte. Zu wahrer Liebe gehört das Geheimnis.

Der nächste Schritt. Begegnung auf dem Korridor.

«Würden Sie mit mir in einem chinesischen Restaurant Ihrer Wahl zu Abend essen gehen?» fragte der zukünftige leitende Angestellte Tarzan die Sekretärin Jane.

«Nein.» Sie schob sich an ihm vorbei. Ihre rauchig belegte, volltönende Stimme ließ ihn Paradiesvögel sehen, die ihre brokatenen Flügel ausbreiteten, ein Känguruh über die Lichtung hüpfen, riesige Orang-Utans Bananenschalen werfen, einen Tiger, halb verborgen in Bambusschatten.

Natürlich. Diese Dayak-Prinzessin (er erinnerte sich aus einer Erdkundestunde an die Kopfjäger Borneos) war zu exotisch, um schnell nachzugeben. Seine eigene schamlose Hast widerte ihn selbst an. Wie konnte er auch nur wagen, so viel so schnell zu erwarten?

Am nächsten Tag sechs weitere Tulpen.

Wartete auf der Straße auf sie. Bot ihr an, sie auf dem Sattel seiner Harley nach Hause zu fahren, der maximalen körperlichen Kontakt garantierte.

Sie zog ein öffentliches Verkehrsmittel vor.

Ein Tag verging. Weitere anonyme Tulpen wurden angenommen, doch jeder direkte Annäherungsversuch wurde durch kurz angebundene Zurückweisungen abgeblockt. Vielleicht meinte sie, er wäre noch zu jung? Und wieder schaute Frank in Ravenas Bewerbung nach.

Ravena war dreiundzwanzig, im Vergleich zu seinen neunzehn Jahren. Aber zum Teufel auch. Die reife Prinzessin und der leidenschaftliche junge Prinz. Die Möglichkeiten waren immer noch endlos. Auf der Bewerbung stand auch eine Anschrift. Er fuhr mit seiner Harley hin. Sie hatte eine eigene kleine Wohnung, mit einer eigenen Haustür und einem eigenen Treppenhaus. Sie war nicht zu Hause.

Die Angestellten im Büro waren ordinäre Menschen, gefangen in stumpfsinniger Plackerei, kritzelten den ganzen Tag vor sich hin, bevor sie sich schließlich auf rostigen Fahrrädern nach Hause schleppten. Frank weigerte sich einfach, über ihre primitiven Witze zu lachen. Er ging auch nicht mit ihnen in den Kaffeepausen irgendwohin, las statt dessen Avantgarde-Literatur an seinem Schreibtisch. Daraus resultierende Feindseligkeit explodierte in einem widerlichen Scherz. Ein Angestellter schlich sich an ihn heran. «Sag mal, Frank, bist du schon mal auf dem Dach gewesen?»

«Nein.»

«Dann komm mit, die Aussicht solltest du wirklich mal sehen.»

«Okay.»

Eine schmale Stufenleiter führte zu einem Oberlicht, das der Angestellte liebenswürdigerweise für ihn öffnete. «Du gehst vor, Freund.» Kaum stand Frank auf dem Dach, da schlug auch schon die Falltür hinter ihm zu. Von unten hörte er Gemurmel und Lachen. «Netter Ausblick, häh?» fragten die Stimmen der Angestellten. Der Ausblick war nicht nett. Frank konnte andere Dächer und Bäume sehen, die traurig heraufreichten. Zerlumpte Wäsche trocknete auf schlaffen Leinen. In einem Hinterhofgarten lag Müll zwischen schmierigem braunem Laub und toten Ästen. Der Blick vom Dach auf die Straße zeigte grollenden Verkehr, dem von einer Ampel wieder freie Fahrt gegeben wurde.

Frank wartete fünf Minuten. Das Oberlicht blieb geschlossen. Kalter Nieselregen setzte ein. Er hockte sich hin, damit er besser hören konnte, und vernahm Ravenas leises Lachen. Sie also auch.

Wütend, er war wütend. Aber Wut allein würde ihn nicht aus dieser Falle befreien. Er trat von der Falltür fort, ging bis an den Rand des Daches, wo Höhenangst ihn schließlich stehenblieben ließ. Die lachenden Stimmen unter dem Oberlicht stachelten ihn an. Frank sprang zum nächsten Dach hinüber, über eine schmale, aber gähnende Tiefe. Seine glatten Ledersohlen ließen ihn ausrutschen, und beinahe wäre er nach hinten gefallen, schaffte es dann aber doch noch, indem er mit seinen Armen hektisch in der Luft ruderte, aufrecht stehen zu bleiben. Er zwang seine zitternden Beine Zentimeter um Zentimeter weiter zum nächsten Dach. Und wieder, sieben Stockwerke nach unten, ein Hinterhofgarten übersät mit Gerümpel, der gegen einen durchhängenden Zaun drückte. Wenn er jetzt... Aber nein, er konnte die Herausforderung nicht annehmen. Angenommen, er würde sich von der vorstehenden Dachrinne schwingen, vor, zurück, einmal, zweimal vielleicht, würde versuchen, Schwung zu bekommen, seinen unwilligen Körper in das Fenster zu werfen – was, wenn die Rinne brach, ihn in modrige Kisten und verrostete Fahrradgestelle dreißig Meter unter ihm fallen ließ?

Also, zurück zum Oberlicht – hinknien und klopfen, die Kleingeister um Gnade bitten?

Niemals.

Grelle, leuchtend orangefarbene Wut durchzuckte Franks Gehirn und verbrannte den größten Teil seiner Angst. Er ging an der Dachrinne, nachdem er sich vorsichtig hingehockt hatte, was ihn allerdings – weil er wieder zu rutschen begann – schneller an die Kante brachte, als ihm lieb war. So weit, so gut. Seine Finger glitten durch den matschigen Inhalt der Rinne, bevor sie richtig Halt fanden. Rußig schwarze Blätter, vermischt mit Vogeldreck. Soweit, um so besser. Und jetzt zum besten Teil von allem, der Schwung à la Tarzan. Die Anspannung ließ ihn grinsen. Zu schade, daß er den Kriegsschrei des Affenmenschen vergessen hatte. Er konnte sich seinen eigenen ausdenken. *Juuu-aa-ju-ucheeh?* Los geht's. Und EINS! Und ZWEI!

Bei und *DREI* ließen seine Finger die Rinne los, sein Körper schoß durch das Fenster, und seine Füße zielten auf und trafen den Boden des Zimmers. Der Raum enthielt ein Bett, eine Kommode, ein Waschbecken. Keine Spur von einem Bewohner. Das Zimmer einer Pension, das auf den nächsten Gast wartete? Frank rutschte auf dem abgewetzten Linoleum, verlangsamte sein Tempo zu einem lässigen Gang, die linke Hand in der Hosentasche, öffnete eine Tür, folgte einem Korridor, stieg ein schmales Treppenhaus hinunter. Er wohnte hier und wollte einen kleinen Spaziergang machen. Wenn er jemandem begegnete, würde er einfach *Hallo, wie geht's?* sagen. Unverbindlich, aber freundlich. Und bis dahin einfach weitergehen.

Er begegnete niemandem, ließ eine Etage nach der anderen hinter sich. Die Haustür des Gebäudes öffnete sich problemlos. Er erreichte die Straße. Zurück ins Büro. Die Vordertür war nicht abgeschlossen. Die Treppen hinauflaufen. Sie waren dort, alle Männer des Königs, und auch die Frauen, warteten schadenfroh auf Frankies Bitten von oben, doch endlich das Oberlicht zu öffnen, warteten auf Frankies Kapitulation.

Die letzten Stufen schlich Frank auf Zehenspitzen hinauf, gesellte sich zu der kichernden Menge, manövrierte sich neben Ravena, hielt ihre schmale Hand. Sie schaute zu ihm auf, wobei ihre tiefen, dunklen Augen funkelten. «Sie? Wo kommen *Sie* denn her?»

«Ich bin geflogen.» Das war alles, was er je über sein Kunststück erzählte, selbst der Dayak-Prinzessin Ravena vertraute er nicht mehr an, nicht einmal der Jane seines privaten Dschungels.

Oft fragte sie ihn nach dem Wunder, wenn er neben ihr in dem großen Bett ihrer Wohnung lag, die ihm nach der Niederlage der Angestellten offenstand. Er blieb bei ihr, bis Betty-Babys Dad ihn für eine Weile zu Geschäftsfreunden nach Paris schickte, wo er die letzten Tricks seines Jobs lernen sollte. Während Frank fort war, verkaufte Betty-Babys Dad das Haus und zog mit der Firma in ein modernes Gebäude um. Außerdem entledigte er sich Ravenas. Sie schrieb Frank nach Paris, erwähnte beiläufig einen neuen Geliebten, einen Mann mit einem Segelboot, der sie vielleicht weit fort mitnehmen würde, es sei denn, Frank kehrte sofort zurück, um mit ihr noch weiter fortzugehen. Er ging nicht sofort zurück, und als er schließlich zurückkehrte, machte Betty-Babys Dad Frank zum Kronprinzen und Schwiegersohn.

Das Gerücht kam ihm zu Ohren, daß Ravena irgendwo von dem Segelboot wieder an Land abgesetzt worden war und nach Amsterdam zurückkehrte, aber er sah sie nie wieder. Statt dessen sah Frank Betty-Baby mit ihren rosa Grübchen, die ihm eine Eigentumswohnung kaufte – die Jahre glitten vorbei, es gab keinen Grund, in den Gassen seiner Vergangenheit herumzukramen.

Bis heute.

Frank musterte konzentriert die Seite des Telefonbuchs. Ravena Simons? Sam Simons? Ob das wohl Ravenas Bruder war? Er wählte.

«Frank hier», sagte Frank. «Erinnerst du dich noch an mich, Sam? Ich war früher mal mit deiner Schwester zusammen.»

«Klar», sagte Sam. «Heute bist du reich, Frank, was?»

Frank nickte.

«Was?» fragte Sam.

«Ja», sagte Frank.

«Ich bin arm», sagte Sam. Er gab ihm die Nummer.

Ravenas Stimme war tief und volltönend.

«Frank Nullish am Apparat, Ravena.»

Das Schweigen war tief und volltönend.

«Erinnerst du dich noch an mich, Ravena?»

«Ich erinnere mich an dich, Frank.»

«Und, wie geht's dir so?»

«Tja . . .», sagte sie. «Ganz okay.»

«Freut mich zu hören», sagte Frank. «Hast du Lust, dich mit mir zu treffen? Jetzt? Hier?» Er nannte ihr die Adresse der Bar. Sie sagte, sie würde eine halbe Stunde brauchen.

Frank tauchte die zehnte Black Belgian in den fünften Bourbon. Ravena kam herein. Sie trug ein orangerotes Seidenkostüm, und ihre herabhängenden Haare verbargen den größten Teil ihres Gesichts. Was er von ihrer Haut sah, war faltig geworden. Sie mußte jetzt dreiundvierzig sein. Die Hand, die seine umklammerte, war wie eine Klaue, die Klaue des Paradiesvogels.

Und? Na und? Die alte Ravena. Ich der alte Tarzan. Du die alte Jane.

Eine reizende Dame. Eine gereifte Exotin. Sie würden noch mal von vorne anfangen, ein Baumhäuschen in einem Feigenbaum errichten, das Licht herunterdrehen, Parfüm zerstäuben. Einen Affen halten.

Edmonds Kinn bebte. «Was darf ich der reizenden Dame zu trinken bringen?»

Ravena bestellte sich einen Whiskey. Edmonds Wurstfinger hantierten leicht und hingebungsvoll mit der schwarzen, eckigen Flasche.

«Schön, daß du angerufen hast», sagte Ravena.

Sie benötigte mehr Whiskey, um mehr zu sagen. Sie erzählte Frank, daß sie eine Tochter hatte, die ausgezogen war und der es nicht besonders gutging, und daß sie keinen Mann hatte, abgesehen von Onkel Joe. Sie wohnte hier ganz in der Nähe. Sie hoffte nur, daß Onkel Joe ihr nicht heimlich gefolgt war. «Ist da draußen ein alter Mann, der reinglotzt?» fragte Frank Edmond. Edmond sage, ja, da wäre einer. «Sein Kopf wackelt.»

«Parkinsonsche Krankheit», sagte Ravena.

«Sehr alt», sagte Edmond.

«Achtzig», sagte Ravena. «Wenn ich nicht da bin, wird er immer ganz nervös.»

«In Hemdsärmeln», sagte Edmond.

«Er sollte aber eigentlich eine Jacke tragen.» Ravena entschuldigte sich. Frank drehte sich um, sah, wie sie den schäbigen alten Mann ermahnte, mit ihm fortging. Onkel Joes Glatze schimmerte wie ein zögernder Mond, seine Arme pendelten locker an seinen Seiten.

Eine Viertelstunde später war sie zurück. «Er ist ungezogen. Ich habe ihn ins Bett gebracht. Wenn er wieder aufsteht, wird er morgen kein Frühstück bekommen.» Sie blickte auf ihr leeres Glas. Es wurde wieder gefüllt. Die Paradiesvogelkralle berührte wieder Franks Arm. «Und was ist mit dir, hast du Kinder?»

«Ich habe Betty-Baby geheiratet», sagte Frank. «Keine Kinder. Es klappt einfach nicht. Sie ist immer krank. Ich mag nur die Katze.»

«Die Firma gehört ihr?»

«Sie läuft auf ihren Namen», sagte Frank.

Ravena nickte. «Dann gehört also alles Betty-Baby.»

Er nickte auch. «In gewisser Hinsicht, in gewisser Hinsicht, aber ich fange wieder ganz von vorne an.» Er berührte Ravenas Schulter bedeutungsvoll. «Habe *dich* angerufen, weißt du. Können wir irgendwo hingehen?»

«Onkel Joe wird unruhig sein», sagte Ravena. «Besser morgen früh. Er schläft lange. Wir haben eine große Wohnung.»

«Onkel Joes Wohnung?» fragte Frank.

Sie nickte. «In gewisser Hinsicht, in gewisser Hinsicht.» Sie schaute auf.

«Hier in der Nähe gibt es ein Hotel. Aber morgen wäre besser.»

Frank bezahlte Edmond viel zuviel für seine Rechnung.

Draußen stießen sie sich beide auf dem Weg zu dem Volvo ihre Zehen am Kopfsteinpflaster.

Vorsichtig fuhr Frank an, war sich bewußt, daß möglicherweise Polizei oder Onkel Joe in seinem Rückspiegel auftauchen konnten. «Wo liegt das Hotel?»

«Die andere Richtung.» Sie schaute über ihre Schulter zurück. «Ach du meine Güte, er ist schon wieder unterwegs. Halt an!»

Onkel Joe preßte sein Gesicht gegen Ravenas Seitenscheibe, wobei sich sein Mund wie der eines Fisches bewegte, der auf dem Boden eines Bootes lag und bald sterben würde. «Ravena, wo willst du hin?»

«Ich muß mit Onkel Joe gehen», sagte Ravena zu Frank. «Ruf mich morgen an, dann werden wir uns was überlegen.»

«Nein?» fragte Edmond, als Frank sich wieder setzte. «Ein letztes Glas? Ich mache bald zu.»

Die schwarze Flasche tat ihre Arbeit. «Sind Sie sicher, daß Sie diese Dame mögen?» fragte Edmond. «Ich habe sie früher schon hier gesehen. Habe sie sozusagen schon kennengelernt.»

«Es mal mit ihr versucht?» fragte Frank. «Morgens? Als Onkel Joe noch friedlich schnarchte?»

Edmond zwinkerte. «Na, na, Sir, na, na.»

Frank stand neben dem Volvo. Ein Streifenwagen hielt an. «Sie wollen doch wohl nicht fahren?» flüsterte der Lautsprecher des Streifenwagens.

Frank überquerte wieder die Straße, drückte zögernd gegen die Tür des Hauses, die zu den Wohnungen führte. Natürlich würde die Tür verschlossen sein, aber sie war es nicht. Er stieg alle sieben Treppenabsätze hinauf, erreichte das Oberlicht, zog die Klappleiter herunter, kletterte die wenigen Stufen hinauf, drückte, erreichte das Dach. Das Dach war immer noch alt. Teerpappe löste sich an mehreren Stellen, ließ zerfallenes Zinnblech und morsche Dachrinnen sichtbar werden.

Frank war glücklich. Er war zurück, wieder am Ausgangspunkt angelangt. Er würde auf das benachbarte Dach springen, herumrutschen, sich hinhocken, wieder ein Held sein. Er würde seine Finger in den fauligen Inhalt der morschen alten Dachrinne vergraben, sich langsam herunterlassen, seinen verjüngten Körper in das frisch gemachte Bett des Pensionszimmers weiter unten schwingen, in Ravenas Bett, und dann würden sie auf Paradiesvogelschwingen davonfliegen, fort von dem Schlachtfeld, wo die Leichen von Büroangestellten erbärmlich stanken.

Und EINS ... und ZWEI ...

Die Dachrinne brach.

«*Juuuu-aajuucheeeh!*»

«Können wir ihn jetzt abtransportieren, Adjutant?» fragte Sanitäter I den beleibten Kriminalbeamten, «wir haben nicht die ganze Nacht Zeit.»

«Warte», sagte der jüngere Beamte mit dem breiten Schnurrbart. «Warte, Grijpstra. Erklär mir das jetzt noch mal. Warum wir Leiche und Fundstelle nicht weiter untersuchen sollten. Ich weiß, daß du mir vorhin schon mal alles erklärt hast, aber du hast gleichzeitig diesen Hamburger gegessen. Bitte ganz langsam.» Der jüngere Beamte funkelte die Sanitäter wütend an. «Und ihr wartet. Alles klar?»

«Brigadier de Gier», sagte Adjutant Grijpstra. «Du bist doch selbst oben gewesen. Auf dem Dach befinden sich Spuren, und zwar ausschließlich die Spuren des Opfers. Der Tote ist ganz von allein da runtergesprungen. Ein Unfall? Unfälle sind schon okay. Selbstmord? Selbstmorde sind auch okay.»

«Die Spurensicherung sagt, der Tote hätte mit seinen Händen an der Dachrinne gehangen», sagte Brigadier de Gier. «Ich würde sagen, der Tote hat versucht, sich von dort in das weiter unten liegende Zimmer zu schwingen. Mit seinen Schuhspitzen hat er noch die Fensterscheibe eingeschlagen. Vielleicht war er ein Einbrecher oder Vergewaltiger, vielleicht haben wir ihn ja in unserer Kartei, und vielleicht können wir ihn jetzt von unserer Liste streichen.»

«Du hast doch die Brieftasche des Toten überprüft», sagte Adjutant Grijpstra. «Kreditkarten, Bargeld, gültiger Führerschein, Fahrzeugpapiere, die zu dem Volvo gehören, der draußen an der Gracht steht. Eine goldene *Boucheron*-Armbanduhr. Ein Anzug von *Leyden House*. Auf der Visitenkarte des Toten steht, daß er geschäftsführender Direktor einer Firma ist, die Handarbeitsnadeln herstellt. Der Name dieser Firma ist mir bekannt. Meine eigene Mutter und meine eigene Exfrau haben diese Nadeln benutzt. Es sind gute Nadeln. Und du sagst immer noch, der Tote könnte vielleicht ein Verdächtiger sein?»

«Eine Frau befand sich in der Wohnung, in die der Tote nicht hineingekommen ist, weil die Dachrinne, an der er baumelte, unter seinem Gewicht nachgegeben hat und abgerissen ist», sagte de Gier. «Der Tote versuchte in das Zimmer der Frau einzudringen, führte er dabei vielleicht etwas Böses im Schilde? Hat sie gesehen, wie er hereingeschwungen kam, hat sie ihn da vielleicht wieder zurückgestoßen?»

«Notwehr ist auch irgendwie in Ordnung», sagte Grijpstra. «Aber es war keine Notwehr. Wieso nicht? Weil die Frau das so sagt. Sie hat in einem anderen Zimmer geschlafen, hörte dann, wie die Scheibe zerbrach, hörte jemanden ‹*aajuucheeeh*› brüllen, machte das Fenster auf, schaute nach unten, sah den reglosen Körper, rief dann uns an. Wir haben sie einen Blick auf die Leiche werfen lassen. Die Frau sagt aus, sie hätte den Toten noch nie zuvor gesehen.»

«Hat sie gelogen?» fragte de Gier.

«Häßliche Frauen können nicht lügen», sagte Sanitäter II.

Wieso hat sich der Tote dann in einen tödlichen Unfall hineinmanövriert, ein gutaussehender, gutgekleideter, immer noch relativ junger, seriöser, eine Firma zur Herstellung von Handarbeitsnadeln besitzender Toter?» fragte de Gier.

«Wen interessiert's?» sagte Grijpstra. «Tödliche Unfälle sind schon okay.»

De Giers empfindsame braune Augen glänzten flehend. Sein Schnurrbart verzog sich in leisem Protest. «Mich», sagte Brigadier de Gier.

«Bitte», sagte Adjutant Grijpstra. «Der Tote ist irgendwas um die Vierzig. Es geht ihm gut. Er hat seit Jahren Handarbeitsnadeln hergestellt und verkauft. Seine Zukunft verspricht ihm, für noch mehr Jahre noch mehr Handarbeitsnadeln zu verkaufen. Aber wozu das alles? Er hat doch schon einen Volvo und eine *Boucheron*-Uhr. Er beginnt sich über seine Mühen, die Richtung, die er in seinem Leben eingeschlagen hat, ja vielleicht sogar über sein Schicksal Gedanken zu machen. Eines Tages geht er nach Hause, tut es aber dann doch nicht. Er kommt hierher. Er trinkt, um sich aufzumuntern. Doch genau das Gegenteil tritt ein. Die Ereignisse schwingen ihn an seinen Armen. Wir werden morgen den Barkeeper aus dieser Bar da fragen. Morgen. Nicht, daß was auch immer er uns zu sagen haben wird, eine besonders große Rolle spielt.»

«Barkeeper Edmond», sagte Sanitäter II. «Fats Edmond, aber nennen Sie ihn bloß nicht Fats, denn dann schlägt er zu. Wir haben hier schon Leute abgeholt, die übel zusammengeschlagen worden sind.»

«Was auch immer wird Barkeeper Nenn-ihn-nicht-Fats denn wohl sagen, das keine große Rolle mehr spielen wird?» fragte de Gier.

Grijpstra zuckte mit den Achseln. «Daß der Tote sich vielleicht betrunken hat, vielleicht eine Frau kennengelernt hat, daß es vielleicht nicht wie geplant gelaufen ist, daß der Tote dann vielleicht mehr getrunken hat, vielleicht war er früher mal ein sportlicher Typ, vielleicht wollte er sich selbst beweisen, daß er auch heute noch ein sportlicher Typ war?»

«Dieses ‹*aajuucheeeh*›, das die häßliche Frau gehört hat, könnte Tarzans Abschiedsschrei gewesen sein», sagte der Sanitäter. «Ich wollte früher auch immer Tarzan sein. Vielleicht sogar heute noch.»

«Laß das Trinken», sagte Grijpstra. «Andernfalls reißt noch die Liane, an der du baumelst.»

«Ich trinke nur Bier», sagte der Sanitäter.

«Welche Marke?» fragte de Gier.

Der Sanitäter lächelte. «Jedes Bier ist gutes Bier.»

«Und?» fragte de Gier Grijpstra.

«Und», sagte Grijpstra. «Mr. Frank Nullish, verheiratet mit der faden Blondine, deren Foto in seiner Brieftasche steckt, hat sich in eine Lage manövriert, die ihn daran erinnerte, daß er früher mal Tarzan war, der glücklich und vergnügt im Amsterdamer Dschungel von einer Liane zur anderen schwang. Und genau das macht er wieder, Brigadier. Paß auf.» Grijpstra griff nach oben in einen leeren und gleichgültigen Himmel, hob ein gewaltiges Bein. «Und *eins ...*»

Sanitäter I nickte Sanitäter II zu. Jeder packte sein Ende der Bahre.

Grijpstra griff höher in den leeren und gleichgültigen Himmel, hob ein gewaltiges Bein noch höher. «Und *zwei ...*»

Die Sanitäter hoben die Bahre. Es folgte ein Augenblick ehrfürchtiger Stille, dann glitt die Bahre in den Krankenwagen, während Adjutant, Brigadier, Sanitäter I und Sanitäter II traurig riefen:

«Und *DREI*...!

Deutsch von Jürgen Bürger

SÜDAFRIKA

1951 – 1957

Man trifft eine Wahl und muß die Folgen tragen.

Nur: Kann man eigentlich wählen?

Etwa wo man geboren wird? Wen man heiratet? Wieviel Geld man verdient? Welche Qualen man vermeiden, wonach man sich sehnen soll? Wo man den nächsten Urlaub verbringen will? Wann man aufhört zu rauchen? Woran man sterben wird? Rätselhaft tauchen wir auf dem unerklärlichen Planeten Erde auf, innerhalb einer im Nichts schwebenden Galaxis, und wozu entschließen wir uns, wenn wir älter werden?

In Kapstadt zu arbeiten – wo man meinem Vater freundlich gesinnt war – war das einzige, was ich mir wünschte, als ich es satt hatte, auf dem Fahrrad in holländischem Regenwetter herumfahren zu müssen, von Palmen und schlanken Zulumädchen träumte, die mit Muscheln klapperten, während sie sich zierlich auf einer Waldlichtung um ein wohlriechendes Feuer bewegten. Südafrika ist nicht wegen seiner Wälder berühmt, und in Kapstadt gibt es keine Zulumädchen. Dennoch bestand kein Grund, sofort enttäuscht zu sein. Wenn man sich über die Politik in Südafrika hinwegsetzen kann (ich konnte es gelegentlich) und wenn man weiß ist, kann man es gar nicht besser treffen als in der Kapprovinz.

Zu meinem Leben dort gehörten ein Motorrad, ein paar unvorhergesehene Einkünfte, mietfreies Wohnen in einer Villa, die Töchter von reichen Großhändlern, die sicher zu sein schienen, daß ein einsamer Europäer ihnen aus ihren provinziellen Beschränkungen heraushelfen würde, Küstenstraßen mit grenzenlos weitem Blick, ein Laden, in dem man Jazzschallplatten auf Pump kaufen konnte, und eine Universitätsbibliothek, in der sich der komplette Nihilismus in Französisch, Englisch und Deutsch versammelt fand.

In jener sorgenfreien Zeit meines Lebens fühlte ich mich in Kapstadt wie im Himmel.

Im Himmel ist es auf Dauer langweilig.

Was macht man, wenn man alles hat, was man sich vorstellen kann?

Ich ging also wieder fort, wenn auch widerwillig. Mein Ego knirschte mit den Zähnen und weinte.

Die folgende Geschichte wurde inspiriert von einer Gruppe motorradfahrender anarchistischer Jazzfans, deren unfreiwillige geistige Disziplin mir eine Zeitlang noch ein paar kleinere Einsichten zu ermöglichen schien.

Böses Blut

Kapstadt im Mai 1955

An
Graf Gerrit van Abcoude
Schloß Abcoude
Abcoude
Niederlande

Lieber Onkel,

gestern hat mich Dein Emissär aufgesucht. Sein Bericht über Deinen stets unbotmäßigen Neffen im faschistischen Südafrika wird nicht lange auf sich warten lassen. Daß Dir mein Wohlergehen am Herzen zu liegen scheint, schmeichelt mir – darf ich dennoch fragen, wo Du diesen Spion aufgetan hast? Mir hat er zwar gesagt, er arbeitet für Deine Bank hier in Kapstadt, aber trotzdem wirkte er auf mich mit seinen listigen Schweinsäuglein und seinem ewigen Herumgesäusele eher wie ein Pfarrer der Reformistischen Kirche Hollands. Du solltest diesem Arschloch jedenfalls kein Wort glauben, Onkel. Wenn jemand Dir die Wahrheit sagt, dann bin das ich, der einzige Verwandte, der Dir noch verblieben ist, seitdem Deine hochwohlgeborene Schwester, meine Mutter, das Zeitliche gesegnet hat. Uns beide verbinden enge Familienbande, und im Falle Deines Todes – Nurse schreibt, Du befändest Dich nach dem Schlaganfall nun wieder auf dem Wege der Besserung, was mich außerordentlich freut – trete ich in Deine Fußstapfen, gleichgültig ob Du mich enterbst oder nicht. Du hast es mir ja angedroht – und ich war, ehrlich gesagt, reichlich sauer darüber, aber das ist passé.

«Das Meer, die göttliche Vagina.» (Capetown: 1956)

Das einzige, was zählt, ist doch, daß der Grafentitel dann auf mich übergeht, oder etwa nicht?
Ich meine, man kann natürlich fragen, was ein Graf heutzutage noch gilt.

Und ob es sich wirklich lohnt, an einem Titel zu hängen.

Hier in Kapstadt, das weißt Du vielleicht, sind Grafen jedenfalls nichts Besonderes.

Es gibt hier einen Dänen, Ole Segestrom, ein guter Freund von mir, der hat gerade kürzlich den adligen Vorspann zu seinem Namen geerbt, nachdem sein Vater auf einem echten mittelalterlichen jütländischen Schloß gestorben ist. Und kaum war die frohe Kunde in Oles Fixerhirn vorgedrungen, lief er in der Stadt herum und verkündete in seinem unnachahmlichen skandinavischen Akzent: «Ein Grab bin ich, ein Grab.» Als nächstes hat er sich goldene Krönchen auf die Unterwäsche sticken lassen, weil er glaubte, Jane damit beeindrucken zu können, aber Jane ist jetzt meistens bei mir. Zwischen «Grab» Segestrom und mir liegen ja aber auch Welten. Von mir weiß niemand, daß ich eines Tages ein Graf sein werde. Ich bin wirklich Dir nachgeschlagen: ruhig, bescheiden, zurückhaltend, arbeitsam und immer gottesfürchtig. Ich sehe sogar aus wie Du: breitschultrig, mit lockigem Haar, groß und hübsch. Ich habe ein Foto von Dir – in jungen Jahren – hier in der Villa im größten Badezimmer ins Regal gestellt. Als Jane das sah, meinte sie, sie fände es schon ein bißchen arg narzißtisch von mir, wenn ich mich dreimal am Tag vor dem Zähneputzen vor meinem eigenen Bild verneigte, aber seitdem ich sie aufgeklärt habe, daß das auf dem Foto Du bist, möchte sie am liebsten sofort mit uns beiden ins Bett. Ich habe ihr gesagt, ich fände sie schon ein bißchen arg aphroditisch.

Du brauchst kein Wort zu glauben von dem, was Dir Dein schleimiger Bankfilialleiterspion schreiben wird. Was auch immer – genau das Gegenteil ist der Fall. Weißt du eigentlich, daß es mir hervorragend geht, seitdem Du mich letztes Jahr hinausgeworfen hast? Bist Du nicht auch der Meinung, daß das etwas dumm von Dir war? Zuerst schickst du mich nach Kapstadt, weil ich lernen soll, daß ich genauso reich und berühmt werde wie Du, wenn ich mich mit einer Deiner überseeischen Firmen identifiziere und mich für sie ins Zeug lege. Und kaum fange ich an zu begreifen, daß Geschäftemachen darauf beruht, daß man für eine Ware mindestens das Doppelte verlangt, als man selbst bezahlt hat, abzüglich eines kleinen, produktunabhängigen Rabatts, setzt Du mich auf die Straße. Obwohl Dir durchaus klar war, daß von dem bißchen, was ich von Dir an Gehalt bekommen hatte, natürlich nichts mehr übrig war. Wolltest Du mich demütigen – oder was sonst? Auf jeden Fall hast Du, indem Du mich in einer kalten und herzlosen Welt ausgesetzt hast, meine nihilistischen Instinkte geweckt. Dein Neffe, Sir, hat sich nämlich erst für einen reichen Mann gehalten, aber als er ein wenig weiterdachte, ist aus dem reichen Mann ein Mörder geworden. Ob Du es glaubst oder nicht, aber es ist tatsächlich so, daß ich dank Deines Eingreifens und der daraufhin in mir vorgegangenen Verwandlung in der Lage war, den südafrikanischen Polizei-Lieutenant Boelie van Rooyen aus Kapstadt umzubringen.

Was wahrscheinlich recht lobenswert war.

Gefällt Dir nicht, meinst Du? Schau, Onkel Gerrit, Du mußt es nur einmal so betrachten: Boelie war ein aktiver rassistischer Nazi. Ein ganz schlechter Mensch. Du und ich, wir beide, sind gute Menschen. Du warst immerhin Offizier und obendrein ein Herr, Du warst doch, wenn mich nicht alles täuscht, Oberst bei den van Boreelschen Husaren? Mit Federn auf Deiner Bärenfellmütze und mit Säbel und Pferd? Leider warst Du zu alt, um noch gegen die bösen Deutschen zu kämpfen, und ich war zu jung damals, aber jetzt habe ich Boelie getötet, und damit hat wenigstens wieder einmal jemand etwas getan.

Ist doch in Ordnung so, oder?

Nicht? Gut, dann will ich versuchen, Dir zu erklären, was hier passiert ist. Laß es mich von einem vernunftgemäßen Standpunkt aus betrachten. Es so erzählen, daß es nachvollziehbar wird. Ich weiß, daß Du an bestimmte ethische Werte glaubst, aber, Onkelchen, das ist eine Krücke, sonst nichts. Keine Angst – ich will sie Dir nicht wegnehmen, diese Krücke, denn Du bist ein alter kranker Mann, und außerdem bist Du, abgesehen von Mutter und Nurse, der einzige, der sich je um mich gekümmert hat. Ein wenig Sentimentalität muß erlaubt sein.

Du brauchst gar nicht so zu tun, als wäre Dir das alles vollkommen gleichgültig. Nurse und ich stehen ja in brieflichem Kontakt miteinander, und von daher weiß ich, daß Du Dich sehr wohl für meine Karriere (beziehungsweise für ihr Scheitern) interessierst und daß Du mich beobachten und auskundschaften läßt. Der Besuch Deines Filialleiters beweist es. Daß ich nicht lache! Dieser Bankhengst ist ja mit einer ganzen Mütze voller Fragezeichen wieder von dannen gezogen. Wie kann es nur angehen, daß ich in dieser schloßähnlichen Villa im vornehmen Stadtteil Rondebosch wohne? Und eine ganz neue Harley Davidson fahre? Und dann noch die schöne Jane, die hier halbnackt durch die Gegend läuft und auf den leisesten Wink von mir reagiert? (Jane ist wirklich großartig. Als Dein Filialleiter hier war, hat sie Schuhe mit hohen Absätzen angezogen und ist ständig um ihn herumgestelzt und hat Tee und Muffins serviert. Und er hat krampfhaft versucht, so zu tun, als würde er nicht auf ihren Busen starren! Köstlich!) Tja, wie mache ich es nur, eine solche Frau hier bei mir zu halten, wenn ich doch eigentlich überhaupt kein Geld habe?

Ihm habe ich es natürlich nicht verraten. Aber, Onkel, es hat mit Dir zu tun. Und mit positivem Denken. Deine eigene Rede, mein Lieber. Dale Carnegie und «*How to Make Friends and Influence People*».

Wie Du siehst, habe ich mir, wenn ich Dich da in Deinem Schloß gesehen habe, durchaus meine Gedanken gemacht. Da ist also ein Herr aus altem Adel, der nicht nur einfach sein Vermögen zusammengehalten, sondern es sogar noch hundertmal vergrößert hat – und: Ist er jetzt glücklich? Guter Gott, nein. Na ja, ab und an fühlt er sich ganz zufrieden, wenn er auf seiner eigenen Hühnerscheiße im Schloßgarten Trockenerbsen aussät oder wenn er Nurse unter die gestärkten Röcke schaut – aber im großen und ganzen ist er ziemlich schlimm dran. Einsam, schüchtern, defensiv, widerlich, verschlagen und obendrein wohl auch noch voller Angst (aber wovor nur? Vor dem Tod etwa? Der Tod sollte doch eigentlich für einen Mann wie Dich eine Erlösung sein?).

Also: wollte ich etwa sein wie Du?

Nein.

Wie oder was aber wollte ich sein?

Ich wollte nichts sein.

Du hast immer gesagt, «man muß etwas sein», aber wenn «Etwas» bei Dir schon nicht funktioniert hat, wieso sollte es bei mir funktionieren? Das brachte mich auf die Idee, daß «Nichts» die Alternative zu «Etwas» sein müßte. Wenn ich nichts bin, kann ich nichts verlieren. Keine geliebte Mutter, die an Grippe stirbt, keinen geliebten Hund, der an Altersschwäche eingeht, nachdem er lange genug epileptische Anfälle gehabt und mir alles vollgesabbert und vollgepißt hat. Ein guter Hund war das. Der einzig wirkliche Freund, den ich je hatte.

Aber Nichts = nichts ist tatsächlich nichts. Wie kann ich leben mit Nichts, ohne irgend etwas, meine ich, ohne einen Körper zum Beispiel? Oder mit einem Körper, aber ohne Nahrung und Unterkunft? Du kannst mir glauben, Onkel, ich habe mich wirklich ausgiebigst mit dieser Problematik auseinandergesetzt, ich bin fast durchgedreht dabei. Wenn Du stirbst, bekomme ich alles, was Du hast, ich erbe sozusagen Dein Reich: ein Schloß, einen verbeulten Rolls-Royce, die Enten im Schloßgraben, eine Menge Firmen und andere Anlagewerte, die Dose mit dem nachgemachten Delfter Blau auf Deinem Nachttisch, in der du Deine Pfefferminzbonbons aufbewahrst. Das heißt, ich werde alle diese «Etwas» haben, haben und möglicherweise wieder verlieren, diese «Etwas», auf die man aufpassen und die man pflegen muß. Ich werde ein Heer von Angestellten dafür brauchen – Jungvögel, wie du sie nennst. Jungvögel mit ständig aufgesperrten Schnäbeln, die, schwarzen Löchern gleich, niemals gefüllt werden können, auch wenn Du als Arbeitgeber noch so großzügig bist. Wie, frage ich mich da nur, soll ich all das ertragen können, ohne daß ich genauso leiden muß wie Du? Du, mit Deiner Magermilch-und-Knäckebrot-Diät, der Du Dir vor lauter Sorgen Geschwüre im Magen und geplatzte Venen im Gehirn zuzogst, bis Dich letztlich der Schlag getroffen und Dich zum Krüppel gemacht hat, zum Gefangenen in Schloß Abcoude, Deinem eigenen Schloß. Wie, Onkel, soll ich das ertragen? Indem ich mich nicht darum kümmere. Das ist auch eine Haltung: das Fehlen einer Haltung. Es ist der Versuch, keine Haltung zu haben, was auch wieder eine Haltung ist, eine ultimativ negative sozusagen. Und wie kommt man dazu? Indem man sich die Macht des negativen Denkens aneignet.

Es hat nichts mit Gleichgültigkeit zu tun. Absolut nichts. Kapstadt hat ja seine «armen Weißen», gleichgültige, indifferente Weiße, die in der Gosse leben. Das sind unangenehme Leute, die sich selbst nicht leiden können. Schwarze haben keine Wahl, sie sind arm, weil sie von Polizei-Lieutenant Boelie van Rooyen ins Elend gestoßen werden. Weiße können nicht so einfach arm sein, aber als Du mich hinausgeworfen hast, weil ich mich nicht nach Johannesburg versetzen lassen wollte – ausgerechnet nach Johannesburg, in diesen elenden Goldhaufen, warum um alles in der Welt sollte ich genau dort leben wollen? –, als Du mich also hinausgeworfen hast, mußte ich damit rechnen, möglicherweise arm zu sein und in der Gosse leben zu müssen. Kapstadt ist ja eine ganz hübsche Stadt, aber wirtschaftlich haben wir momentan hier eine leichte Depression, jedenfalls stellen die Firmen niemanden ein. Unqualifizierte oder niederere Beschäftigungen kann ich aber nicht annehmen, weil die den Schwarzen vorbehalten sind. Von wegen Straßen kehren oder Rasen mähen – Dein Neffe nicht, Onkel.

Das war stark damals. Dank Deiner Anordnungen konnte ich meine Miete nicht mehr bezahlen. Ich mußte den Wagen an die Firma zurückgeben und konnte nicht mehr essen, nicht mehr rauchen und keinen Alkohol mehr trinken.

Was blieb mir also übrig? Willst Du wissen, was ich tat?

Ich bin nach Blauberg Beach getrampt, einem Streifen an der Kapküste, der sich durch besonders trügerische Schönheit auszeichnet, weil er praktisch nur aus Treibsand und schlüpfrigen Felsbrocken besteht – vernünftige Leute halten sich davon fern –, und habe drei Tage lang negativ gedacht. Und zwar an alles, was ich nicht wollte. Nicht für Dich arbeiten, zum Beispiel. Mich nicht bei Dir entschuldigen, nicht nach Johannesburg umziehen müssen. Überhaupt gar nichts arbeiten. Und nicht arm sein. Du mußt wissen, Onkel, ich bin durchaus neugierig, das Leben auf dieser Welt interessiert mich, und ich will die Tatsache, daß ich als menschliches Wesen geboren wurde, gerne nutzen, um die eine oder andere philosophische Erkenntnis zu erlangen, aber ein Einsiedler bin ich nicht.

Und deshalb gab es im Rahmen meines negativen Denkens auch einige recht vernünftige Sehnsüchte, nach Essen und Trinken, nach Kleidung und Wohnung, nach Sex und Fortbewegungsmöglichkeiten. Und um meinen Kopf nicht mit einer Unzahl verschiedener Dinge belasten zu müssen, habe ich einfach einen Betrag angesetzt, den ich dafür monatlich zur Verfügung haben muß. Und zum Start vorneweg eine bestimmte Summe, um ein Motorrad kaufen zu können. Ich habe auch an Jane gedacht (für den Sex) und an eine der großen Villen hier (als Wohnung). Kann ja sein, daß ich dabei ein wenig übertrieben habe: Jane bietet eigentlich zu viel Sex, und diese Villa ist, ehrlich gesagt, wirklich ziemlich riesig. Findest Du das nicht auch komisch? Ich meine, daß ich nachgemacht habe, was Du mir vorgelebt hast, genau so, wie Du es Dir immer gewünscht hast – immerhin hast Du mich ja aufgezogen –, aber daß ich mich buddhistischer Methoden bedient habe, anstatt mich dabei auf die Lektüre amerikanischer Ratgeberbücher für aufstiegswillige Geschäftsleute (à la «Wie werde ich reich und erfolgreich») zu stützen? Hast Du schon mal etwas von Zen gehört, Onkelchen? Oder von Taoismus? Oder Hinduismus? Läuft anscheinend im Grunde alles ziemlich aufs Gleiche hinaus. Die älteren und weiseren (klügeren? schlaueren?) Religionen jedenfalls gehen alle davon aus, daß das Nichts das einzig Wahre ist und das Etwas die große Illusion. Man kann sich aus dem bedrückenden Etwas in das völlig schmerzfreie Nichts hineinmeditieren und dabei herausfinden, was eigentlich was ist. Und vermutlich wird man durch solche negativen Meditationen außerordentlich glücklich, um nicht zu sagen richtiggehend euphorisch, weil man ja nichts besitzt und deshalb nichts zu verlieren hat.

Übrigens habe ich am Blauberg Beach auch Dostojewski gelesen. Wirklich schade, daß Du jetzt so alt und krank bist, daß man Dir einfach nicht mehr vorschlagen mag, Du solltest Dir mal seine ‹Dämonen› zu Gemüte führen.

In diesem ganzen östlichen Denken geht es irgendwie darum, daß man versuchen soll, nichts mehr zu wünschen, keine Sehnsucht mehr zu haben oder nichts mehr zu begehren – wunschlos glücklich zu sein. Natürlich gibt es, wie gesagt, Grundbedürfnisse, Nahrung, Unterkunft etc. Eben jene Grundbedürfnisse, mit deren

Gefährdung Du mich durch den Entzug meiner Einkünfte einschüchtern wolltest.

Ich brauchte also Geld. Und als ich so am Blauberg Beach saß und, während ich Würstchen briet, den Robben und Delphinen beim Spielen zusah, ist mir eingefallen, wie vernarrt Du immer in die Macht des Denkens warst. Und da habe ich mir mein Geld eben gedacht.

Die Macht des Denkens trifft einen ja wie ein Blitz.

Da Adlige einander unter die Arme greifen müssen, war es nicht schwierig, unseren Kollegen «Grab» Segestrom dahin zu bringen, für mich bei der Beschaffung von Geld aktiv zu werden. Er ist in der Versicherungsbranche tätig und hatte mir, bevor er zu seinem Titel kam und ich meiner Einkünfte verlustig ging, zwei Policen verkauft. Eine Unfallversicherung und eine für mein Vermögen. Als ich nach Kapstadt zurücktrampte, kippte der Lastwagen, der mich mitgenommen hatte, um. Ich wurde dabei am Fuß verletzt. Irgendein Stahl schürfte mir ziemlich viel Haut ab. Die Wunde entzündete sich und wurde brandig, es war wirklich unschön, Onkelchen. Hätte den Fuß beinahe verloren. Schlimm, nicht? Ganz nebenbei ist aber noch etwas anderes passiert: Weil ich Schwierigkeiten mit meinem Fuß hatte, mußte nämlich ein Schwarzer sterben. Er hatte in betrunkenem Zustand bei einer Auseinandersetzung ein Messer in den Bauch bekommen und war ins Krankenhaus eingeliefert worden, und zwar noch vor mir, aber dank meiner Hautfarbe hat man sich dort zuerst um mich gekümmert und ihn verbluten lassen.

Für meinen Schaden kam die Versicherung auf. Mit einer Abschlagszahlung und monatlichen Überweisung, bis die Wunde ganz ausgeheilt ist. (Da mein gräflicher Kollege Segestrom ein recht penibler Zeitgenosse ist, kann sich das noch eine Weile hinziehen.) Ich habe aber noch viel mehr Geld bekommen. Man hat mir nämlich, während ich am Blauberg Beach dieser negativen Sache nachging, mein Zimmer völlig leergeräumt und alles geklaut, was nicht niet- und nagelfest war. Die schönen dreiteiligen Anzüge, die Du für mich ausgesucht hattest, meine Kaschmir-

Blazer, die grauen Flanellhosen, die weißen Schuhe mit den Quasten, die goldenen Manschettenknöpfe Deines Großvaters, die Seidenhemden und -krawatten, die ledergebundene antike Bibel – alles weg, Onkelchen. Mehr Geld von der Versicherung also.

Zurück zu den Sehnsüchten. Oder langweilt es dich? Aber Du willst ja wissen, wie ich den Polizisten getötet habe, diesen Widerling. Ich habe dies eingeflochten, um Dein Interesse wachzuhalten, und Du kannst mir glauben, es stimmt wirklich. Ich habe dieses Arschloch umgebracht.

Warum?

Genau kann ich es nicht sagen. Lieutenant Boelie ist mir zweimal nahegetreten, persönlich nahegetreten, meine ich. Zum ersten Mal, als meine Sachen geklaut worden sind. Der Dieb war ein Farbiger. Nachdem sie ihn geschnappt hatten, hat mich der Lieutenant auf die Wache rufen lassen, und da habe ich gesehen, wie sie mit ihm umgegangen sind. Hier foltern sie die Leute, um sie geständig zu machen. Der Farbige war mit Handschellen an Boelies Metallschreibtisch gefesselt und wurde auch, als ich schon da war, noch weiter geschlagen. Ich habe dagegen protestiert. Worauf Boelie erklärte: «Sie sind hier nicht in Ihrem beschissenen Holland nicht.» Doppelte Verneinung, wie im Afrikaans üblich, vom Französischen inspiriert, noch aus Zeiten, wo holländische Buren und französische Hugenotten dieses wunderschöne Land besiedelten und ihm ihren repressiven Puritanismus aufdrückten. «Du solltest nie nicht sündigen.» Doppelte Verneinung, Onkel. Positivum. Eins zu null für Boelie.

Als ich mit Boelie das zweite Mal zu tun hatte, war ich derjenige, auf den er einschlug. Ich hatte in einem öffentlichen Bus etwas gegen die nationalistische Regierung gesagt, daraufhin zerrte mich ein Zivilbulle nach draußen und ließ mich festnehmen. Da Boelies Abteilung sich mit subversiven Aktivitäten von «Ausländern» befaßt, erhielt ich mehrere Schläge ins Gesicht. Er drohte, er würde mich ausweisen lassen.

Okay, es war Rache. Aber da ist noch etwas: In der Zeit, als die Deutschen Holland besetzt hatten, haben wir beide ziemlich viel an Grausamkeiten gesehen, wie die SS, die Gestapo, die Grüne Polizei etc. sie begangen haben. Kannst Du Dich an den kleinen Jungen erinnern, den sie drekt vor unseren Augen zu Tode geprügelt haben? Bloß weil er, als die deutschen Truppen vorbeimarschierten, Grimassen geschnitten hat? Und wir konnten nichts dagegen tun. Du warst 65, ich war 14. Ich wollte etwas tun, ich wollte Nazis töten. Unerfüllte Sehnsüchte leben in einem fort. Sie sind ziemlich mächtig, mußt Du wissen. Zum Beispiel wollte ich immer mit Nurse ins Bett, und noch heute erscheint sie mir nachts im Traum, und Jane ist im Prinzip nichts als eine jüngere Version von ihr. Sieht genauso aus wie sie. Genau so wie Lieutenant Boelie van Rooyen eben wie alle die bösen Nazis aussieht, die alte Frauen an den Haaren durch die Gegend gezerrt haben und uns verhungern lassen wollten (ja, uns beide, Dich und mich – Du kannst es Dir sicher gar nicht mehr vorstellen, wie wir gekochte Zuckerrüben gegessen haben und Tulpenzwiebeln und diese kleinen spilleigen Grätenfischchen – nicht wahr? Und doch war es so). Und die Deinen behinderten unehelichen Sohn in seinem Heim dort umgebracht haben.

Rache.

Es gibt Sehnsüchte, die einfach zu tief in einem drinsitzen, als daß negatives Denken sie auslöschen könnte. Sie verschwinden erst, wenn sie erfüllt wurden. Früher, als Einzelkind und einziger Neffe, immer allein in Deinem riesigen Schloß, allein mit Deinem mürrischen Schweigen und dem Rascheln von Nurses gestärkten Röcken, habe ich mich entsetzlich nach Kameradschaft und der Gemeinschaft mit Gleichaltrigen gesehnt, so sehr, daß ich deswegen sogar meinen Stiefcousin in der Anstalt besucht habe.

Hier habe ich, im Sinne der von Dostojewski beschriebenen «Dämonen», eine Art von Gemeinschaft gegründet, die wir Young Devils II. genannt haben. «Grab» Segestrom hat ja eine Harley Davidson, und weil noch ein paar andere gleichaltrige Freunde schwere Maschinen fahren, habe ich mir auch eine zugelegt, 750 Kubik, eine Harley Davidson Liberator, wie die Amerikaner sie im Krieg hatten. Dröhnt und rattert mächtig und gurgelt im Leerlauf wunderschön vor sich hin. Eine ausgesprochen weibliche Maschine, Onkel, echt perfekt, mit so einem Ding wie eine Klitoris, einem Choke, den man ihr kitzeln muß, bevor sie kommt.

Was machen Motorradgangs? Spritztouren am Sonntag? Bier trinken, Hasch rauchen, im Heu liegen und Mädels wie Jane vögeln? Klar, machen diese Typen alles. Aber ich als Anführer mußte mir etwas Besonderes einfallen lassen. Schließlich war der eifersüchtige Boelie hinter mir her, und Boelie fährt auch eine Harley, und er ist bei der Polizei und kann uns festnehmen. Hat er übrigens des öfteren versucht, aber er konnte uns nichts anhängen, Zulassungen und Führerscheine waren gültig, Jane war ordentlich angezogen (nackt läuft sie nur hier im Haus herum), und außerdem ist Robbie, mein Gruppenboß-Stellvertreter, der Sohn eines Assistenten des Generalstaatsanwalts. Recht hilfreich.

Boelie wollte mit mir um die Wette fahren. Die Idee an sich war nicht schlecht.

Aber vorher noch weiter mit negativem Denken. Wenn wir sonntags auf Tour gehen, fahren wir ab und an bei dem einen oder anderen Gartenfest vorbei, ich meine die von der etwas vornehmeren Sorte, in Häusern wie dem, in dem ich im Moment wohne, mit großen, parkähnlichen Grundstücken. Villen eben. Ach so: Dein Filialleiter hat ja nicht herausbekommen, wie ich mir eigentlich in diesem vornehmen Vorort Rondebosch eine solche Villa leisten kann – Tatsache ist, ich muß sie mir gar nicht leisten. Ich bin hier als Hausmeister angestellt, d. h., man bezahlt mich fürs Hiersein. Ursprünglich hat die Villa einer alten Dame gehört, die jetzt in Indien in einem Ashram lebt und die sie, um ihren Guru bezahlen zu können, verkauft hat. Die neuen Eigentümer wollen sie abreißen und auf dem Grundstück Eigentumswohnungen errichten lassen, doch weil ihnen bisher noch die nötigen Mittel dazu fehlen, passe ich auf, daß hier nichts kaputtgeht und niemand Schaden anrichtet. Es gibt hier ziemlich viel wertvolles Zeug, viktorianische Stuckfiguren, Täfelungen, Armaturen – Du solltest mich wirklich sehen hier, Onkelchen. Ich schlafe im größten Zimmer in einem alten Baldachinbett, und direkt daneben steht meine Harley. Ich schlafe in Jeans und T-Shirt. Wenn ich aufstehe morgens, springe ich sofort auf die Maschine, fahre in den Garten hinaus, drücke auf dem Weg nach draußen auf den Schalter für die Springbrunnen, weil ich dann im Vorgarten, wenn ich um den großen Brunnen herumfahre, angesprüht werde, als stünde ich unter der Dusche, und dann lenke ich das Maschinchen zügig zum Griechen hinüber zum Frühstücken. Manchmal, wenn Jane hier übernachtet, hüpft sie hinten auf den Sozius und fährt mit.

An Sonn- und Feiertagen zieht unsere Bande durch die Vororte. Die Young Devils II brechen, wie gesagt, gern in Gartenparties ein. Wir sind jetzt ziemlich viele, zwölf oder vierzehn, alle vom Typ her mehr oder weniger Intellektuelle. Diese Gartenfeste hier in der Gegend laufen über von Alkohol, und man muß nur spät hinfahren, dann sind die Gäste im allgemeinen schon reichlich blau. Wir lassen unsere Maschinen nicht aufröhren, wenn wir kommen, wir sehen ganz ordentlich aus in unseren sauberen Jeans und den schön mit Schuhcreme eingewichsten Lederjacken, und auch unsere Frauen sind hübsch zurechtgemacht, vor allen Dingen das lesbische Pärchen auf der Vierzylinder-BMW. Auf diese Weise werden wir immer eingelassen und sogar persönlich begrüßt von den freundlich grinsenden Gastgebern, diesen fetten Alkoholikerschweinen. Meistens kennen wir ein paar von den Gästen, schütteln Hände, machen ein bißchen Konversation, gehen hierhin und dorthin, essen Spanferkel, probieren den trockenen weißen Kapwein, flirten mit den anwesenden Frauen. Unsere Mädchen nehmen sich die Männer vor. Das gibt immer böses Blut. Eifersucht ist nun mal ein Bestandteil des Lebens, reiche Frauen, die in die Jahre kommen, fauchen ihre Männer an, und die Männer beschimpfen ihre jungen Geliebten, wenn die versuchen, uns Motorradfahrer zu verführen. Wir verhalten uns ganz ruhig, was die Sache noch verschlimmert, nur hier und da stoßen wir an einen Tisch und werfen ihn um, und manchmal fordern wir die Damen zum Tanzen auf. Etwas laut ist unsere Stampferei dabei vielleicht, etwas rauh möglicherweise auch die Art, wie wir zupakken. Kann sein, daß das eine oder andere Kleid dabei zerreißt, aber das ist dann auch schon die Zeit, da wir wieder abziehen, durchaus nicht in der Gruppe und nicht mit laut aufheulenden Motoren, sondern beinahe schweigend, wohlerzogen, nachdem wir uns beim Gastgeber für seine Gastfreundschaft bedankt und seine Frau oder Freundin noch einmal zum Abschied auf den Mund geküßt haben.

Ehrlich, Onkel, ich weiß wirklich nicht, wie wir es anstellen, aber jedesmal, wenn ich mich dann auf dem Sattel meiner Harley Davidson umdrehe und noch einmal zurückschaue, ist aus dieser High-Society-Fete ein Tollhaus geworden. Alle diese netten, anständigen Leute schlagen aufeinander ein. Mitunter kann man in der Ferne schon Polizeiwagen mit eingeschalteten Martinshörnern hören, die sich nähern. Es ist die Macht des negativen Denkens. Soviel dazu.

Ich habe versucht, Lieutenant Boelie nicht zu töten, aber mein Wunsch, es zu tun, war stärker. Er hat strenge Maßnahmen geradezu herausgefordert. Gegenüber von der Villa, in der ich jetzt wohne, steht ein großes Haus, in dem viele Schwarze angestellt sind. Sie haben ihre eigenen Unterkünfte im hinteren Teil des Grundstücks. Eines Tages befand der Hausherr, daß der schwarze Butler zu faul sein. Aber der machte weiter wie bisher. Da rief der Hausherr bei Boelie auf der Wache an. Das ist hier so üblich. Polizisten kommen, um Schwarze zu bestrafen. Lieutenant Boelie van Rooyen fuhr also in seinem Jeep vor und schlug auf den würdevollen alten Butler mit einem Ochsenziemer ein. Hat ihn fast umgebracht dabei. Ich habe gehört, wie er gewimmert und gefleht und um Verzeihung gebettelt hat, aber die Peitsche sauste weiter ein ums andere Mal durch die Luft.

Und dann gab es da noch meinen Motorradkumpel Günther. Günther – erstaunlich oder nicht – ist Deutscher. Doch, ich habe wirklich einen deutschen Kumpel in der Bande. Günther war als HJ-Soldat im Krieg und hat mit veralteten Panzerfäusten auf hervorragend gepanzerte amerikanische Lastwagen gezielt. Ich kann nicht genau sagen, wieso Günthers Vergangenheit mir gleichgültig ist, vielleicht ist es, weil er damals praktisch noch ein Kind war.

Genau wie ich. Ein Kind, das sich nicht dagegen verwehren konnte, daß die bösen Nazis ihn zwangen, bestimmte Dinge zu tun. Wie auch immer, Günther wollte also in unsere Gang aufgenommen werden. Allerdings muß bei uns jeder vorher irgend etwas Außergewöhnliches getan oder erlebt haben. Ich hatte meinen Lastwagenunfall, bei dem ich fast meinen Fuß verloren hätte. Jane, eine hübsche, schüchterne, guterzogene junge Dame, mußte in meinem Haus nackt als Kellnerin fungieren. (Sie macht das immer noch. Offensichtlich gefällt es ihr.) Und Günther, ein wohlhabender junger Mann, der hierhergekommen ist, um die Spielzeugfabrik seines Vaters zu übernehmen, mußte leider seinen Mercedes aufgeben. Wir wollten uns alle am Blauberg Beach zum Grillen treffen, und ich habe für ihn einen Weg ausgesteckt, der direkt in den Treibsand hineinführte. Wir hatten es so hingedreht, daß Günther nach uns ankommen sollte, so daß er, wenn er oben auf der Straße auftauchte, ganz weit draußen am Strand uns und unsere um ein paar große Felsblocks herumstehende Motorräder und Autos sehen konnte. Der Weg zu uns hinaus war mit Steinen gekennzeichnet. Günther wollte mit seinem großen Schlitten angeben und raste auf uns zu. In der Mitte des Wegs blieb er stecken, schaffte es zwar noch, aus dem Wagen zu steigen und, indem er sich von einem Felsen zum anderen hangelte, zu uns hinüberzukommen, doch der Mercedes wurde langsam, aber stetig nach unten gezogen. Wir saßen inzwischen da und taten, als merkten wir nichts. Wir lachten, prosteten uns zu, aßen unsere Würstchen und holten neues Bier aus den Kühltaschen, während Günther um jeden Zentimeter, den er auf uns zukam, kämpfen mußte und hinter ihm der große deutsche Siegeswagen im Sand versank.

Die Versicherung weigerte sich zwar, für den Schaden aufzukommen, weil Blauberg Beach keine öffentliche Straße hat, aber Günther bekam von seinem Vater einen tollen Jaguar und legte sich eine wunderschöne schwarze Freundin zu, womit wieder alles in Ordnung war. Bis Lieutenant Boelie das Mädchen einsackte, sie auf der Wache verprügeln und vergewaltigen ließ und Günther des Landes verwies. Die Young Devils II verloren dadurch ein wertvolles Mitglied. Günther war der einzige Kumpel, der wirklich in klangvollem Deutsch laut Nietzsche lesen konnte. Günther war derjenige gewesen, der mir erklärte, daß Sartre mit der Feststellung «nous sommes condammnés à la liberté» auf dem Holzweg war. Er hatte nämlich, als er zusah, wie sein Mercedes versank und dem Vergessen anheimfiel, begriffen, wie wunderbar es ist, wenn man keine bestimmte Absicht verfolgt, kein Ziel erreichen will. Mit Tränen in seinen großen blauen Augen erklärte er mir, nur aufs Nichts käme es an, und Nichts bedeute eben auch sämtliche im Treibsand auf Nimmerwiedersehen verschwundenen Mercedesse. Günthers Befreiungserlebnis brachte ihm aber einen anderen Wagen ein. Und in Deutschland hat er jetzt eine javanesische Freundin. Es ist, schreibt er, als wenn die Misthaufen überall lägen.

«Und der Reichtum Deines Vaters?» fragte ich ihn in meinem Antwortbrief. «Was geschieht, wenn Du den verlierst? Dann gibt es keinen Ersatz mehr für abhanden gekommene Luxusautos und auch keine exotischen Frauen mehr.»

Worauf er mir zu bedenken gab, daß ja auch ich ganz gut zurechtgekommen sei, als Du, Onkel, mich in die Wüste geschickt und mir meine Einkünfte gestrichen hast, und daß sich meine innere Distanz dabei gut bewährt habe.

Der gute alte Günther. Es hat ihm gar nicht gefallen, zusehen zu müssen, wie seine Freundin von Boelie van Rooyens Wachleuten drangenommen wurde.

Wie ich Boelie getötet habe?

Durch Nachdenken. Weißt Du noch, wie andächtig Du Dale Carnegies Artikel über positives Denken studiert hast? Im Südturm von Schloß Abcoude?

Ich habe die Herzsutra andächtig studiert, oben auf dem Türmchen der Villa. Du hast Mokka getrunken, ich Orange-Pekoe-Tee. Und gelesen habe ich:

«Als der Bodhisattva Avalokiteshvara das tiefe Prajnaparamita (vollendetes Verständnis) erlangt hatte, erkannte er, daß alle fünf Skandas leer sind, und überwand auf diese Weise alles Leiden.»

Ja, ich habe von Dir gelernt. Zeremonien sind wichtig. Sie fokussieren unser Denken. Trotzdem glaube ich nicht, die Sutra wirklich richtig gelesen zu haben. Alles, was ich davon behielt, war das Wort «leer». Dauernd habe ich Lieutenant Boelie auf seinem Motorrad vor mir gesehen, wie er die Leere ansteuert. Ich mußte es mir gar nicht absichtlich vorstellen, ich sah einfach vor mir, wie der Abgrund sich öffnete.

Und dann hat der Abgrund sich geöffnet. Die Young Devils II waren auf der Kaphalbinsel auf dem Ocean Drive unterwegs, die tiefstehende Sonne schien uns in die Augen, und wir näherten uns einer Kurve. Der Lieutenant überholte uns auf seinem Motorrad, drehte auf wie ein Verrückter – er war ja schließlich das Gesetz des Landes. Vor uns auf der Strecke war eine Baustelle, Straßenarbeiten, tiefe Gruben, mit weiß-roten Absperrungen markiert, aber ein paar Besoffene hatten diese Absperrungen zum Strand hinuntergeschleppt, um eine Rennstrecke für Strandbuggies damit auszustecken. Als Boelie mich überholte, mußte ich mir zufällig gerade die Zeile aus der Herzsutra hersagen: «erkannte er, daß alle fünf Skandas leer sind». Alle fünf Gruben, die die Straßenarbeiter für die Erneuerung des Fundaments des Ocean Drive ausgehoben hatten, waren leer.

Boelie lag da, ganz zerschmettert. Er starb langsam. Dabei wirkte er, als würde er endlich etwas, was er eigentlich längst wußte, aber immer wieder vergessen hatte, begreifen. Daß der Tod ihn jetzt daran erinnerte, schien ihm zu gefallen.

Es geht mir also gut, Onkelchen.

Was auch immer Deine Spione Dir berichten, das Leben, das nun in Deinem Körper allmählich ausklingt, wird durch mich in angemessener und Dir gebührender Art und Weise fortgeführt werden.

Was es sonst noch gibt?

Mein Aufenthalt hier, Onkel, neigt sich seinem Ende zu. Ich weiß zwar noch nicht sicher, was dann kommt, aber hier ist mir einfach alles zu schön: Jane, das Motorrad, die Villa, der Strand. Nachdem ich nun endlich meinen Nazi umgebracht habe, muß ich mich noch von einigen anderen destruktiven Wünschen freimachen.

Schick mir ein paar positive Gedanken, dann schicke ich Dir ein paar negative, und vielleicht überwinden wir so gemeinsam alles Denken.

Bist Du nicht auch der Meinung, daß wir, solange wir noch etwas denken, nicht nirgends sein können?

Grüße Nurse von mir.

Und Du, Onkel, paß auf Dich auf.

Dein Dich liebender Neffe

Gerrit II

Deutsch von Elfi Hartenstein

ENGLAND

1956

Im Jahr 1956 war England ein angenehmes Land mit kohlebeheizten Eisenbahnen und Schaffnern, die stündlich starken Tee mit Zucker und Milch servierten.

Es war auch ein sehr höfliches Land. Ein Bankier borgte mir fünfzig Pfund – zu jener Zeit eine nicht unbeträchtliche Summe –, weil ich ihm eine Postkarte aus Südafrika zeigte, auf der ein Freund mir handschriftlich mitgeteilt hatte, mir diesen Betrag überwiesen zu haben. Eine alte Dame, die am Steuer eines alten Rolls-Royce saß, nahm mich einen steilen Hügel hinauf mit, weil ich einen schweren Koffer schleppte. Eine andere alte Dame, die beobachtete, wie ich eine leere Zigarettenschachtel auf den Boden warf, fragte mich höflich, ob ich «das» immer mache – eine Art subtiler Rüge, nach der es mir nie mehr möglich war, Dinge einfach fortzuwerfen.

Vorübergehend wohnte ich in London in Hammersmith Terrace. Zum Lesen setzte ich mich in den Garten, der auf die Themse hinausführte. Im Nachbarhaus wohnte ein bekannter Schauspieler, der niemals daheim war. Wenn Ausflugsboote vorbeifuhren, zeigten die Fremdenführer immer herüber. Da die Entfernung zu groß war, als daß man mich als Betrüger hätte identifizieren können, pflegte ich dann aufzustehen und mir applaudieren zu lassen.

Als das Wetter schlechter wurde, fuhr ich mit meinen Büchern an die Küste von Cornwall.

Das Bild, das mich in St. Yves zeigt, wie ich auf einen fehlenden Knopf deute, läßt sich auf eine Anregung des französischen Mathematikers, Linguisten, Romanciers und Stückeschreiber Raymond Queneau zurückführen, der in seinem Buch «Stilübungen» auf neunundneunzig verschiedene, aber gleichermaßen hervorragende Arten den möglichen Verlust eines Mantelknopfes beschreibt. Dieses sinnlos sich wiederholende Ereignis, wie es von einem typischen Mitglied einer Gesellschaft, «die so geheim ist, daß die Mitglieder untereinander sich niemals erkennen würden», dargestellt wird, hat mich durch viele von Zweifeln verursachte Depressionen – manchmal sogar über sie hinweg – getragen.

Die nachfolgende Geschichte ist frei erfunden.

Das Donnerloch

Südengland, 1956,

Ich war damals ein junger Mann und lebte vorübergehend in St. Yves, Cornwall, einem malerischen Küstenstädtchen, das schon immer Künstler, Schriftsteller und philosophische Geister angezogen hat. Da ich mich zu letzteren zählte, hatte ich mir – auf Anraten meines Londoner Professors – die Lektüre von etwa dreißig Titeln der verschiedenen Vordenker unserer westlichen Gedankenwelt auferlegt und «las» also Philosophie. Daß ich mir Cornwall ausgesucht hatte, lag daran, daß das Wetter dort besser ist als anderswo auf der Insel, nämlich relativ sonnig und mit milden Wintern. Es gibt sogar eine Art Cornwall-Palme. Und Weihnachten konnte ich tatsächlich im Hafen von St. Yves schwimmen gehen.

Was mir nicht sofort auffiel, war, daß ich – außer daß ich mich eifrig meinen Studien widmete – zum Werkzeug in einem in der Gegend tobenden Kampf internationaler Vendetta wurde.

Ich mietete eine kleine Wohnung. Da Gail, so hieß meine mütterliche Vermieterin (sie war für St. Yves und Umgebung die weit und breit führende Kräuterspezialistin), sich Gedanken machte, weil ich «von anderswo» war, sorgte sie dafür, daß ich schon bald einen anderen auch «vom Kontinent» stammenden Bewohner kennenlernte.

Herbert Auerbach war ein ehemaliger Luftwaffenschütze, der 1942 mit dem Fallschirm über der englischen Grafschaft Cornwall abgesprungen war. Damals war er 18 Jahre alt gewesen und ein enthusiastischer Anhänger eines vereinten Europa, in dem alles besser sein würde. Da die Engländer diese Meinung aber nicht teilten, verließ Herbert den von einem Sturmkampfflieger manövrierunfähig gemachten Dornierbomber durch die Hintertür. Leider verhedderte sich der idealistische Krieger bei der Landung mit einem Fuß in den Leinen seines Fallschirms, so daß er so lange mit dem Kopf auf einem Acker aufschlagen mußte, bis ein herbeigeeilter Farmer dafür sorgte, daß er befreit wurde. Anstatt sich bei seinem Retter zu bedanken, schmetterte Herbert aber bloß «Heil Hitler».

«Der Junge hat den Verstand verloren», erklärte der Farmer den älteren Herren von der Home Guard, die ihn abholten. Als der Gefangene immer noch «Heil Hitler» brüllte, brachte man ihn in ein Lager für feindliche Verrückte. Dort bestätigte ihm eine dicke Psychiaterin zeitweise Verwirrtheit, ausgelöst unter anderem durch eine Kriegsneurose. «Damit hatte sie vollkommen recht», meinte Herbert zu mir. «Dadurch, daß ich mit dem Kopf nach unten über diesen Acker geschleift wurde, hat sich wahrscheinlich eine bereits vorhandene schizoide Veranlagung verstärkt.» Die Psychiaterin empfahl zur Therapie künstlerische Betätigung und sorgte dafür, daß Herbert mit genügend Sperrholz, Farbresten und einem Satz gebrauchter Pinsel ausgestattet wurde. Daraufhin hörte der Gefangene auf, «Heil Hitler» zu rufen, und malte vorübergehend brennende Felder. Später ging er zur Darstellung von nackten, der Psychiaterin nachempfundenen Frauen über. Nach Kriegsende beschloß er, in Cornwall zu bleiben, wo er sich innerhalb der nächsten fünfzehn Jahre allmählich einen Namen als begabter Neoexpressionist erwerben sollte. Zu dem Zeitpunkt, als ich ihn kennenlernte, war er gerade in seiner «Küste-und-Ei-Periode», in der er eine große Leinwand nach der anderen mit Gelb auf Weiß vor grünblauem Hintergrund bemalte. Ich hielt ihn für gut. Und es erfüllte mich mit Energie, wenn ich in seinem großen Atelier im Küstenstädtchen Zennor herumgehen konnte. Seit einiger Zeit fanden seine Werke Käufer, und über kurz oder lang würde man sie überall in England und in ganz Europa in den wichtigen Galerien sehen können.

Herbert schien Zuneigung für mich zu verspüren. Zu jener Zeit waren er und eine junge Schweizerin namens Gretel die einzigen Ausländer in der Gegend. Gretel hatte eine Schwester – Hänsel mit Spitznamen, in Wirklichkeit hieß sie Annie –, die vor kurzem spurlos verschwunden war. Sie war immer gern über die schlüpfrigen Felsen gelaufen, und nun rätselte man, ob sie möglicherweise eines Tages dabei ausgerutscht, gestürzt und dann von der tückischen Strömung fortgeschwemmt worden war.

Wie ich erfuhr, waren Hänsel und Gretel – beide hübsch, blond und blauäugig – Kunststudentinnen aus Zürich, die in den Werkstätten von St. Yves Holzschnittechniken lernen wollten. Sie waren für ein Jahr hierhergekommen, und als ich auftauchte, hatte Gretel immer noch ein paar Monate vor sich. Wenn ich meiner Wirtin Gail, einer fröhlichen Witwe um die Sechzig, die überall als Gesundbeterin bekannt war, Glauben schenken durfte, hatte Hänsel es ziemlich wüst getrieben. Allerdings, so erklärte Herbert zu

«Hey, ich hab Herz.»

(Cornwall: 1957)

meiner Information – wobei er die Augen ein wenig zusammenkniff, als wolle er mich vor sowieso sinnloser Anstrengung warnen –, hielten es beide wohl vorwiegend «mit reiferen Männern».

Herbert war 35, glatzköpfig und ziemlich schwergewichtig. Ich war 24. Ich turnte gern. Wenn ich in der Gegend herumlief, war ich ständig auf der Suche nach irgendwelchen Hindernissen und Barrieren, an denen ich mich austoben konnte. Mir war zwar klar, daß meine plötzlichen Sprünge und Purzelbäume dazu angetan waren, die Leute aus der Fassung zu bringen, fand es aber dennoch reichlich schwer, darauf zu verzichten.

Mit Herbert und Gretel traf ich mich oft in einer Kneipe namens *The Dinghy*, wo wir an einem Ecktisch saßen und Deutsch miteinander redeten. Ich hatte das Gefühl, daß wir Freunde waren.

Wenn ich eine Weile nichts mit den von Kant, Husserl oder Schopenhauer (Lieblingsphilosophen meines Londoner Professors) vorgegebenen Denkstrukturen zu tun haben wollte, suchte ich Trost bei Nietzsche. Zur besseren Verarbeitung der Bedeutung der Tatsache, daß es keine Bedeutung gibt, hatte ich mir angewöhnt, wann immer mir danach zumute war, durch die engen Gassen und Straßen von St. Yves zu streifen (das in seinen Ursprüngen bis in die Zeiten mittelalterlichen Piratenwesens zurückgeht). Eines sehr frühen Morgens, als ich unter dem schauerlichen Geschrei der den heraufsteigenden Tag begrüßenden Möwen bei zischend und krachend gegen die Kaimauern schlagender Brandung dem Widerhall meiner Schritte auf dem noch taufeuchten Kopfsteinpflaster lauschte, brachte mich Nietzsches Idee einer völligen Leere so vollkommen außer Rand und Band, daß ich in meiner Begeisterung über die Umzäunung eines Sportplatzes kletterte, auf einer Parkbank einen Handstand machte und mich am Sperrbalken zwischen den beiden Begrenzungspfosten zum Hafen hin zu einer Aufschwungrolle hochzog. Da Constable Bob meine Vorstellung, die ich mit Singen und Pfeifen begleitete, beobachtete, wollte er mich mit auf die Wache nehmen, wo ich mich wegen «öffentlicher Ruhestörung» verantworten sollte.

(St. Ives, Cornwall)

«Piraten gründeten diesen Hafen.»

Constable Bob war ein langaufgeschossener Mann mit untadliger dunkler Uniform und einem spitzen, tuchüberzogenen «Bobby»-Helm auf dem Kopf. Ganz im Sinne englischen Understatements trug er keine Waffen, noch nicht einmal einen Stock. Dennoch verfügte er über enorme Autorität.

Ich steckte in einem abgerissenen Dufflecoat, hatte einen Dreitagebart, zu langes Haar und sprach mit ausländischem Akzent. Das Inbild makelloser Macht – das mir freundlich einen Guten Morgen wünschte – kam mir als Publikum gerade recht. Ich zog meinen Nietzsche-Sammelband aus der Tasche, klopfte voller Begeisterung mit den Fingern auf den Einband und erklärte meinem wahrheitssuchenden Kollegen aufgeregt, es gäbe keinen Beweis dafür, daß das Universum an sich Bedeutung haben oder nicht haben sollte. Weswegen auch sämtliche sogenannten Werte, die wir in unsere Existenz hineinlegten, relativ und willkürlich und überhaupt ohne Sinn und Zweck seien, woraus folge, daß eben diese von uns selbst ernannten Werte und Wertvorstellungen allerhöchstens ein Ausdruck unserer momentanen Verfassung seien und allenfalls unseren verzweifelten Versuchen, uns wichtig zu machen, entsprängen. Dann fragte ich ihn mit erhobener Stimme: «Und wenn es nicht einmal ein Ich gibt?» Mit dem Finger deutete ich auf seine glänzenden Uniformknöpfe. «Wäre das nicht eine ungeheure Erleichterung?» Ich steckte das Buch wieder zurück in die Tasche und klatschte in die Hände. «Kein Ich, das sich abmühen muß, sich selbst treu zu bleiben? Endlich keine Zwänge mehr?»

Constable Bob sagte leise: «Ihren Ausweis, bitte.»

Nun hatte ich zwar eine Aufenthaltsgenehmigung, aber sie lag irgendwo zwischen meinen Büchern zu Hause in meiner Wohnung in der Virgin Street.

Also geleitete er mich zur Hauptwache, wo ich in einer Zelle warten sollte, bis ihm die Einwanderungsbehörde in Southampton die Richtigkeit meiner Angaben bestätigte. Per Post traf am nächsten Tag die Kopie meiner Aufenthaltserlaubnis ein.

Als Constable Bob mir heiße Schokolade servierte, machte ich noch einmal einen Versuch, ihm zu vermitteln, welches Gefühl der Freude man erlebte, wenn man begriffen hatte, daß es «keine Bedeutung und kein Ziel» gab.

«Mein selbsternanntes Ziel ist es», antwortete er, «Sie festzunehmen und in Sicherheitsverwahrung zu halten, weil Sie kein Ziel haben.»

Nichtsdestotrotz gab es dieser Auffassung widerstreitende und – da in der englischen Verfassung verankert – vorrangige Wertvorstellungen, denen zufolge er mich laufenlassen mußte.

«Widerwillig», wie er mir sehr undurchsichtig zu erkennen gab.

Zur Feier meiner neugewonnenen Freiheit kaufte ich mir ein gebrauchtes Motorrad.

Ein paar Wochen später erklärte sich die blonde Gretel mit den blauen Augen bereit, mit mir einen Ausflug ins Hochmoor zu machen, in dieses sumpfige Hinterland mit den gelb blühenden niedrigen Büschen, wie sie fast überall an der Küste Cornwalls wachsen. Constable Bob brachte uns mit seinem Winken erst einmal zum Stehen.

«Ihre Papiere, bitte.»

Mein Führerschein galt hier eigentlich nicht – wenn ich nur als Tourist hierhergekommen wäre, wäre das anders gewesen –, doch Constable Bob schien für dieses Mal damit zufrieden. Er händigte mir nur eine schriftliche Verwarnung aus. Eine Woche später flatterte mir eine Einladung ins Haus, die mir gebot, ihn auf der Wache aufzusuchen.

Zum angegebenen Zeitpunkt war ich da.

«Machen Sie den englischen Führerschein?»

Ich zeigte ihm die Bestätigung, daß ich die entsprechenden Prüfungen bereits abgelegt hatte und mir das Dokument demnächst zugestellt würde.

Constable Bob schien enttäuscht. Doch sofort hellte sich seine Miene wieder auf. «Wie uns gemeldet wurde, haben Sie sich in Land's End im Lobster Pot als Tellerwäscher betätigt. In Ihrer Aufenthaltsgenehmigung ist aber ausdrücklich vermerkt, daß sie nur zum Zwecke eines Studiums ausgestellt wurde und keine Arbeitserlaubnis darstellt.»

«Ist das sehr schlimm?» fragte ich.

«Alle Werte und Wertvorstellungen sind relativ und willkürlich», antwortete er. «Es gibt kein ‹schlimm› oder ‹nicht schlimm› – oder irre ich mich etwa?»

Ich war noch mit der Prüfung dieses Angebots beschäftigt, als er schon fortfuhr: «Sie stimmen mir wohl darin zu, daß ich meine Ziele selbst bestimmen kann, und zwar auch für die, die sich im Bereich meiner Rechtsprechung befinden?» Er sah mich stirnrunzelnd an. «Ich meine damit Ziele von Leuten wie Sie, Mr. Kalkman. Und da Sie sich hier in meinem Gewahrsam befinden, bestimme ich jetzt, daß Sie einen sehr zielgerichteten Besuch machen. Wie Ihnen vielleicht bekannt ist, wohnt hier im Nachbarort, in Zennor, der Commander. Soweit ich weiß, kennen Sie ihn. Sie gehen jetzt hin und melden sich bei ihm, und hinterher erstatten Sie mir genauestens Bericht. Für den Fall, daß Sie Ihr Ziel erreichen, entscheiden die Queen und ich möglicherweise, Sie noch einmal mit einer schriftlichen Verwarnung davonkommen zu lassen – in der Zwischenzeit aber bleibt die Androhung Ihrer Ausweisung unverändert bestehen.»

Ich wußte, daß der Commander ein ehemaliger Marineoffizier war, der jetzt von Privateinkünften lebte. Er war ein gepflegter, bärtiger Herr, dessen Abbild gut und gerne – genau wie das irgendwelcher europäischer Adliger – Briefmarken hätte zieren können. Er trank gern und war häufiger Gast im *The Dinghy*.

Bevor ich mich entschloß, ihn aufzusuchen, schaute ich bei Herbert in seinem Atelier in Zennor vorbei und erzählte ihm von Constable Bobs mysteriöser Anordnung. Immerhin kannte Herbert den Commander, der ziemlich in seiner Nähe an der Küste wohnte, und konnte mir vielleicht sagen, was das Ganze sollte.

Aber er sagte bloß: «Du bist doch Philosoph», und griff nach einem Pinsel, während er den Blick offensichtlich nicht von einem soeben gerahmten Stück frischer Leinwand abwenden konnte, «du wirst das schon allein herausfinden.»

Gretel traf ich beim Einkaufen in einem Lebensmittelgeschäft. Ich fragte sie, ob sie sich einen Reim darauf machen könne, warum Herbert mich so kurz abgefertigt hatte. «Er ist eifersüchtig», sagte sie. «Seitdem wir miteinander Motorrad fahren, glaubt er, daß wir auch miteinander schlafen. Er hält mich wohl für sein Eigentum. Dabei habe ich ihn höchtens ein- oder zweimal verführt.»

«Ich würde gern mit dir schlafen», erwiderte ich.

Sie lächelte. «Wie altmodisch von dir, es so direkt zu sagen.»

Als ich ihr von Constable Bob erzählte, lächelte Gretel von neuem. «Erst besuchst du den Commander. Dann kannst du dir deine Belohnung abholen kommen.»

«Aber wieso soll ich diesen Commander denn aufs Korn nehmen?»

«Du studierst doch, weil du von Berufs wegen denken willst», antwortete sie, «also versuch auch, allein dahinterzukommen.»

Damit nahm sie ihre Einkaufstaschen und entschwand.

Es war mir wirklich schleierhaft, warum meine ausländischen Freunde nicht bereit waren, mir in diesem feindlichen Land Rükkendeckung zu geben.

Ich verließ den Laden in der Hoffnung, Gretel möglichst bald in den engen Gassen von St. Yves wieder über den Weg zu laufen. Die Art, wie sie mich angelächelt hatte, weckte in mir den Wunsch, sie in den Arm zu nehmen, ihre vollen, feucht schimmernden Lippen zu küssen und ihren üppigen Körper bebend an meinem zu fühlen. Ich wollte sie auf meiner schweren Maschine mit hinaus ins Hochmoor nehmen und sie zwischen glühendem Ginster und Farnkraut lieben. Der Tag war wie geschaffen für einen Ausflug. Später könnten wir uns im Inn von Land's End Tee und Muffins bestellen, uns dann noch einmal zwischen die duftenden Sträucher zurückziehen und zum Schluß in meinem Zimmer mit dem Blick auf den Hafen von St. Yves Steaks und Zwiebeln essen.

Aber keine Gretel weit und breit.

Dafür traf ich Gail, meine Vermieterin, die mit einem Korb voller Kräuter soeben aus dem Moor zurückkam. Ich fragte sie nach dem Commander. Gail lud mich zu sich zum Mittagessen ein und erzählte mir von Marilyn. Marilyn war, wie sie sagte, eine attraktive, gutgebaute junge Frau aus London, die einen großen, ziemlich scharfen Hund hatte und zuerst im *The Dinghy* als Kellnerin arbeitete. Dann kam der Commander und schlug ihr vor, mit Mutt, dem Hund, zu ihm nach Rose Cottage zu ziehen. «Als Haushälterin oder so», sagte Gail, wobei sie heftig blinzelte und den Kopf hin und her wiegte, daß ihr grauer Pferdeschwanz ebenfalls in Bewegung kam und von einer Seite zur anderen schwang. Marilyn kündigte im *The Dinghy*. Man sah sie dann noch eine Zeitlang immer mal wieder, wenn sie mit dem Bus oder dem kleinen Austin des Commanders in die Stadt kam, um Einkäufe zu machen oder ihren riesigen undefinierbaren Hund spazierenzuführen. Aber dann wurden weder Marilyn noch der Hund jemals wieder gesehen. Auf Constable Bobs Nachfragen erklärte der Commander, es habe Ärger gegeben, und daraufhin habe diese nichtsnutzige Frau mit ihrem unbeholfenen Riesenköter das Weite gesucht. Soviel er wisse, sei sie zurück nach London gegangen.

Am nächsten Morgen wurde ich wieder von Constable Bob angehalten.

«Darf ich Sie darauf aufmerksam machen, daß Sie gegen die Bestimmungen Ihrer Aufenthaltserlaubnis verstoßen und daß ich Sie deswegen festnehmen könnte», sagte er leise, «und daß ich Sie bis zu Ihrer Abschiebung in einer Arrestzelle hierbehalten könnte? Oder waren Sie schon beim Commander in Rose Cottage?»

Ich wollte zwar das Land verlassen, aber noch hatte ich mich nicht durch meine dreißig Philosophenbücher gewühlt, und außerdem hatte ich auch vor, in London noch etwas am Unterricht teilzunehmen, deshalb setzte ich mich auf mein Motorrad und freute mich über die Landschaft, als ich zu dem hübschen Cottage des Commanders hinausfuhr.

Es bestand kein Grund zur Nervosität. Der Commander und ich hatten schon ein paarmal miteinander geredet. Im *The Dinghy*, wenn er ein paar Bierchen intus hatte, pflegte er Publikum um sich zu sammeln, und ich gehörte zu denen, die ihm gern zuhörten. Seine Lieblingsgeschichte ging so: An einem nebligen Morgen gegen Ende des Zweiten Weltkriegs hatte er – als kleiner Leutnant damals noch – ein vor der französischen Küste liegendes Torpedo-U-Boot zu befehligen. Das Boot war auf der Suche nach deutschen Frachtern, die es sich lohnte zu zerstören, traf jedoch statt dessen auf zwei deutsche Raumboote. Raumboote waren schwerbewaffnete hölzerne Kriegsmarineschiffe. Der Leutnant war sich klar darüber, daß er mit seinem Torpedo den größeren und schnelleren deutschen Schiffen nicht gewachsen war.

«Intelligenz», sagte der Commander laut, nachdem er das nächste Bier ausgetrunken und ein neues bestellt hatte, «zeichnet sich dadurch aus, daß sie das Beste aus vorgegebenen Umständen zu machen weiß. Und ich bin intelligent, oder etwa nicht?»

Ich lachte ihn an und prostete ihm zu.

«Eben. Also, wie gesagt, die Sicht war ziemlich schlecht damals. Und als eine besonders dicke Nebelschwade sich wie Entengrütze um die beiden bösen Raumboote und meine Wenigkeit legen wollte, befahl ich meiner Mannschaft volle Kraft voraus und genau in die Mitte zwischen die zwei Nazilumpen. Und dann Feuer, was das Zeug hält. Nach links und nach rechts. Ra-ta-ta-ta-tat. Und als die Krauts merkten, daß sie unter Beschuß lagen, haben sie natürlich zurückgeschossen. Ist doch klar, oder?»

Ich applaudierte.

«Und meine Wenigkeit hat in voller Fahrt die Gefahrenzone verlassen und sich und seine Männer in Sicherheit gebracht, während die Mistkerle sich gegenseitig versenkt haben.» Er schlug sich auf die Schenkel vor Lachen, und ich versicherte ihm, wie beeindruckend ich seine Strategie fand. Das besänftigte ihn etwas, denn in Heraufbeschwörung dieses gloriosen Augenblicks hatte er die Fäuste geschwungen, mit den Füßen gestampft und lauthals gebrüllt und war entsprechend streitlustig geworden. Nun aber, beruhigt durch meine Zustimmung, lud er mich ein, ich solle doch, wann immer ich mich zufällig in der Gegend aufhalte, bei ihm auf einen Schluck vorbeischauen. Und der Barkeeper hinter dem Tresen wurde Zeuge dieser Einladung. Er war, wie ich von Gail erfuhr, ein Bruder von Constable Bob. Und er hatte ihm offensichtlich die Szene erzählt – ich stellte mir die beiden vor, brüderlich vereint, mit hochgelegten Beinen am warmen Ofen sitzend, wie sie ihre Pfeifchen schmauchten, diese beiden mächtigen Männer, und über mich herzogen – über diesen überflüssigen Fremden, den Spielball in ihrem eigenen Kriegsspiel. Tja, und nun hatte also der Commander diesem blöden Holländer gesagt, er könne jederzeit zu ihm nach Rose Cottage kommen. Nicht schlecht – man mußte nur noch ein wenig nachhelfen...

Da saß ich also auf meiner Norton und fuhr zwischen blühendem Farn durch die Gegend. Aber die Zusammenhänge wollten mir nicht einleuchten. Diese britischen Anzüglichkeiten waren mir zu hoch und würden mir wohl auch immer verschlossen bleiben.

Seufzend vergewisserte ich mich mit einem Blick auf die Landkarte, daß ich mich auf dem richtigen Weg nach Rose Cottage befand, das ungefähr fünf Meilen vor St. Yves an der Küste direkt über einer kleinen Bucht lag.

Der Commander, der im Garten vor dem Haus damit beschäftigt war, Feuerholz kleinzuhacken, begrüßte mich freundlich.

«Gerade richtig für einen Bissen zu Mittag», stellte er fest. «Nett, daß Sie vorbeikommen. Es wird hier manchmal richtig einsam. Schönes Wetter heute, nicht wahr? Was sagen Sie zu meiner

Hütte? Altes Bergmannshäuschen ursprünglich, stammt noch aus der Zeit, als es sich lohnte, hier nach Zinn zu graben. Jeder Balken, jeder Stein, jede Kachel ist noch original. Und unbezahlbar, und ich passe hübsch darauf auf, daß alles so bleibt, wie es ist. Kommen sie ruhig rein, und setzen Sie sich. Einen Schluck Portwein? Salat aus Brunnenkresse? Mögen Sie Mandeln? Heißes Lammfleisch, kaltes Hühnchen oder beides? Selbstgebackenes Brot dazu oder lieber Pommes? Pommes – ha, Scheißfranzosen, na ja, Sie wissen schon ...»

Es schmeckte hervorragend. Als der Commander uns Bier zu den Lammkoteletts einschenkte, war mir, als hörte ich ganz in der Nähe Donnergrollen. Verwundert sah ich auf. Der Himmel war doch, als ich auf dem Motorrad gesessen hatte, ganz blau gewesen? Und überhaupt: Um diese Jahreszeit donnerte es doch sonst nicht?

Der Commander lachte. «Ist nur die Flut, die zurückkommt», klärte er mich auf, «das Donnerloch, das sich dann immer bemerkbar macht.»

In der Mitte der Bucht, wo die Klippen steil zum Wasser abfielen, umhüllte weißer Sprühnebel die Felsen. Der Commander erläuterte, wie Flut und Strömung die Wellen unter und zwischen den großen Granitblöcken hindurchjagten, so daß sich im Laufe der Zeit ein Tunnel in den Stein gefressen hatte, der genau hinter Rose Cottage an der anderen Seite der Mauer, mit der das Grundstück zum Meer hin abschloß, herauskam. Da das untere Ende des Tunnels bei Flut direkt ins Meer mündete, tosten dann riesige Wassermassen durch ihn empor. «Herrliche Sicht heute», stellte er fest, als wir uns nach dem Essen zu einer Besichtigung dieses «Donnerlochs» aufmachten. Das heißt, er zeigte mir die Steinmauer um den Garten herum. Sie war gut fünf Fuß hoch. An ihrer Außenseite tobten etwa alle vier Minuten die Wellen in die Höhe.

Als wir wieder im Haus waren und im großen Zimmer am Tisch saßen, Gläser mit französischem Cognac vor uns und in der Hand jeder eine kubanische Zigarre, fragte der Commander, ob mir eigentlich klar sei, was er mir soeben gezeigt hätte. Seine Stimme klang aufgekratzt. «Nicht? Dann will ich es Ihnen sagen, mein Lieber. Das da draußen ist nämlich meine eigene private Verbindung zur vierten Dimension.» Er schlug mit der Faust auf den Teakholztisch. «Genau das ist es. Ist nämlich ein wunderbares Tor dort. Ein Ausgang sozusagen, durch den man allen möglichen Müll entsorgen kann. Haha.»

Er füllte unsere Cognacgläser von neuem. Dann erklärte er, daß es zwischen der vierten Dimension und unserer eigenen, der dritten, selbstverständlich jede Menge Verbindungswege gäbe. Einen sehr wichtigen stellten zum Beispiel die Meere dar, die immerhin drei Viertel der Erdoberfläche bedeckten. «Wie ich ja auch an den Raumbooten gezeigt habe.» Er schien nachdenklich: «Die ganze deutsche Marine ist auf diese Weise sozusagen entsorgt worden.» Wieder schlug er mit der Faust auf den Tisch. «Und die japanische auch. Genau deswegen. Kann gar nicht genug davon kaputtmachen, falls Sie verstehen, was ich meine.»

Nicht, daß ich mich besonders für die Privatphilosophie meines Gastgebers interessiert hätte. Aber er fuhr fort. Er erklärte mir, daß man alles, worüber man sich ärgerte oder woran man sich störte (vor allem, wenn es weiblich war und der verachtenswerten, wenn auch verführerischen Seite der Schöpfung angehörte), loswerden konnte, indem man es in die vierte Dimension stürzte. Schiffe zum Beispiel waren, wie allseits bekannt, weiblich. Nun gab es zwar weibliche Wesen, die durchaus nützlich sein konnten, aber die Raumboote gehörten jedenfalls nicht zu dieser Sorte und mußten deshalb verschwinden. Davon abgesehen, konnte man unliebsame Dinge natürlich auch verbrennen. Er zeigte auf den großen gemauerten Kamin – auch eine Möglichkeit, zur vierten Dimension vorzustoßen. Brennbarer Müll? Nichts wie ins Feuer damit. Was sich verbrennen ließ, konnte einen nicht mehr ärgern. Bestimmte Dinge allerdings warf man am besten ins Donnerloch. Ob er erfahren dürfe, wie ich dazu stünde? Er habe doch richtig gehört, daß ich auch Philosoph sei? Ich antwortete, auf den ersten Blick erschiene mir seine Theorie sehr faszinierend, aber um ihren tieferen Gehalt erfassen zu können, müßte ich nach Hause fahren und mich innerhalb meiner Studien noch eingehender mit ihr beschäftigen. Mein Gastgeber lief zu diesem Zeitpunkt erregt hin und her, fuchtelte mit den Armen in der Luft, fluchte auf die deutsche und die «schlitzäugige» Schiffahrt sowie auf englische und schweizerische Frauen, die versuchten, ihn, wie er sagte, «ins Bett zu bringen», und auf große verhexte Köter, von denen er nachts in die Zehen gebissen wurde. Außerdem sang er ein Lied, in dem von einer Flasche Rum die Rede war und von Jo-ho-ho.

«Sie wissen doch, wie Hündinnen sich vorwärtsbewegen?» fragte er, als ich mich bei ihm für das ausgezeichnete Mittagessen bedankte. Er ging mit mir in den Garten hinaus und zeigte es mir. Böse weibliche Köter springen einem nämlich an den Hals, und während sie sich in der Luft befinden, hängen ihre Vorderpfoten schlaff herab. Man muß sich dann nur unter sie bücken und die Pfoten packen und festhalten, dann schnellt der Hundekörper im Schwung über einen hinweg, über die Mauer und hinein ins Donnerloch...

«Und runter damit», grölte er. Dann wurde er plötzlich ganz ruhig. Er machte einen Schritt auf mich zu, strich mir übers Haar und flüsterte unschuldsvoll: «Ich mag dich, mein Junge, aber man weiß ja nie... Sei ehrlich: Du bist doch schwul – oder?»

Auf der Heimfahrt fiel mir ein, daß Gail mir erzählt hatte, der Commander sei ziemlich sportlich. Er schwimme jeden Morgen in seiner Bucht und sei auch längere Zeit Mitglied in einem Fechtverein gewesen, wo man ihn aber wegen seines zu aggressiven Verhaltens ausgeschlossen habe. In meinem momentan etwas verschreckten, zittrigen Zustand wäre ich sicher kein besonders guter Gegner für ihn gewesen.

In der High Street wartete Constable Bob. Er winkte mich heran. Ich stellte den Motor ab, nahm meinen Helm vom Kopf, schob die Brille nach oben und räusperte mich. «Der Commander», begann ich. Meine Stimme hörte sich ziemlich krächzend an.

«Nicht hier», sagte Constable Bob leise. «Kommen Sie mit hinüber zur Wache.»

Ich erzählte ihm, was ich erlebt hatte. Als ich fertig war, goß er mir heiße Schokolade ein.

«Beweisen läßt sich aber nichts», sagte ich. «Dieses Donnerloch... diese wahnsinnige Strömung kann doch sicher, wenn sie in den Felstunnel hinein und wieder aus ihm hinaus wirbelt und tost, einen Körper bis zur Unkenntlichkeit verstümmeln?»

«Keine Ahnung, was Sie meinen», winkte Constable Bob ab.

«Sie könnten sich wenigstens bei mir bedanken», sagte ich. «Ihr Auftrag war reichlich gefährlich. Mich diesem total verrückt herumtobenden Commander als unschuldigen Köder vorzuführen. Der die Leute entsorgt. Hätte ja schließlich auch auf mich losgehen können. Noch etwas ausländisches Fischfutter gefällig...?»

«Wofür, meinten Sie, soll ich mich bei Ihnen bedanken?» fragte Constable Bob leise.

«Okay», sagte ich. «Vielleicht war es ja auch nicht ganz so gefährlich. Das Risiko, meine ich, war eher gering. Immerhin bin ich weder eine Frau noch eine Tunte. Und außerdem wissen Sie ja, daß ich recht wendig bin, daß ich Klimmzüge und Aufschwünge beherrsche und über Zäune klettere und so weiter. Vielleicht haben Sie sogar damit gerechnet, daß nicht er mich, sondern ich ihn ins Donnerloch hineinbefördere? Nein, Sie haben wirklich keine Ursache, sich bei mir zu bedanken, ganz im Gegenteil – ich bin derjenige, der zu danken hat, daß er an Ihrem Spielchen teilnehmen durfte. Ich danke Ihnen also vielmals. Keine Ursache, ich weiß.» Ich stand auf und schickte mich an zu gehen.

«Mr. Kalkman», sagte Constable Bob leise, «darf ich Sie darauf aufmerksam machen, daß ich derjenige bin, der hier die Entscheidungen trifft? Möglicherweise haben Sie noch nicht alle Auflagen erfüllt?»

«Was denn noch?»

«Was denn noch» war Gretel.

Gretel, die in der Nähe von Zennor wohnte, rief mich an, um mich zum Abendessen einzuladen.

Also machte ich mich auf den Weg zu dem Häuschen, das sie

zusammen mit ihrer Schwester Hänsel bewohnt hatte, ein bei einem Heuschober stehendes Nebengebäude von einem noch bewirtschafteten Bauernhof.

Das Abendessen war karg, aber Wein gab es zur Genüge. Als ich zur Sache kommen wollte, reagierte Gretel mit Rückzug: Sie sei unpäßlich, entschuldigte sie sich, und könne deswegen heute ihr Versprechen nicht einlösen. Doch hielt sie mich zurück, als ich mich auf den Heimweg machen wollte. Bei Nacht und Nebel in angetrunkenem Zustand mit einer schweren Maschine die schmalen Sträßchen über Land fahren zu wollen erschien ihr nicht besonders ratsam, noch dazu wo Constable Bob sicher nicht lang auf sich warten lassen würde. Als ich müde auf ihrer Couch lag, sagte sie, sie habe gehört, daß ich den Commander besucht hätte und bei ihm zum Mittagessen gewesen sei. Sie erzählte mir auch von ihrer Schwester Hänsel, die beim Commander gewohnt habe und verschwunden sei. Kann sein, daß ich daraufhin etwas vom Donnerloch sagte und von den Schwierigkeiten, die der Commander mit dem weiblichen Prinzip hatte, und davon, wie er Dinge zu entsorgen pflegte. Ich schlief dann ein. Am nächsten Morgen fühlte Gretel sich besser. Nach einem echten Schweizer Frühstück zeigte sie mir den Heuschober und schlug vor, wir könnten hier doch noch ein wenig «herumspinnen». Müsli und Schmelzkäze schienen ihr Blut in Wallung zu bringen, sie aber gleichzeitig auch labil zu machen. Als ich mich ihr näherte, stieß sie mich weg und rannte fort, blieb dann unvermittelt stehen und drehte sich wieder um, wobei sie vor Zorn heulte und auf mich einschimpfte.

Dabei fiel mir ein, was der Commander mir demonstriert hatte. Sobald Gretel in meiner Reichweite war, packte ich ihre Handgelenke, setzte ihr einen Fuß in die Magengrube, ließ mich zurückfallen und schwang sie über meinen Kopf nach hinten über mich hinweg. Sie fiel ins Heu, schüttelte sich, raffte sich sofort wieder hoch und versuchte es von neuem.

«Sehr gut», sagte sie dann, nachdem sie noch ein paarmal auf diese Weise gelandet war. «Aber jetzt sei ein Schatz, und laß uns das Ganze umdrehen. Du greifst mich an, okay?» Wir tauschten die Rollen. Anfangs hatte Gretel gewisse Schwierigkeiten, mich über ihren Kopf hinwegzustemmen. Außerdem waren wir beide müde. Ich änderte meine Kampfstrategie. Gretel ging endlich darauf ein. Hinterher dösten wir eine Weile.

«Das war sozusagen eine Vorschußzahlung», sagte sie, als sie mich wieder wach rüttelte. «Los, du Faulpelz, wieder an die Arbeit.»

Nachmittags errichteten wir eine vier Fuß hohe Wand aus Strohballen, hinter der wir uns das Donnerloch vorstellen wollten. Dann übten wir weiter. Ich griff Gretel an. Ihre Bewegungen stimmten jetzt: Sie griff nach meinen Handgelenken, trat mir mit dem Fuß in den Magen, ließ sich auf den Rücken fallen. Ich schwebte fast über die Wand hinüber.

«Jetzt kann ich es», sagte sie. «Danke.»

Dann verschwand der Commander.

Constable Bob betrieb seine Routinenachforschungen. Gretel war draußen bei Rose Cottage gesehen worden, aber sie bestritt, daß es zwischen ihr und dem Commander mehr als ein beiläufiges Gespräch gegeben hatte. Sie meinte sich aber zu erinnern, ihn von einer Reise reden gehört zu haben. War es Chile gewesen, wo er hinwollte? Nein, aber vielleicht Nigeria oder Libyen oder so. Sie wußte es nicht mehr so genau. Constable Bob fragte mich – «bloß für seinen Bericht» –, ob ich den Commander zufällig in der letzten Zeit gesehen hätte.

«Commander Fischfutter?»

Er lachte nicht.

Dann ging Gretels Kurs in Holzschnittechnik zu Ende. Wir waren des öfteren auf meinem Motorrad übers Land zum Picknick an die Küste gefahren. Weitere Annäherungsversuche hatte sie meistens abgeblockt. Ich brachte sie nach Penzance zum Bahnhof. Herbert tauchte nicht auf.

Ich sichtete ihn eines Abends im *The Dinghy*. Er übersah mich geflissentlich, bis ich mich neben ihn an den Tresen stellte. Ich wies ihn darauf hin, daß er keinen Grund hatte, unfreundlich zu mir zu sein. Wenn hier jemand das Recht zu irgendwelchen Bösartigkeiten hätte, sei das ich. Er, Herbert, hätte mich vor dem gefährlichen Spiel von Constable Bob warnen müssen. Er sei doch mein Freund, oder –? Und wieso überhaupt war er eifersüchtig? Hatte Gretel mich nicht genauso benützt wie ihn?

«Reden wir etwa über Werte heute?» fragte er zurück. «Wie steht es denn mit deinem Guru Nietzsche, den du ständig zitierst? Was für ein Mantra hattest du da? Hieß das nicht: Weder hat das Leben einen inneren Wert, noch mangelt er ihm. Alle ‹Werte›, die wir unserer Existenz zumessen, sind völlig relativ und von absolut keinem Nutzen, so daß unsere selbsternannten Werte allerhöchstens als Zeichen für unsere eigene Verfassung angesehen werden können...?» Er grinste.

«... und allenfalls unseren verzweifelten Versuchen, uns wichtig zu machen, entspringen?»

Ich verließ die Kneipe.

Gail war gerade von ihrem Felsenaltar im Moor zurückgekommen. Dort hatte sie, wie sie erzählte, eine Herde langhaariger Ziegen gesehen, die sie an Druiden erinnert hatte, Zauberer-Priester der vorchristlichen Ära. Sie sagte, ihrer Meinung nach hätten «Werte» durchaus noch einen Wert.

«Wie denn?» wollte ich wissen.

«Am Wert von Familie und Verwandtschaft läßt sich zum Beispiel nicht rütteln», erklärte sie mit einer Miene, die weiser und heiliger wirkte als je zuvor. «Selbstgemachtes kann sehr gut sein. Schau, mein Lieber, ich verstehe deinen Schmerz sehr gut. Aber Herbert ist doch eigenlich unbedeutend. Was ist er denn? Ein Fremder in einem Zauberland, das seine Krankheit geheilt hat, nachdem er versucht hat, uns Schaden zuzufügen, und dabei vom Himmel gefallen ist. Und wer bist du? Ein anderer Fremder, den die Suche nach Wissen hierher verschlagen hat. Und anstatt daß er dich angeleitet und geführt hätte, hat Herbert dich niemals vor diesem gefährlichen Plan von Constable Bob gewarnt, der uns von der Anwesenheit einer bösen Macht befreien wollte. Und als die arme Gretel dich für den ganzen Ärger, den du hattest, getröstet hat, hat dieser kleingeistige Herbert es sich gestattet, eifersüchtig zu werden?»

«Unbedeutend», wiederholte ich, das Wort sorgfältig abwägend.

«Ich nenne es nicht so», sagte Gail, «und vielleicht nennst du es ja auch nicht so. Aber er selbst wird es so nennen.»

«Herbert?»

«Genau.»

«Im Unterbewußtsein, meinst du?»

«So ist es.» Sie lachte. «Er wird sich durch Schmerz erst einmal läutern müssen.»

Es war fast an der Zeit für mich, meine Zelte abzubrechen. Ich schloß meine Lektüre ab, schenkte Gail zum Abschied einen Strauß Blumen, zahlte, was ich ihr schuldig war, und setzte mich in einen Zug nach London. Keine Woche später erhielt ich von ihr ein Briefchen mit einem Zeitungsausschnitt, an dessen Rand sie «siehst du?» geschrieben hatte.

«Mann beinahe in Bierglas ertrunken

Fast zum Verhängnis wurde dem ortsansässigen Künstler Herbert Auerbach letzten Samstag abend am Tresen von *The Dinghy* ein Glas Bitter. Wie unser Reporter in Erfahrung brachte, hatte der neoexpressionistische Maler seinen schweren Rucksack, in dem sich Lebensmittel für eine Woche befanden, nicht abgenommen. In dem brechend vollen Pub wurde Auerbach, der sich gerade vorbeugte, um einen Schluck aus seinem frisch gezapften Glas Bier zu nehmen, von den anderen Gästen gegen die Bar gedrückt. Ein Bekannter, über dessen Identität keine weiteren Erkenntnisse vorliegen, muß den Maler dabei in einigermaßen rauher Herzlichkeit mit «Hallo Herbert» und einem kräftigen Schlag auf den Rücken begrüßt haben und dann weitergegangen sein. Während immer mehr Gäste in das beliebte Lokal drängten, war Auerbach mit Nase und Mund richtiggehend in dem randvoll mit seinem Lieblingsbier gefüllten Glas festgeklemmt, wo er bereits zu ersticken drohte, als der Zapfer hinter der Bar auf ihn aufmerksam wurde und den Unglücklichen, der sich schon einige Zeit nicht mehr bewegt hatte, von dem Bierglas befreite. Der bewußtlose Künstler wurde sofort von einem eiligst herbeigerufenen Notarztwagen ins nächste Krankenhaus gebracht, wobei es der Rettungsmannschaft mit Wiederbelebungsversuchen gelang, ihn wieder zum Atmen zu bringen. Der Patient, dem es den Umständen entsprechend gutgeht, befindet sich nach Auskunft des behandelnden Arztes auf dem Wege der Besserung.

Ich schickte Herbert eine Karte mit den besten Wünschen für die Genesung. Er sandte mir daraufhin ein Foto seines jüngsten Gemäldes, das das Donnerloch darstellte. Öl auf Leinwand, großformatig, mittlerweile in der Londoner Tate Galery zu besichtigen. Wer den weißen Sprühnebel genau betrachtet, kann eine Spur Rosa darin erkennen, die in der Mitte des Wassers dunkler wird.

Deutsch von Elfi Hartenstein

JAPAN

1957–1959

Japan war eigentlich von dem später berühmt gewordenen Philosophieprofessor Ayer am University College in London als Scherz gedacht. Ich hatte den Professor nämlich mit meiner Hypothese irritiert, daß die Vorstellung, das Leben habe eine bestimmte Bedeutung, einen positiven oder negativen Zweck, falsch sein müsse, und daß es deshalb auch sinnlos sei, sich mit dem Studium von Bedeutung, Sinn und Zweck aufzuhalten. Also schlug er mir vor, ich solle die Universität verlassen und im praxisorientierten Japan ein buddhistischer Mönch werden, denn nur im organisierten Buddhismus könnten meine nihilistischen Tendenzen «auf sinnvolle Weise» ritualisiert werden.

«Dann müssen Sie sich jedenfalls nicht umbringen», sagte (Sir Jules) Ayer zu mir. «Sie werden jenseits aller dualistischen Qualen funktionieren könenn.»

Buddhismus bzw. seine Vorläufer Hinduismus und Taoismus gibt es seit über tausend Jahren. Ich hielt es für angebracht, mich in diese alten – für mich neuen – Glaubensrichtungen erst einmal einzulesen.

Bücher über Buddhismus fand ich bei *Foyles* am Charing Cross in London. Der alte Buchhändler erklärte mir, er würde sie für 80 Prozent des Ladenpreises wieder zurücknehmen. Auch er war der Meinung, daß Japan für mich der richtige Ort sei.

«Man geht von der Idee aus», sagte er, «daß es keine Idee gibt. In den Moosgärten von Kyoto werden Sie es verstehen.»

Professor Ayer empfahl mir ein Zen-Kloster.

Zen war damals das Zauberwort, oder jedenfalls gerade dabei, es zu werden.

Ich kam relativ früh dazu, d. h., der eigentliche Run auf den Zen-Buddhismus setzte erst einige Jahre danach ein. Inzwischen bedeutet Zen Geld. Er schafft Karrieren. Zen-Meister heute fahren in pinkfarbenen Mazdas bei ihren Psychiatern vor, aber damals fand ich noch einen wirklich weisen Mann, einen ehemaligen Soldaten, der seinen «Wächterdienst» während der japanischen Besetzung der Mandschurei abgeleistet hatte. Er war ein aufgeklärter Lehrer, der mir sagte, ich wisse eigentlich bereits alles, aber es könne nicht schaden, wenn ich die nächsten acht Monate morgens um drei aufstehen und meine fünfzig Stunden Meditation pro Woche absolvieren würde.

Wozu aber?

Zu nichts.

Jedenfalls zu nichts, das Anlaß zu Sorgen gäbe.

Der Meister wurde nicht zornig (er war während des Kriegs oft genug zornig gewesen), als ich angetrunken durch die papierbespannte Tür in das Vorsteherzimmer marschierte und auch noch über den schlafenden Vorsteher selbst hinwegstieg. Der Vorsteher wurde zornig. Er wollte mich ausschließen, aber der Meister vertrat die Meinung, ich solle bleiben und noch mehr vom Nichts begreifen (und auch lehrend weitergeben).

Nachdem ich dies zwei Jahre lang getan hatte, wanderte ich mit dem Segen meines Meisters weiter.

Spätere Schüler späterer Meister hatten nicht soviel Glück. Sie fanden Meinungsrichtungen im Zen und strenge Anweisungen, wie sie ihre Kleider zu falten und auf welcher Seite sie zu schlafen hatten (viel besser noch war es, nachts aufrecht sitzen zu bleiben). Wenn sie als Zen-Priester ihre Prüfungen abgelegt hatten und ihre Laufbahn weiterverfolgten, mußten sie auch Kragen in unterschiedlichen Farben tragen, aus denen ihr Rang deutlich wurde. Man hatte ihnen Statusdenken beigebracht und großspuriges Auftreten, und sie trugen ihre hart erarbeiteten Kragen zur Schau wie beförderte Ausbilder einer computerisierten Fertigungsstaße, auf der Robotermönche anstelle von Toyotas hergestellt werden.

Um die Schattenseite buddhistischer Unterweisung geht es in

der folgenden Geschichte. Aber auch um regelmäßiges Training, um Alltag, wie ein nicht-religiöser Schüler des Lebens – ein Polizeiinspektor – ihn praktiziert, der die farbigen Kragen zerschneidet und mit den Folgen falscher Lehren aufräumt. Am Ende jedoch – ich hoffe, die Geschichte stellt das deutlich heraus – kommt es weder auf das eine noch das andere wirklich an. Der Konflikt zwischen Delinquent und Detektiv scheint auf gegenseitiges Verständnis hinauszulaufen. Die Tatsache, daß sie beide in diesen Kampf verwickelt waren, hebt ihre Dualität auf. Der eine kann seine bisherige Persönlichkeit ablegen, der andere wird seine Maske bewußt noch etwas weitertragen.

Für mich und für mein Denken war Japan der Wendepunkt, trotz Stundenhotels und Sake-Spendern auf Bahnsteigen, trotz moderner Architektur à la Tokio, trotz Hallengolf und menschlicher Schafherden, die in überfüllten Zügen und Untergrundbahnen hin und her transportiert werden. Sich an nichts festzuhalten ist nicht einfach, aber was ich in Japan erlebte, erleichterte mir die Bürde meines fehlenden Glaubens. Nachdem es – wie der Londoner Buchhändler es vorausgesagt hatte – in den Moosgärten von Kyoto dahin gekommen war, fühlte ich mich wirklich zunehmend besser.

Die Akte Segelohr

Der Text der folgenden Ermittlungsakte wurde als Unterrichtsmaterial für Kriminalbeamte in einem Lehrgang der Polizei-Akademie Kyoto benutzt:

Diesen Bericht verfaßte Saito Masanobu, Keibi (dritter Klasse) der Mordkommission im Polizeipräsidium Kyoto*

Kyoto, 20. April 1979

Durch den Telefonanruf von Kogawa Sujuru benachrichtigt, besuchte ich am heutigen Morgen um 10 Uhr das Haus 7-3-5 Kawabata. In diesem Haus, im zweiten und höher gelegenen Stockwerk, entdeckte ich, in einem Raum an der Rückseite, den leblosen Körper einer Frau – Washino Maiko, 64 Jahre alt. Dr. Obatas Bericht, der die Ursache des Todes darlegt und eine Beschreibung der sterblichen Überreste der Frau enthält, ist diesem Bericht beigelegt. Einige aufgetrennte Mülltüten aus grauem Plastik waren an die verschiebbaren Papiertüren und ebenso an die vollkommen intakten Fenster geheftet worden, offensichtlich, um die Zufuhr von Frischluft zu verhindern. In dem Raum fand ich außerdem noch eine kleine Gasflasche, mit der üblicherweise ein Küchenherd beheizt wird. Der Hahn der Gasflasche war geöffnet, und sein Inhalt hatte sich verflüchtigt. Washino-san lag auf ihrem Bett, auf dem mit Strohmatten ausgelegten Fußboden, und ihre Arme waren über ihrer Brust gekreuzt.

Der einzige Mitbewohner in diesem Haus, Kogawa Sujuru, ein 40 Jahre alter Mann, berichete mir folgendes: «Es muß sich während der Nacht ereignet haben. Ich hatte letzte Nacht getrunken und schlief fest. Ich lebe im unteren Stockwerk und breite mein

* Keibi entspricht im Dienstgrad dem Inspektor bzw. dem Kommissar.

Bett in dem niedriger gelegenen der vorderen Räume aus. Als ich aufwachte, roch ich Gas und bemerkte, daß die kleine Gasflasche, die den Küchenherd versorgt, entfernt worden war. Ich lief die Treppe hinauf, um nach Washino-san zu rufen. Vor fünf Jahren nahm sie mich als ihren Sohn und adoptierte mich. Dieses Haus gehört ihr.

Ich öffnete die Tür zu ihrem Schlafzimmer und torkelte sofort zurück, weil das Gas mit einem Schwall in den Korridor entwich. Ich sah sie auf ihrem Bett liegen und bedeckte meinen Mund und die Nase mit einem Tuch, lief hinein und öffnete die Fenster. Dann rief ich die Polizei an. Washino-san litt unter Depressionen und sprach oft über Selbstmord.»

Kogawa ist freischaffender Künstler, ein Maler. Ich vernahm ihn in seinem Atelier, dem hinteren Raum im Erdgeschoß. Er sagte:

«Ich fühle mich schuldig. Washino-san hat nie geheiratet und ist recht wohlhabend gewesen. Die Menschen in der Nachbarschaft sprachen über sie wie von einer verheirateten Frau, aber das war natürlich nicht korrekt. Es war sehr gütig von ihr, als sie einwilligte, mich, diese bescheidene Person, einen sich durchkämpfenden Künstler, zu adoptieren und als ihren Sohn anzunehmen. Dank ihr mußte ich nicht länger meine Zeichnungen und Gemälde auf der Straße verkaufen. Seit Washino-san mich als ihren wirklichen Sohn akzeptiert hatte, machte sie es mir hier sehr bequem und beglich all meine Auslagen. Ich habe mich ihrer vielen Geschenke als unwürdig erwiesen. Ich hätte es zumindest versuchen sollen, sie aufzumuntern. Jetzt erbe ich all ihren Besitz und kann mich nicht mehr bei ihr für die vielen Gefälligkeiten erkenntlich zeigen.»

Sowohl die Begleitumstände als auch die Erkenntnisse von Doktor Obata deuten darauf, daß Washino Maiko aus eigenem Antrieb und durch ihr eigenes Zutun starb. Ich schließe deshalb auf Selbstmord.

Diesen Bericht verfaßte Saito Masanobu, Keibi (erster Klasse) der Mordkommission im Polizeipräsidium Kyoto

Kyoto, 3. Mai 1983

Durch den Telefonanruf von Ozaki Jumoko-san benachrichtigt, besuchte ich am heutigen Morgen um 9.30 Uhr das Haus 7-3-5 Kawabata. Ozaki-san, die Putzfrau von Kogawa Sujuru, dem bekannten Künstler, führte mich zu dem leblosen Körper des Hausbesitzers, der an einem Balken des Ateliers hing, einem Raum an der Rückseite des Erdgeschosses. Dr. Obatas Bericht, der die Ursache des Todes darlegt und eine Beschreibung der sterblichen Überreste Kogawas enthält, ist diesem Bericht beigelegt. Ebenfalls diesem Bericht beigelegt ist ein Brief, der am Kimono der Leiche befestigt war. Nachdem ich in Erfahrung gebracht hatte, daß die Handschrift identisch mit der verschiedener Dokumente ist, die im Haus aufgefunden wurden, und unter Berücksichtigung des Berichts von Doktor Obata und der von mir beobachteten Begleitumstände schließe ich auf Selbstmord.

Ein Brief, geschrieben von Kogawa Sujuru, gerichtet an Keibi Saito Masanobu

Kyoto, 2. Mai 1983

Freund und Teufel, der mich verfolgt:

Sie werden sich zweifellos an das erinnern, was ich Ihnen anläßlich des vorzeitigen und unnatürlichen Todes meiner Adoptivmutter erzählt habe. Sie vermuteten sicherlich, daß ich log. Aber meine Lügen waren so überzeugend, weil ich sie so geschickt mit der Wahrheit verflochten habe. Meine Adoptivmutter starb vor vier Jahren, weil sie an giftigem Gas erstickte, und Sie vernahmen mich damals sehr ausdauernd. Ich bemerkte, daß Ihre Ohren ziemlich abstanden, und deshalb nannte ich Sie «Segelohr», natürlich nie in der Öffentlichkeit. Dieser physische Makel, der Ihnen ein sehr komisches Äußeres verleiht, beeindruckte mich tief.

Janwillem van de Wetering

De lege spiegel
Op zoek naar het ongerijmde
De verdachte Verheugt
De gelaarsde kater

«Narziß im Nichts.» (Daitoku-ji Kloster, Japan: 1958)

Sie wollten die Wahrheit erfahren. Haben Sie jemals die buddhistische Erzählung über die Zwiebel gehört? Ich weise auf dieses Gleichnis hin, weil Sie, bevor Sie mir all Ihre Fragen stellten, erzählten, Sie rechneten sich der Zen-Schule des buddhistischen Glaubens zu. Sie behandelten mich höflich, ruhig und sogar mit ein wenig Liebenswürdigkeit, und das vielleicht nur aus Gewohnheit, aber auch, so schien es mir, damit ich meine Abwehrhaltung Ihnen gegenüber fallenließe. Ich besitze eine kleine Statue, die Bodhidharma darstellt, den ersten Zen-Meister, der vor langer Zeit aus Indien zu uns kam. Sie bewunderten dieses eindrucksvolle Kunstwerk. Ich erzählte Ihnen, daß ich diese kleine Skulptur, die diesen fetten, griesgrämigen Patriarchen darstellt, von meinem Vater bekommen habe. Mein Vater erhielt sie seinerseits von Gota, dem kürzlich verstorbenen Zen-Meister, der dem nördlichen Tempel vorstand. Gota sprach viel über das Gleichnis der Zwiebel. Wenn wir eine Zwiebel schälen, fällt eine Lage Haut nach der anderen herunter, bis schließlich nur noch die Leere übrigbleibt. Genauso löst die buddhistische Schulung nach und nach das Ego ab, so daß wir schließlich in die große Leere eintreten können. Sie wollten meine Zwiebel schälen, meine Lügen wegreißen, die wie Schuppen meine Wahrheit verbergen. Aber ich wage anzunehmen, daß auch ich den göttlichen Kern besitze, die Stille, die uns allen am Ende zufällt.

Sie saßen mir damals so stark und ruhig gegenüber wie ein Mönch in tiefer Meditation. Sie trugen einen dunklen Anzug, in westlichem Stil und aus guter Qualität, möglicherweise war er maßgeschneidert, dazu ein weißes Hemd und einen schmalen, geschmackvollen Schlips. Sie hatten die Beine übereinandergeschlagen, ihr Kopf erhob sich gerade zwischen den Schultern, und ihr Torso ruhte gleichmäßig auf meinen ärmlichen, abgenutzten Strohmatten. Ich fühlte genau, daß Sie keine meiner schmutzigen Lügen glaubten, aber ich dachte sie mir, so gut es ging, aus, damit Sie sie in Ihren Bericht schreiben konnten. Der Tod meiner Stiefmutter war in diese Lügen eingerahmt, als ein Selbstmord, der nicht in Zweifel gezogen werden konnte. Ich sagte, daß ihr Tod mir Kummer bereitete, um meine Unschuld deutlich werden zu lassen. Jeder, der das Gesetz bricht, verhält sich vorsichtig, wenn er der Polizei in seiner eigenen Wohnung gegenübersteht. Sie waren mein Feind, ein Teufel, der bereit ist, mich in die Hölle zu zerren. Ein Teufel mit Segelohren?

Ein körperliches Gebrechen erhöht gleichsam die menschliche Natur unserer Erscheinung. Ich bitte Sie um Verzeihung, denn ich will damit nicht behaupten, daß Sie wie ich körperlich behindert sind. Haben Sie in Ihrem Bericht erwähnt, daß ich einen Buckel habe und entsetzlich schiele? Ich glaube es nicht, obwohl diese Information sachdienlich sein könnte. Weshalb? Um einen Mord aufzuklären? Sicherlich hatten Sie bemerkt, daß meine Stiefmutter ebenfalls einen Buckel hatte und hinter ihren dicken Brillengläsern schielte. Einige Leute dachten tatsächlich, daß Washino-san meine leibliche Mutter wäre, lange bevor sie mich offiziell adoptierte. Unsere äußere Ähnlichkeit muß der Einfall eines bösartigen Schicksals sein.

Darf ich Ihnen einiges über mein Leben erzählen? Gerade sie, ein intelligenter und geschulter Polizeibeamter, können daraus noch etwas über das Zustandekommen menschlicher Beziehungen lernen.

Meine Mutter starb kurz nach meiner Geburt. Mein Vater schämte sich, daß sein Sohn ein verkrüppeltes Scheusal war, aber es blieb ihm nichts anderes übrig, als seinen eigenen Sohn aufzuziehen. Er entwarf Kimonos für ein bekanntes Geschäft in der Stadt. Nach dem Tod meiner Mutter stand er jeden Morgen früh auf, um den Zen-Meister Gota zu besuchen. Ich vermute, daß er so in Erfahrung bringen wollte, was er verbrochen hatte, um einen Sohn wie mich zu verdienen. Sicherlich waren meine Behinderung und der vorzeitige Tod meiner Mutter die Folge seiner Fehler, die er in seinem vorausgegangenen Leben gemacht hatte. Meister Gota erdachte einige Rätsel, die mein Vater lösen sollte, und er empfahl ihm ermüdende und lange Meditationsübungen, so daß er sein tieferes Bewußtsein erreichen könnte. Mein Vater hatte wenig Glück, so konnte er sich nicht einmal nach den langen Stunden Arbeit, für die er nie angemessen bezahlt wurde, ausruhen. Heute frage ich mich, ob Meister Gotas Bemühungen wirklich hilfreich waren. Aber er häufte weitere Probleme auf meines Vaters Grundfrage: Warum hat ein gutmütiger Mann in seiner täglichen Existenz zu leiden? Nebenbei bemerkt, Zen-Rätsel ergeben kaum einen Sinn, sie können nicht mit Hilfe der Logik gelöst werden und machen auch manchmal den Schüler wahnsinnig.

Halte den Eilzug aus Osaka an.

Haben Sie jemals etwas über dieses Zen-Rätsel gehört? Ist es nicht eigentlich ein grausamer Befehl? Mein Vater muß dies so empfunden haben, denn eines Tages wurde er auf den Eisenbahnschienen tot aufgefunden. Ich vermute, daß er zu dieser Zeit auf Buddha

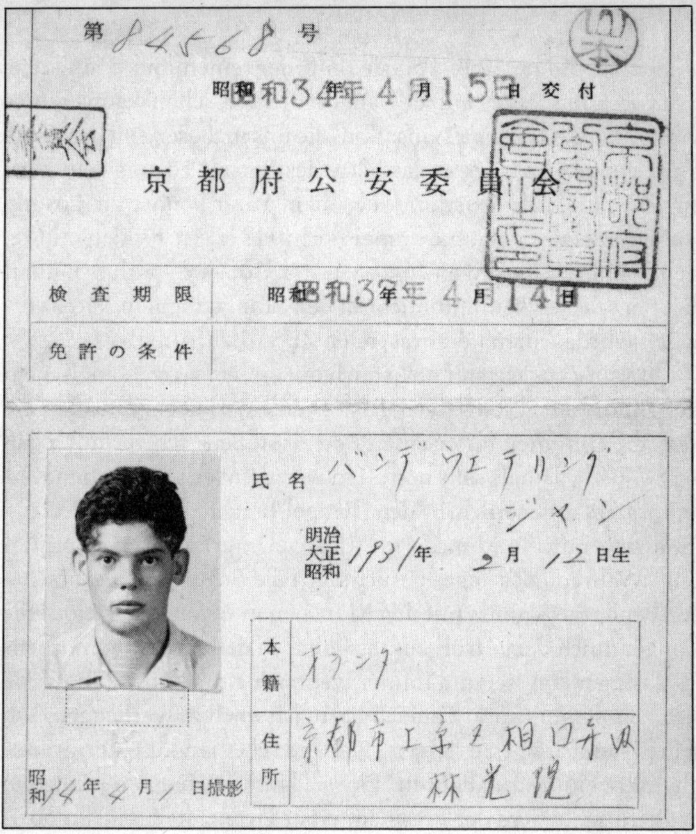
第 84568 号

昭和34年4月15日 交付

京都府公安委員会

検査期限	昭和37年4月14日
免許の条件	

氏名 バンデウエテリング ジャン

明治 大正 昭和 1931年 2月 12日生

本籍	オランダ
住所	京都市上京区相国寺 林光院

昭和34年4月1日撮影

«Führerschein.» (Kyoto, Japan: 1958)

wartete, und vielleicht dachte er, daß sich ihm der Einzigartige als Eilzug offenbaren würde. Seine Leiche war furchtbar entstellt, aber ich konnte ihn identifizieren. Damals war ich 14 Jahre alt. Das Halte-den-Eilzug-an-Rätsel interessierte mich sehr. Die Hälfte meines Seins entstand aus den Genen meines Vaters; ich bin auch die Kontinuität all seiner Fragen. Im Moment verbrenne ich vor dem Foto meines Vaters Weihrauch, aber es wäre sinnvoller, wenn ich eine Antwort auf die Frage meines Vaters finden könnte. *Halte den Eilzug aus Osaka an.* Stand ich nicht oft auf diesem Weg, genau an der Stelle, wo sich der Berg erhebt und man die altehrwürdige Tojy-Pagode auf der einen Seite und das moderne Grandhotel auf der anderen Seite sehen kann, dieses Symbol der westlichen Zivilisation, die uns in dieser Zeit den Fortschritt gebracht hat. Zeit, das hätte des Rätsels Lösung sein können. Zeit, die nicht existiert, aber mein Vater konnte die Lösung nicht erkennen. Er glaubte immer noch, daß er sich beeilen müßte, irgendwohin zu gelangen, und Meister Gota wollte ihm Einhalt gebieten, aber es kam ihm nicht in den Sinn, daß mein Vater versuchen würde, einen heranrasenden Zug aufzuhalten.

Sollte ein Zen-Meister nicht auch mit einigem psychologischem Verständnis ausgestattet sein? Ist es solch erhabenen Seelen erlaubt, die Dummen unter einen Zug zu stoßen? Ich vermute, daß Meister Gota damals sehr betroffen war, denn er schickte den Klostervorsteher, der mich in den Tempel brachte. Zwei Jahre lang gewährten mir die Mönche im Kloster Unterkunft und Verpflegung. Während des Tages besuchte ich die Schule und verbrachte die Abende zusammen mit den Mönchen in tiefer Meditation. Sie zwangen mich dazu, früh aufzustehen, so daß ich schon morgens still dasitzen konnte, und immer wenn ich einnickte, schlugen sie mich mit einem Stock. Danach hatte ich mich zu verbeugen, um meine Dankbarkeit zu zeigen. Schläge scheinen zu einer gründlichen Erziehung zu gehören. Eines Tages las ich einen Artikel in der Zeitung, in dem der Präsident einer Firma, die Luxuslimousinen herstellt, gelobt wurde. Er hatte einen Hilfsarbeiter mit einem Schraubenschlüssel geschlagen, weil der junge Bursche einen Bolzen nicht sorgfältig genug befestigt hatte. Der Mönch, der dem Kloster vorstand, war ein vornehmer Mensch, und jedesmal, wenn Sie mich besuchten, erinnerten Sie mich an ihn. Sie tragen Ihren maßgeschneiderten Anzug genauso wie er seine Robe. Es ist in den Zen-Tempeln Tradition, immer die gleiche Robe zu tragen, so erkennen die Menschen draußen, daß ein Mönch wenig Geld für sich selbst verwendet. Der Klostervorsteher verwendet eine Menge Zeit und Mühe darauf, seine Robe zu flicken, und sein Gewand war ein Kunstwerk, eine wirklich geschickte Kombination aus Kleidungsresten in allen möglichen Blau- und Schwarzschattierungen. Ich malte ihn oft, obwohl er es ablehnte, mir Modell zu stehen. Immer wenn er mich mit meinen Pinseln beschäftigt sah, pflegte Meister Gota zu sagen, ich verschwendete meine Zeit. Er wollte meinen Malkasten konfiszieren, aber ich erhielt von den Mönchen Taschengeld, das ich sparte und so meinen Bestand immer ersetzen konnte. Nachdem ich die Schule beendet hatte, floh ich aus dem Tempel und zog umher. Viele Jahre schlief ich unter Brücken und versuchte, meine Werke auf der Straße zu verkaufen. Ich war allein und haßte jeden. Hilflose Krüppel lernen ihre Gefühle zu verstecken, egal wie. Die anderen Penner beleidigten mich und stahlen mein Geld. Ich träumte von Rache. Vielleicht erhielt mich auch in jenen Tagen nur mein Haß am Leben. Leute, die auf der Straße leben, lernen schnell. Sie legen sich irgendwo nieder, umklammern sich gegenseitig, seufzen ein paarmal und sterben dann im Schlaf. Aber noch brauchte ich mein Leben und wurde stark durch meinen Zorn. Ich träumte davon, alle Stützpfosten zu zerstören, die unsere berühmten alten Gebäude aufrecht halten, oder das Rathaus in Brand zu stecken. Ich ließ Tempel explodieren und verursachte gewaltige Schäden auf belebten Straßen. In Wirklickeit war ich brav und malte hübsche Bilder, die niedliche, in Gärten spielende Kinder zeigten oder entzückende Kätzchen, die mit funkelnden Glöckchen an Samthalsbändern geschmückt waren. Die Kätzchen waren fett und glücklich, nicht wie all die hungernden, dumpfen Kreaturen, die die Menschen in den Tempelgarten werfen und darauf hoffen, daß Buddha sich schon ihrer annehmen werde. Buddha bemerkte sie nie, doch ihre Schreie peinigten die Mönche, die sie dann im Teich des Tempels ertränkten.

Haben Sie davon irgend etwas geahnt, als Sie mir in die schielenden Augen starrten und untersuchten, wie Washino-san ihr Ende gefunden hatte? Ich glaube, daß Sie etwas vermutet haben. Ich schiele wirklich stark, wie Sie sicherlich bemerkt haben. Die Passanten lachten oft über mich: «Wirst du nicht stumpfsinnig, wenn du dir immer auf deine eigene Nase schaust?»

Nachdem sie das gesagt hatten, gackerten sie immer wie die Hühner, von ihrem eigenen Witz belustigt.

«Tempelleben.» (Kyoto, Japan: 1958)

Die Art und Weise, wie Ihre Ohren abstehen, belustigt mich ebenfalls. Ich wollte Sie fragen: «Werden Sie nicht davongeblasen, wenn der Taifun über die Stadt hinwegfegt?», um dann vor dem Wegrennen lauthals zu lachen. Aber so verhält man sich nicht, wenn man von einem Keibi des Mordes verdächtigt wird.

Wie ich meine Stiefmutter getroffen habe? Sie fragten es mich damals, und ich versorgte Sie mit den gerade nötigsten Informationen. Ich erzählte Ihnen, daß ich ein Zimmer im Haus der alten Dame gemietet hatte und daß ich ihr mehr und mehr gefiel, bis sie mich eines Tages mit zum Rathaus nahm, um mich als ihren gesetzmäßigen Sohn eintragen zu lassen. Als ihr Sohn wurde ich zwangsläufig zu ihrem Erben, und ihr Tod würde mir einen materiellen Vorteil bringen.

So trieb ich sie in den Tod. Undankbar, oder? Darf ich mir jetzt erlauben, den Rest der Geschichte mit den wirklichen Einzelheiten zu ergänzen?

Ich stellte meine Arbeiten auf der Straße aus und schlief unter einer Brücke, zu dieser Zeit war es die Godjo-Brücke, nebenbei bemerkt, es ist der schlechteste Zufluchtsort, den die Stadt bietet. Dort zieht es sogar heftig, wenn der Wind sich gelegt hat, und die Ratten sind größer und kräftiger als irgendwo anders. Die Penner sind ebenfalls die schlimmsten betrunkenen Straßendiebe und alte, häßliche, zahnlose Weiber, stinkend vor Schmutz. Ich hatte gerade angefangen, die heiligen Männer des Buddhismus zu porträtieren: Bodhidharma, lüstern über seinen dürren Schnurrbart hinwegblickend, den ehrwürdigen Meister Hakuin, vom Alter verwüstet, und den zurückgebliebenen Ananda, Buddhas ersten Schüler, der immer wieder die Worte seines Lehrers wiederholte und deshalb «Papagei» genannt wurde. Oft besuchen die Touristen Kyoto nur deshalb, weil sie denken, daß unsere Tempel himmlischen Glanz ausströmen, und die Heiligenbildnisse werden zu den passenden Souvenirs, die man den Freunden zu Hause zeigen kann. Eines Tages verdiente ich eine hübsche Summe, und ich konnte der Versuchung nicht widerstehen, mir neue Kleider zu kaufen. Ich sah plötzlich so adrett aus, daß ich es nicht mehr wagte, unter die Brücke zurückzukehren. Deshalb wanderte ich ziellos umher, bis ich im östlichen Stadtteil ein gepflegtes Haus in einer wunderbaren Allee sah. An der Mauer war ein Schild befestigt: *Zimmer zu vermieten.*

Das war der Anfang einer großen Wende. Washino-san öffnete die Tür und bat mich herein. Ich war schon ewig nicht mehr in so einem gepflegten Haus gewesen, daß ich mich ganz unwohl fühlte. Aber ich mußte mich auch sehr zusammennehmen, um nicht zu grinsen – Washino-san hatte ebenfalls einen Buckel und schielte fürchterlich. Wir konnten uns nicht einmal direkt in die Augen sehen und mußten uns vorbeugen, um das Gewicht unserer mißgebildeten Rücken auszubalancieren. Die Miete war erträglich, und ich erklärte ihr, daß ich das Zimmer sofort beziehen wolle. Es kam ihr sonderbar vor, aber ich trug alles bei mir: meine Lumpen in einem Beutel und meine Arbeiten in einer hölzernen Rolle. Damit sie es sich nicht noch anders überlegen konnte, zählte ich schnell einige Geldscheine ab. Sie nickte zustimmend. Es wirkt unanständig und verlockend, wenn Geld so offen gezeigt wird.

Ich war auch nicht anständig, Washino-san besuchte mich oft, um zu plaudern, und wollte mir Tee anbieten, aber ich bestand darauf, Reiswein zu trinken. Unter den Brücken hatte ich mich an den Alkohol gewöhnt. Erhitzter Reiswein wärmt die Glieder und wirkt manchmal inspirierend. Ich malte also weiterhin die heiligen Männer und mußte ständig ein wenig betrunken sein, um ihren Ausdruck gut zu treffen. Ich war natürlich nicht betrunken; erst später wurde ich regelrecht süchtig. Washino-san liebte es zu plaudern, und ihr Gesprächsstoff war monoton. In der Regel redete sie über den Tod und die verschiedenen Möglichkeiten zu sterben. Sie sah sich all diesen Quatsch im Fersehen an, wo edle Gentlemen und Ladys aus grauer Vorzeit sich in Schwierigkeiten bringen, um dann gezwungen zu sein, sich das Leben zu nehmen. Wir pflegten die verschiedenartigsten Gifte in Erwägung zu ziehen, stießen uns Messer oder Schwerter in Bauch und Nacken, erstickten durch Strangulieren, sprangen von Klippen, ertränkten uns im Meer und ähnliches mehr. Ich schlug Gas vor, weil es sich ja im Haus befand. Und ich verstand natürlich, daß sie ihren eigenen Tod erörterte, wenn sie auch nur von ihren depressiven Freunden und Bekannten redete, die sie gar nicht hatte, weil sie ja niemanden kannte.

Ich malte normalerweise bis mittags und verbrachte den Nachmittag auf der Straße. Eines Tages fragte sie mich, womit ich mein Geld verdiene. Ich erzählte ihr die Wahrheit, und sie schlurfte aus dem Zimmer, ohne etwas zu sagen, sogar ohne Verbeugung. Etwas später kam sie zurück und klagte mich der schamlosen Bettelei an. Sie sagte auch, daß ich zu gehen hätte. Ich könnte noch bis Ende des Monats bleiben, aber keinen Tag länger. Eine Person, die auf dem Bürgersteig kauere, um Passanten das Geld aus der Tasche zu ziehen, sei nicht die Art Mieter, die in dem hübschen Heim einer Lady willkommen ist. Es stimmte, daß ich das meiste Bargeld damit verdiente, mir pathetisch meine Lumpen umzuwerfen, schmerzverzerrt zu husten und meine arme, kranke Gestalt unter einem rissigen Papier-Regenschirm zu schützen. Aber diese Rolle spielt jeder, der sein Zeug auf der Straße verkaufen will. Oft verkaufte ich aber gar nichts, trotzdem warfen die Leute mir immer ein paar Münzen auf meine Strohmatte.

«Wenn ich nicht willkommen bin, bleibe ich keinen Augenblick länger», erwiderte ich zornig und begann, meine Sachen zu packen. Washino-san sagte, daß sie mich nicht einfach hinauswerfen wolle und daß sie eine Hütte kenne, wo ich vielleicht bleiben könnte. Aber ich verließ sie im Zorn, um wieder unter der Brücke zu schlafen, und am nächsten Tag traf sie mich auf der Straße. Ich verkaufte zu dieser Zeit meine Sachen vor den Toren des Kaiserpalastes, und sie erzählte mir später, daß sie mich stundenlang gesucht habe. Sie weinte, entschuldigte sich, und ich zog wieder ein.

Sie war doch keine schlechte Frau, sagen Sie jetzt vielleicht, wenngleich sie möglicherweise ein wenig stolz und in ihren Ansichten ein wenig beschränkt war. Ich stimme Ihnen mit etwas Zögern zu. Menschliche Beweggründe sind nicht immer einfach zu verstehen. Wir sahen uns ja sehr ähnlich, und sie könnte mich als die Fortsetzung ihres Lebens angesehen haben. Vielleicht wollte sie auch nur Einfluß auf mich ausüben oder durch mich zu Ehren gelangen. Ich bin kein untalentierter Künstler. Habe ich nicht seit ihrem Tod mein Können bewiesen? Mein Gemälde *Kraniche an einem regnerischen Abend* gewann letztes Jahr einen Preis, und *Kyoto Art* publiziert regelmäßig meine Arbeiten, gefolgt von langen Artikeln, in denen die Experten mich überschwenglich loben. Einige meinen, *Kyoto Art* wäre das beste Kunstmagazin im ganzen Land. Washino-san wäre stolz auf mich gewesen, wenn sie noch lebte.

Als ich nach meiner Nacht unter den Brücken zurückkehrte, führten sie und ich ein langes und ernsthaftes Gespräch miteinander. Es wäre keine Miete mehr fällig, wenn ich versprechen würde, meine Arbeiten nicht mehr auf der Straße zu verkaufen. Von diesem Tag an bezahlte sie mir meine Farben, meine Pinsel und servierte mir alle Mahlzeiten. Ich sollte nur noch eine stattliche Anzahl Gemälde produzieren und dann einen Agenten finden, der mich in eine Galerie einführt und die Ausstellungen organisiert. Ich gab mein Bestes, und innerhalb eines Jahres wurde mein Werk bekannt.

Können Sie sich vorstellen, wie man sich fühlt, wenn man an der Leine hängt, deren anderes Ende in der Klaue einer alten Frau liegt? Zweifellos konnte ich unter günstigen Bedingungen malen, aber ich hatte meinen freien Willen verloren. Ich wehrte mich, indem ich mehr als je zuvor trank und regelmäßig andere Künstler einlud, die ich durch meinen Agenten kennengelernt hatte, damit sie halfen, einen Krug nach dem anderen zu leeren. Ich wurde streitsüchtig und bestärkte sie, wenn sie begann, über den Tod zu reden. Immer, wenn ich ein Bild verkauft hatte, schwieg ich, aber sorgte dafür, daß alle Enttäuschungen ausgiebig diskutiert wurden. Das Thema Selbstmord tauchte immer häufiger auf, und ich bedrängte sie, Gas zu benutzen. Die Stahlflasche mit dem Kochgas gehörte in die Küche, wurde aber in ihrem Schlafzimmer gefunden, als Sie kamen, um den Tod meiner Stiefmutter zu untersuchen. Wer hatte die Stahlflasche hinaufgetragen? Sie bat mich damals nicht, das schwere Ding hochzuschleppen, aber eines Abends dachte ich, die Zeit sei gekommen, und ich hatte recht.

Ist es nicht erheiternd, wie die Rollen sich verkehren können? Zuerst sah es so aus, als könne sie meinen Willen kontrollieren, aber nach und nach wurde ich zum bestimmenden Faktor. Meine Stiefmutter verübte Selbstmord, sie drehte den Hahn auf, nachdem sie die Plastikmülltüten an den Rahmen ihrer Fenster und Türen befestigt hatte. Ich trug nur die Stahlflasche nach oben. Es ist illegal, einem Selbstmörder zu helfen, aber eben auch schwer nachzuweisen.

Als ihr einziger Erbe wurde ich zu einem Tatverdächtigen, doch wahr ist, daß ich nichts von dem benötige, was sie mir hinterlassen hat. Eine Woche nach dem Tod von Washino-san wurde meine erste große Ausstellung eröffnet, und ich wußte genau, daß ich etwas verkaufen würde. Mein Optimismus war nicht unbegründet, denn mein Name war in den richtigen Kreisen eine Zeitlang kursiert. Warum also half ich ihr bei dieser Entscheidung? Vermutlich wollte ich dadurch meine Vergangenheit auslöschen. Ich wollte diesen ekelhaften Bettler loswerden, der ich so lange sein mußte, und Washino-san war die einzige, die ihn genau gekannt hatte. Vielleicht lag die Ursache meiner Missetat in den Racheträumen, die ich unter der Brücke durchlebt hatte. Hatte ich schließlich jemanden gefunden, der schwächer war als ich? Oder sehnte ich mich nach wunderschönen jungen Frauen, die ich nicht mit nach Hause bringen konnte, weil ihre besitzergreifende Eifersucht sie aus meinem Leben ausschloß? Wollte ich mich für immer von ihr befreien? Oder ging mir ihr düsteres Gerede zu sehr auf die Nerven?

Es ist schwierig, sich selbst zu erkennen. Sie betrachteten mich als potentiellen Mörder und besuchten mich von Zeit zu Zeit. Das war sehr geschickt von Ihnen, denn als Polizist verstehen Sie zweifellos Ihr Handwerk. Sie konnten meine Schuld nicht beweisen, aber Sie vermuteten, daß ich noch nicht alles hinter mich gebracht hatte, und blieben mit mir in Verbindung, um weitere Verwicklungen zu verhindern. Sie ließen mich spüren, daß der Staat ein wachsames Auge auf mich geworfen hatte. Ist es nicht so gewesen, Keibi-san? Ist es nicht Ihre Aufgabe, die Gesellschaft zu beschützen? Oder waren Sie an meinem Fall interessiert, so wie damals Meister Gota auch, der mich im Tempel sitzen und von den Mönchen schlagen ließ? Jeder Ihrer Besuche fügte meiner Seele scharfen Schmerz zu. Ihre sanfte, höfliche Stimme traf mich wie ein Peitschenhieb. Ihr starrer Blick brannte in der Tiefe meiner Existenz. Sie sind ein Teufel, angestellt von den Gerichten der Hölle. Lehrt nicht der Buddhismus, daß nur die Entwicklung wichtig und daß Qual der beste Lehrer ist? Ist diese Wahrheit nicht so überzeugend, daß wir es genießen, wenn wir in der Zeitung lesen, daß ein Hilfsarbeiter von seinem allerhöchsten Herrn mit einem Schraubenschlüssel gezüchtigt wurde?

Ich sehe Sie jetzt vor mir, Sie mit Ihren Segelohren. Mit normalen Ohren hätten Sie mich nicht beeindruckt. Makellose Überbringer der Wahrheit können uns zu sehr verwirren. Meister Gota litt an der Parkinsonschen Krankheit, und seine zitternde Hand betonte alles, was er mir zu zeigen versuchte. Warum beeindruckte mich Bodhidharmas Bildnis so sehr? Weil dieser große Lehrer sich eines fetten Körpers und eines mürrischen Gesichts bediente und weil er sich durch die fortwährende Darstellung seines widerlichen Wesens uns näherbrachte, menschlicher erschien. Das stilisierte Buddha-Bildnis bedeutet mir gar nichts. Was offenbart es anderes als einzigartige Perfektion?

Sie haben mich eine Zeitlang nicht besucht, aber ich weiß, daß Sie jeden Moment hereinkommen können. Ihre Besuche waren immer so unerwartet, daß ich kaum fähig war, mich sorgfältig genug darauf einzustellen. Ich nehme an, daß Sie diesen Brief in meinem Atelier lesen werden. Schauen Sie sich bitte um. Können Sie meine letzte Arbeit sehen? Das Porträt der Ballettänzerin Netsuku? Habe ich ihren lieblichen, geschmeidigen Körper nicht einwandfrei gemalt? Nun schauen Sie sich das Gesicht an. Ja, richtig, auf allen Skizzen schielt das arme Mädchen. Netsuku ist berühmt für ihre wunderbaren Augen, die die Unendlichkeit mit ihrem sinnlichen Strahlen nachdenklich betrachten. Aber in meinen Porträts starren sie nur kurzsichtig auf die eigene Nasenspitze. Dieser offensichtliche Fehler veranlaßte mich, mir diesen Strick zu kaufen, der mich strangulierte. Ich versuchte es tagelang, ununterbrochen. Ich habe Augen immer perfekt malen können, aber ich weiß jetzt, daß ich diese Fähigkeit für immer verloren habe. Wenn Sie meine Zeichentruhe durchsuchen, werden sie Hunderte Papierfetzen finden, auf denen ich versucht habe, Netsukus Augen darzustellen. Man sieht immer nur, wie Sie sicher jetzt vermuten werden, das unglückliche Schielen *meiner* Stiefmutter. Das ist das Ende.

Selbstmord wird immer durch Verzweiflung inspiriert. Mein Vater sprang der gewaltigen Lokomotive des Osaka-Eilzuges entgegen, Washino-san drehte den Hahn auf, und ich werde in einer Minute den Hocker wegstoßen. Wenn jemand dies tut, so ist ihm als Ausweg nur noch diese eine Wahl geblieben. Ich kann nur vermuten, was in dem Kopf meines Vaters und meiner Stiefmutter vor sich ging, und in meinem Kopf herrscht auch noch keine völlige Klarheit. Hätte ich mein Verbrechen eingestehen sollen? Was hätten Sie getan? Ein Geständnis vor Gericht wäre nicht ausreichend gewesen, nur wir beide zusammen hätten die Beweise sammeln können. Nur von meiner Schuld wäre ich nie reingewaschen worden. Ist es mir im Moment überhaupt klar, daß ich mich dadurch bestrafen muß, daß ich meine vielversprechende Karriere vernichte? Ich bin Ihnen Dank schuldig, weil Sie meine Rache zerstörten, Sie fürchterlicher Teufel, der nie aufgibt. Weil Sie mich besuchten, durchlebte ich einen schmerzhaften Augenblick nach dem anderen. Sie brachten mich dazu, meine eigene Zwiebel der Unwissenheit zu schälen. Ich habe es noch nicht vollendet – da sind noch einige Häute, die unter Schmerzen abgezogen werden müssen. Aber wird dieser Vorgang jemals ein Ende finden? Ist das Ende im Tod nicht ein neuer Anfang? Ich werde meiner Stiefmutter wieder begegnen, in einer anderen Weise und in einer neuen Umgebung. Es bestand nie eine Beziehung zwischen uns, nur das gegenwärtige Leben hat uns aneinander gefesselt. Ich höre wieder den Singsang der Mönche, wie sie ihre morgendliche Meditation beginnen und damit auch einen neuen Tag:

Ich selbst
weiß, wo ich früher versagte,
ist da kein Ende von Habgier, Wut, Torheit,
die unsere Geburt bewirkte und den Platz für einen neuen Anfang bestimmte
ich bekenne mich jetzt zu meinen Fehlern aus Unwissenheit, so daß ich nun Fortschritte machen kann.

Sie sollten mich jetzt losschneiden, niederlegen und ihren Bericht schreiben. Es tut mir leid, wenn ich Ihnen Ärger bereitet habe. Währenddessen danke ich Ihnen und schwebe hinweg und bin schließlich doch noch von Ihrer infernalischen, aber heilsamen Einmischung befreit.

Deutsch von Peter M. Hetzel

KOLUMBIEN

1960–1963

Kolumbien ist ein herrliches Land, und wenn ich heute dorthin zu Besuch fahre, tut es mir oft leid, damals nicht geblieben zu sein.

Als ich zum ersten Mal nach Kolumbien flog (mit einem – jetzt nicht mehr existierenden – Propellerflugzeug Marke Electra, von dessen vier Triebwerken immerhin zwei funktionierten), hatte ich keine Vorstellung von diesem Land. Ich war aus Japan gekommen, war auf dem Weg nach nirgendwohin und machte Zwischenstopp in Amsterdam. Meine Mutter, die mir den Gegenwert eines Geburtstagsgeschenks offerierte, bat ich, mir ein Telegramm an einen Freund zu bezahlen, mit dem zusammen ich die Schulbank gedrückt hatte. Er war, wie ich erfahren hatte, inzwischen in Südamerika zu einem wohlhabenden Gringo avanciert. Ich fragte ihn, ob er Arbeit für mich hätte, und er schickte mir postwendend ein Flugticket Amsterdam–Bogota. Bogota war für mich bis dato ein weißer Fleck auf der Landkarte – vermutlich hatte ich an dem Tag, als mein Geographielehrer im Unterricht Kolumbien durchnahm, gerade gefehlt.

Aber dann schimmerte die Stadt im Spätnachmittagslicht unter mir, nachdem ich stundenlang auf *la selva* – den grünen Dschungel – geschaut hatte, der von oben aussah, als würden Millionen und Abermillionen von Kohlköpfen die Berge überwuchern.

In diesem großen Land gibt es alle nur denkbaren Klimazonen, zwei lange Küstenstriche, Einwohner, die intelligent und praktisch veranlagt sind, scharfsinnige Philosophen und hochentwickelte Künstler.

Wenn ich in Kolumbien hätte bleiben können, wäre ich wahrscheinlich jetzt unglaublich reich – sei es auf legale Weise oder sonstwie. Vielleicht wäre ich auch entführt worden, wie es meinem Nachfolger passiert ist, der ein ganzes Jahr an die Wand gekettet in einem dunklen Keller verbracht hat. Die Firma, die ich in jenen irgendwie recht glücklichen Tagen leitete, verfügte damals über exakt eine Pferde- bzw. Eselsstärke. Heute fliegen in ihrem Auftrag Düsenjäger und tragen mit dazu bei, weltweit die Warenpreise zu beeinflussen. Von den Geschäftsleuten aus Medellin und Cali, mit denen ich damals zu tun hatte, sind einige zu Kriegs- und Drogenmagnaten geworden.

In Bogota lernte ich meine wunderbare Frau Juanita kennen, damals ein siebzehnjähriges Mädchen und, wie sich herausstellte, Tochter eines aus Wien stammenden Arztes, der Freud noch persönlich gekannt hat.

Meine Geschäfte führten mich in die Camps holländischer Firmen, die nach Öl bohrten, in wildes indianisches Gebiet, wo noch mit Pfeilen auf Wachtürme und Wachhunde geschossen wurde.

Ich sah eine Leiche auf dem Rio Magdalena treiben, während ich auf einem Bananenholzfloß saß und dinierte. Ich hatte silbernes Eßbesteck und den Teller gehäuft voll mit gebratenem Alligatorenfleisch und Gemüsen, von denen ich nie zuvor auch nur gehört hatte. Musikanten mit Röcken und Schärpen spielten und sangen ihre Lieder dazu. Und neben uns her also trieb die Leiche eines Banditen, dem die Machete noch in der Brust steckte.

Die nachstehende Erzählung greift eine niemals gelöste Tragödie auf, die sich tatsächlich in den neunziger Jahren ereignete. Ein Angestellter einer holländischen Firma war zusammen mit Frau und Hund tot in seiner Wohnung aufgefunden worden. Vielleicht gibt es für den Fall ja folgende Erklärung.

Madremonte

Meneer Haan bekam weder Buchhalter Storz' Leiche noch die seiner Frau, noch den ebenfalls toten Hund Felix zu Gesicht. Zu dem Zeitpunkt, als der Buchprüfer aus Curaçao in Bogota eintraf, hatte man alle drei Körper bereits weggeschafft. Bogota, eine smogbedeckte Ausbreitung von Wolkenkratzern und Barackenvierteln auf einem Hochplateau in den Bergen ist die Hauptstadt Kolumbiens, die fünf Millionen Einwohner starke Metropole des dynamischsten Landes von Südamerika.

Sjann Storz wurde entsprechend den Anweisungen, die Karel Storz in ihrem blutüberströmten Schlafzimmer zurückgelassen hatte, beerdigt. Da in diesem Abschiedsbrief zwar betont wurde, daß Storz selbst feuerbestattet werden wollte, vom Hund Felix jedoch keine Rede war, warf man dessen Überreste auf den Müll.

Storz hatte für eine holländische Im- und Exportfirma namens Impoco die Bücher geführt. Laut Bericht des die Untersuchung leitenden Teniente Rodriguez wurden er und der Hund durch Kopfschuß, seine Frau Sjaan durch einen Schuß ins Herz getötet. Alle Kugeln waren aus der Smith & Wesson, die Storz in der Hand hielt, abgefeuert worden. Laboruntersuchungen zufolge hatte Storz selbst die Waffe geführt. Des weiteren vermerkte der Bericht, daß Storz am Abend vor seinem Tod die Pistole vom Portier seines Wohnhauses in Fontibon, einem der besten Vororte Bogotas, erstanden hatte. Obwohl sie «völlig im dunkeln tappten» (Rodriguez hatte eine Vorliebe für stereotype Redewendungen), hatte die Polizei doch wenigstens den Anfangsteil des Rätsels gelöst. Bei der Befragung potentieller Zeugen war es Teniente Rodriguez von der Bogotaer Stadtpolizei aufgefallen, daß der livrierte Portier in Storz' Wohnhochhaus einen außergewöhnlich nervösen Eindruck zu machen schien. Er knöpfte ihn sich etwas ausführlicher vor, kam dem Verkauf einer illegalen Schußwaffe auf die Spur und nahm den Verdächtigen unter Protest fest. Damit sei der Gerechtigkeit Genüge getan, erklärte Rodriguez seiner jungen Frau Margarita, als er nach einem harten Arbeitstag nach Hause kam. In bezug auf den vollzogenen Mord-Selbstmord konnte man schließlich nicht viel unternehmen – Storz würde seine Sünden im Fegefeuer abbüßen. Vorausgesetzt natürlich, daß das Fegefeuer auch für Gringos galt. Vielleicht ja nicht? Oder was glaubte Margarita? War sie nicht kürzlich zur Morgenmesse gegangen? Frauen wissen doch viel besser Bescheid als Männer. Und überhaupt, was weiß ein Polizist, der «Tag für Tag bis zum Hals mit menschlichen Schweinereien eingedeckt wird», schon, in welch «heilige Regionen» sich die Seele erhebt?

Die schöne Frau des Teniente versicherte ihrem Gatten, es gäbe durchaus auch für ausländische Kaukasier, besser bekannt als Gringos, so etwas wie ein Fegefeuer. Dann wollte sie wissen, was Storz in seinem Abschiedsbrief geschrieben hatte. Was genau hatte auf diesem blutbefleckten Stück Papier eigentlich gestanden?

Madrecita, sagte Rodriguez (Madrecita war sein Lieblingskosename, mit dem er seine Frau trotz der ganz offensichtlich fehlenden Jahre bedachte), Madrecita, meine kleine Mama, da hat nicht viel darauf gestanden. Nur daß er, Storz, sich nun erschießen wollte, da er Frau und Hund umgebracht hatte. Irgendein Grund?

Kein Grund.

Hat er um Verzeihung gebeten, sich entschuldigt?

Nichts dergleichen.

Aber trotzdem war es nett von Storz, diesen Zettel zu hinterlassen. Denn nun mußte der die Untersuchung leitende Teniente Rodriguez nur noch die Handschrift auf dem Papier mit etwas vergleichen, was Storz anderswo geschrieben hatte, und zwar in seinem Büro bei der Firma Impoco, und falls die Schriftzüge sich als identisch erwiesen (und sie erwiesen sich als identisch) und falls keine weiteren Verdachtsmomente auftauchten (und es tauchten keine weiteren Verdachtsmomente auf), war Rodriguez für heute

«Geschäftsführer.» (Cali, Kolumbien: 1962)

fertig. Der führende Untersuchungsbeamte von Bogota gibt also seinen Untersuchungsbericht in dreifacher Ausfertigung im Hauptkommissariat ab und macht sich auf den Heimweg, um zu Hause «Palo a Pique» zu essen, ein Reis-und-Bohnen-Gericht aus der Dose, das ihm Madrecita Margarita freundlicherweise in der Mikrowelle anwärmt, während er, ihr Ernährer, sich die Hände wäscht.

Dazu gibt es frischen Salat, den Margarita, die treusorgende Ehefrau, höchstpersönlich, wie sie sagt, zubereitet hat. Wenn nicht ausgerechnet heute der Tag wäre, an dem das Terrarium saubergemacht werden muß, hätte es noch mehr gegeben. Rodriguez möge sich bitte nicht beklagen. Außerdem hat er doch erst kürzlich seiner «Madrecita de vida» beteuert, daß sie, Margarita, wirklich sein Leben sei, Madrecita de vida, habe er gesagt, und daß ihre Gegenwart ihm die nötige Kraft für den Alltag verleihe. Und nur, um zu zeigen, daß ihr am Herzen liege, was ihr Teniente tagein, tagaus erlebe: Was hatte eigentlich den toten Gringo Storz bewogen, dieses ganze Blutvergießen in der gemütlichen Wohnung in Fontibon, in der er mit seiner Frau Sjaan und seinem Hund Felix wohnte, anzurichten? Die Wohnung war doch gemütlich, oder nicht? Gemütlich nach Gringo-Art, bestätigte Rodriguez. Nichts, was ihrem eigenen edlen Geschmack entsprochen hätte. Bei den Storz' in der Wohnung gab es keine Eßgruppe aus grünem Plastik, kein goldgerahmtes Terrarium (in dem Margaritas große zahme Frösche hausten), keine bestickten Polster auf aufwendig geschnitzten Stühlen und Sofas, keinen Alabasterjesus unter einer Glasglocke, keine Reproduktion von Salvador Dalís Jüngern beim Mahl von Pan de Yuca und Bunuelos, einem riesigen Farbdruck hinter Plexiglas, der im Hause Rodriguez fast die gesamte Rückwand des Salons einnahm. Nein, die Storzsche Unterkunft war nicht so palastartig und geschmackvoll möbliert wie die der Rodriguez' – aber schlecht war sie auch nicht. Na ja, sie war sogar ganz hübsch. Gringomäßig hübsch eben.

Teuer? fragte Margarita.

Doch, muß alles einen ziemlichen Batzen Gringodollars gekostet haben. War wohl reichlich Kleingeld nötig, um die vollautomatisierte Küche zu bezahlen, das Air-conditioning, den riesigen Fernseher und die anderen Sachen in den Metall-und-Glas-Regalen, die marmorgefliesten Fußböden, Ölgemälde von Windmühlen in einer Sumpflandschaft, einen Druck, auf dem schmutzige Menschen mit zerrissenen Hauben zu sehen waren, Landarbeiter, die um einen schweren Tisch saßen und Kartoffeln aßen (überrascht hatte Rodriguez festgestellt, daß die düstere Szene mit «Vincent» gezeichnet war, wo er doch immer gedacht hatte, van Gogh habe nur Sonnenblumen gemalt), außerdem noch einfach gemusterte dicke Wollteppiche, weiße Ledermöbel und dann noch diesen Schlitz durch die Wand im Flur, in den man den Müll stecken konnte...

Haben sie da den Hund Felix hineingeworfen? wollte Margarita wissen.

Nein, der Hund Felix ist in einem grauen Plastiksack hinausgebracht worden.

Also: eine hübsche Wohnung, ein guter Job, keine Ninos?

Nein, keine die Gringodollars verschlingenden Kinder.

Kein Alkohol? Kein Hinweis auf *la droga*, das flockig-leichte Glück, das durch die Nase eingesogen wird und die Menschen verrückt macht? fragte Margarita.

Nicht die Spur. Der Gringo war clean. Ordentlicher Mensch.

Was war denn aber dann das Problem? Warum diese ganzen Leichen?

Ihr Gatte hob seine manikürten Hände in die Höhe und schaute durch die gespreizten Finger auf die Dalíschen Jünger, wie sie sich bei ihrem Mahl aus Root-Brot und Roggenplätzchen (als solche hatte der Lieutenant, der behauptete, von jüdischer Gastronomie keine Ahnung zu haben, die abgebildeten Speisen identifiziert) miteinander unterhielten. «Wen interessiert das denn, Madrecita de mi vida?»

Madrecita interessierte es. Sie machte sich durchaus Gedanken über diese ihre Welt, in die sie ihren Teniente – gleichsam als ihren männlichen Stellvertreter – entsandte, damit er ihr über den Stand der Dinge berichte. Margaritas Lieblingskosewort war «Hijito»: der «kleine» Sohn war für sie die Verlängerung des eigenen Ichs. Weil es nämlich nicht besonders spannend ist, den ganzen Tag in einer kleinen Wohnung zu sitzen und schön zu sein. Den Fernsehapparat als Spiegel mag Margarita auch nicht so richtig. Sie füttert ihre Seele lieber mit den Geschichten, die ihr Teniente mit nach Hause bringt. Was denkt er selbst denn über die toten Gringos? Was könnte passiert sein, Hijito?

Rodriguez, der sich wieder über seinen Teller mit Reis und Bohnen gemacht hat, gibt hilfsbereit Vermutungen von sich. Was hältst du denn davon, Madrecita (er lacht in sich hinein), wenn wir

(Bucaramanga, Kolumbien: 1962)

«Sich treiben lassen auf dem Magdalena.«

uns Sjaan Storz einmal als rücksichtslose Ehefrau vorstellen? Oder, noch besser, wir sagen, daß sie absolut schlecht war. Inwiefern schlecht? Nun, sie ist süchtig nach Seifenopfern. Sie muß ständig völlig unnötige Dinge einkaufen. Sie hört diese bescheuerte New-Age-Musik, das ist *mierda-de-toro*, Bullshit, absolute Scheiße. Sie kocht nur Fast food, das heißt, sie schiebt irgendwelche billigen Dosen zum Aufwärmen in die Mikrowelle. Weißt du, was ich meine, Margarita? Ein Hausdrachen, den der arme Storz sich einfach nicht mehr vom Hals schaffen kann, ein nie enden wollendes, immer schlimmer werdendes Ärgernis. Bis unser hart arbeitender Storz sich eines Tages ein großkalibriges Gewehr kauft und dem häßlichen Kopf seines Hausdrachens eine dicke Kugel verpaßt?

«Hijito», gab Margarita zu bedenken, «alles, was du hier aufzählst, könnte auch auf mich zutreffen, und trotzdem liebst du mein hübsches Gesicht und ehrst und bewunderst meine kreativen Fähigkeiten.» (Madrecita holte sich ihr Vokabular aus einer Fernsehsendereihe «Sprache und Literatur», wo in der letzten Sendung ein Werk des argentinischen Hofpoeten Ignacio Lopes Cardozo,

«Göttliche Ironie», besprochen worden war.) «Wie du auch unser Heim liebst, *den Tempel, den du mir zu errichten gestattest, auf daß wir die Vereinigung unserer Seelen feiern.*»

Margarita saß da mit gefalteten Händen und gerunzelter Stirn. Sie wartete.

«Hmmm?» erkundigte sich Rodriguez unschuldig.

Aber der plötzliche Temperatursturz, der sich im Raum vollzogen hatte, ließ ihn hochschrecken und ihm schmerzlich bewußt werden, daß er fälschlicherweise Ähnlichkeiten zwischen Margarita und Sjaan in bezug auf ihre hausfraulichen Gewohnheiten beschworen hatte. Er schlug sich mit der Hand an die Stirn, bat Margarita ergebenst um Verzeihung und bezichtigte sich totaler Dummheit. Im übrigen, erklärte er, passe das von ihm hier beschriebene Motiv wahrscheinlich sowieso nicht zu einem Gringo. Nur ein Kolumbianer würde seine Frau erschießen, wenn sie ihm «Palo a Pique» aus der Dose und via Mikrowelle serviere. Er hob den linken Arm, fühlte unter der Achselhöhle nach der Ausbuchtung in seiner Jacke und streichelte zärtlich über die sich darunter abzeichnende 45er Automatik.

Solche unwesentlichen chauvinistischen Sarkasmen beeindruckten Margarita nicht. Sie lächelte.

Der Teniente bedankte sich bei seiner kleinen Madrecita, daß sie ihm gezeigt hatte, daß seine Hypothese nicht stimmig war. Dann entledigte er sich dieses fehlerhaften Gedankengangs mit einem allmächtigen Fingerschnippen, um sich an einer neuen Theorie zu versuchen, derzufolge Storz Sjann nun nicht mehr wegen privater Schwierigkeiten erschossen hatte.

Im Bemühen, Margarita die neue Version visuell zu demonstrieren, deutete er auf die an der Salonwand speisenden Dalí-Jünger. Die Wand war eine leere Bildfläche, die Lieutenant Rodriguez nach Belieben mit Bildern bestückte. Über den Jüngern, die Pan de Yuca und Bunuelos miteinander teilten, sah Margarita nun, wie Storz im Büro von Impoco die Bücher fälschte. Hier also Storz, das undankbare Subjekt, da sein Arbeitgeber, die Firma Impoco, spezialisiert auf den Vertrieb importierter Industrielösungsmittel.

Doch läßt Rodriguez' Regie unschwer erkennen, daß etwas ernsthaft im argen liegt. Der Betrüger Storz scheint äußerst aufgeregt. Soeben ist ihm bewußt geworden, daß Impoco, personifiziert durch seinen Chef – von Rodriguez als «el Señor Janssen» bezeichnet und auf dem Wandbild von einem älteren, stattlichen Akteur verkörpert – Wind von seinen illegalen Selbstbedienungsmachenschaften bekommen haben muß. Storz hegt den ernsthaften Verdacht, daß er ernsthaft verdächtigt wird. Horrorvorstellungen breiten sich in seinem fieberhaft arbeitenden Kopf aus. Er sieht sich schon im Gefängnis von Bogota.

Margarita wiegte ihren Kopf langsam und rhythmisch von einer Seite auf die andere. Während sie beobachtete, welche Bilder Rodriguez vor ihr auf der Wand entstehen ließ, schien sie vorübergehend einzufrieren.

Ihre dunklen Augen schimmerten in tiefen Höhlen, die Gesichtshaut straffte sich, ihre Nasenlöcher schienen sich in kleine dunkle Tunnels zu verwandeln, das ganze Gesicht erinnerte an die Schädelmasken, wie Mexikaner sie an ihrem «dia de los muertos» anzulegen pflegen, an dem Tag, an dem der Todesengel in ihr Leben tritt.

Als Rodriguez ihre Reaktion bemerkte, trieb es ihm den Geruch von Fäulnis in die Nase, während er ihr erklärte, wie sehr sich der käsebleiche Gringo davor fürchtete, daß er in einer Zelle, in der die Ratten hin und her huschten, von Wachen, die von ihm Geld erpressen wollten, gefoltert werden könnte.

Obgleich erschreckt von dem Wandel, der mit seiner Frau vor sich ging, während sie seinen Darstellungen lauschte, fuhr er in seiner Analyse fort. Kann Madrecita sich vorstellen, was nun geschehen wird? Storz hält den Gedanken, was passiert, wenn Senor Janssen ihn ins Gefängnis gebracht haben wird, nicht aus. Er stiehlt sich aus dem Büro, rast nach Hause, als sei halb Bogota hinter ihm her, stürzt in die Wohnung, greift sich die neu erworbene Pistole, erschießt die beiden hilflosen Wesen, die sich in seiner Gewalt befinden, und tötet daraufhin sich selbst.

Margarita, wieder liebende Ehefrau in Person, erhob sich, um mit ordnender Hand eine Vase mit Blumen und Blättern neu zu arrangieren. Zugegeben, sie fände die von ihrem Gatten entworfenen Bilder beeindruckend, aber sie habe da noch ein paar Fragen. Warum zum Beispiel sollte Storz seinen Arbeitgeber Impoco betrügen? Wurde er denn nicht wie andere Gringos Tag für Tag mit harten Dollars entlohnt? Margarita erinnerte Rodriguez, daß Storz sicher nicht noch mehr Geld brauchte. Hatte der Teniente denn nicht selbst festgestellt, der Tote habe weder kostspielige Angewohnheiten noch teure Kinder gehabt – und er hatte zweifellos gut verdient, außerdem jedes Jahr noch eine Prämie eingestrichen und auch regelmäßig Urlaubsgeld bekommen.

Gringos, begann der Teniente eine neue Version, die vielleicht endlich Madrecitas Billigung finden konnte, haben weder Geschmack, noch sind sie, wenn sie heiraten, besonders vorausschauend. Er schloß die Augen, um sich – eher widerwillig – den Anblick der toten Gringa Sjaan noch einmal ins Gedächtnis zu rufen (Beine wie Stelzen, hochgekrümmte Zehen an den Füßen, kleine Brüste, die aussahen wie unscheinbare Vanilleeiskügelchen). Er fühlt wieder, wie er zittert, als er die Leiche schnell für das bereits wartende Bestattungsunternehmen freigibt, zusieht, wie die Männer sie fortzerren, noch einmal anhalten, um sie besser festzubinden, und dann die Trage senkrecht in den Lift stellen. Sjaans Kopf mit dem kurzen dauergewellten Blondhaar fällt dabei wieder schlaff nach vorn, ihre blauen Augen – ein dummes Blau wie von diesen unecht wirkenden Meeren auf billigen Touristenansichtskarten – starren ihn noch einmal an.

Margarita streicht über ihr langes schwarzes Haar, schaut auf ihre nackten Füße, die kräftig und flach sind, so daß man bequem auf ihnen stehen kann, fühlt ihre muskulösen runden Hüften und lächelt Rodriguez mit gesunden Zähnen breit an. Der wirft ihr zwar einen kurzen aufmerksamen Blick zu, fährt dann aber fort, die bekannten Fakten in Hypothese Nr. 3 einzupassen (da er mit seinem männlich-methodischen Verstand bereits vermerkt hat, daß Nr. 1 – «täglich sich verstärkende Zuspitzung» – und Nr. 2 – «Angst wegen Raffgier» – bereits definitiv abgelehnt worden sind).

Noch einmal zum Anfang zurück: Warum ist Storz gewalttätig geworden?

Da Sjaans Aussehen den Gringo ganz klar abstößt, erliegt er mit Sicherheit der Versuchung, sich sein Vergnügen im Bogotaer Nachtleben bei den schönen kolumbianischen Mädchen zu holen. Leider, so Rodriguez nun, holt er sich dabei auch die gewisse Krankheit, die sich hinterher nicht einfach wieder in Luft auflöst, wie die hübsche Kolumbianerin, bei der er sich angesteckt hat. Und wahrscheinlich überträgt Storz dann den tödlichen Virus auf seine Frau. Diese sucht zur Erhaltung ihrer Spargelfigur regelmäßig ihre Gringo-Ärzte auf und unterzieht sich dabei einem Bluttest. Wutentbrannt konfrontiert sie ihren Gatten mit dem Ergebnis: Der Virus wird sie beide nicht mehr lange leben lassen. Storz ist sich klar darüber, daß ihm die ganzen nächsten Jahre, in denen sie gemeinsam ihrem Ende entgegenleiden, seine Untreue vorgehalten werden wird. Er beschließt, die Sache zu beschleunigen, und bringt alle Beteiligten um.

«Wie hieß der Hund von Storz?» erkundigte sich Margarita.

Felix. Der Hund hieß Felix.

Hat Storz Felix auch angesteckt? fragte sie weiter.

Rodriguez fragte zurück, wer sich ihrer Meinung nach wohl um einen alten Terrier oder Pudel oder was auch immer mit mottenzerfressenem Schwanz kümmern würde, der heimatlos durch die windigen Straßen Bogotas irrte? Er warf einen anklagenden Blick zu Margaritas Ludzilla hinüber, einem katzengroßen getigerten kolumbianischen Panther, der ihn von seinem Stapel quastenverzierter Brokatkissen her angähnte.

Madrecita Margarita hatte ihren rebellischen Ehemann-Sohn in Verdacht, wieder irgendwelche Ähnlichkeiten unterstellen zu wollen. Deshalb fragte sie schnell, ob Sjaan Storz arbeiten gegangen war und selbst Geld verdient hatte.

Hat sie nicht, sagte der Teniente.

Das heißt also, fuhr Margarita fort, weil Frau Storz ab und zu nicht daran gedacht hat, den Guaven- oder Curubasaft für Herrn Storz kaltzustellen oder weil sie ihm nicht genügend Schnaps über seine Eiswürfel gekippt hat und weil Herr Storz manchmal eben sein Machotemperament nicht hat im Zaum halten können, deswegen hat er auch den Hund erschossen?

Rodriguez dachte, daß er, wenn er an Storz' Stelle gewesen wäre, das Vieh erwürgt hätte.

War es so? fragte Margarita eisig.

Der Lieutenant antwortete, er seinerseits würde Ludzilla niemals erschießen.

Margarita wollte wissen, ob der Fall Storz jetzt von den Behörden als abgeschlossen betrachtet würde.

Rodriguez, sehr entschieden, hob eine Hand und tat so, als stoße er eine imaginäre Tür zu, während er mit der anderen den letzten Rest seines Dosen-Palo-a-Pique vom Teller kratzte. Maßgeblich ist, was Polizeiteniente Jaime Bolivar Rodriguez anordnet. Und im Moment ordnet er an, daß der Fall Storz als abgeschlossen zu gelten hat.

Und was passiert jetzt?

Er hob die Schultern. Nada.

Nichts? Auch Margarita hob die Schultern. Aber haben Buchhalter nicht die Geschäftsbücher ihrer Arbeitgeber? Und spiegeln die Geschäftsbücher nicht das finanzielle Wohlergehen eines Unternehmens? Wenn sie der Chef von Impoco wäre, eben dieser von Rodriguez erwähnte Señor Janssen, sie würde wissen wollen, warum ihr Schatzmeister sich umgebracht hat.

Dem mußte Rodriguez zustimmen. Wie klug sie doch war, Madrecita in ihrer göttlichen Weisheit. Und wie klug er doch gewesen war, daß er Margarita aus dem Nachtclub, wo sie als Live-in-Hostess arbeitete und in unbeschäftigten Momenten die Buchführung machte, freigekauft hatte. Er, Polizeiteniente Rodriguez, Wächter über das Wohlergehen der Stadt Bogota, hat selbstverständlich, klug und pflichttreu, wie er war, dem hiesigen Anteilseigner und Direktor von Impoco, Señor Janssen, bereits geraten, einen vereidigten Buchprüfer aus Curaçao anzuheuern, um das Loch in seinem Gringo-Dollar-Beutel zu schließen.

Margarita zog ein wenig erstaunt-fragend die Augenbrauen in

die Höhe. Wollte er sie schon wieder glauben machen, daß ausschließlich Gringo-Dollars die Ursache für den Tod des Gringos waren?

Beim Anblick dieses Zeichens abgrundtiefer Ignoranz, wie er sie niemals im Kopf seiner mütterlichen Göttin vermutet hätte, seufzte Rodriguez. Es gab keinen einfachen Mord/Selbstmord, und Geld war immer im Spiel. Wobei Geld für sich genommen natürlich nichts ist, nada, nichts als ungenießbares, mit absurden Ziffern und Gesichtern bedrucktes Papier. Der Wert von Geld besteht einzig und allein darin, daß es die Erfüllung von Wünschen sicherstellt. Der Mordfall Storz ist zwar abgeschlossen (dank des Briefchens und der Position der Leichen liegt ausschließlich alles offen auf der Hand), und doch dürfte es nicht uninteressant sein, der Sache noch ein wenig weiter nachzugehen. Was kann das für eine Art Sehnsucht oder Krankheit gewesen sein, an der Storz litt? Welche illegalen Nöte haben den dummen Gringo veranlaßt, Impoco zu bestehlen und ihn mit dem gewaltigen Señor Janssen zusammenstoßen lassen?

«Jetzt geht es nämlich doch um Diebstahl», sagte Rodriguez verächtlich.

Rodriguez sah sich selbst als amtlich anerkannten Killer, der Killer jagte. Nur hinter Diebereien her sein zu müssen wäre unter seiner Würde gewesen.

Er lachte. Nur ein amtlich anerkannter Dieb kann einen Dieb dingfest machen. Und nur ein anerkannter Buchprüfer (haha) kann einem Buchprüfer auf die Schliche kommen (haha).

Margarita lächelte. Ja, Hijito, natürlich. Trotzdem: Was veranlaßte ihn, ihren allerliebsten Teniente, den sie als ihren Stellvertreter in die Welt hinausschickte, damit er für sie hörte und sah, was geschah, was veranlaßte ihn, Señor Janssen zu raten, er solle sich einen amtlich anerkannten Buchprüfer aus Curaçao nehmen?

Ach, meine kleine dumme Margarita... weiß sie denn nicht, daß diese luxuriöse Karibikinsel mit ihrem tiefblauen Himmel voll ist von Gringo-Finanzexperten, die, wenn nur irgendwo ein Gringo-Dollar zu holen ist, bereitwilligst über ganz Südamerika ausschwärmen? Es geht hier nicht um kolumbianische Pesos, Margarita. Bei Pesos – siebenhundert auf einen Dollar – würde kein Gringo-Buchhalter, gleichgültig ob amtlich anerkannt oder nicht, sich auch nur umdrehen.

Vielleicht seien ja bei Storz sogar ziemlich viele Gringo-Dollars zu holen gewesen, stimmte Margarita ihm zu.

Das ermutigte Rodriguez, sich noch etwas weiter darüber auszulassen. Impoco ist zu hundert Prozent Gringo, ebenso wie Señor Janssen ein hundertprozentiger Gringo ist, und wie Storz und Sjaan es waren, sagte er. Es handelt sich hier wohl durch und durch um Gringo-Interessen. Das einzig Kolumbianische an der Sache war der Hund, Felix, und der ist auf dem Müll gelandet.

Der Lieutenant lächelte. Der Mordfall Storz war abgeschlossen. Doch als Diener der Öffentlichkeit würde er noch etwas unternehmen, um die Interessen eines in Kolumbien ansässigen Ausländers zu schützen, der zu den maßgeblichen Kreisen des Landes gehörte. Das jedenfalls hatte er Señor Janssen vorgeschlagen. Sollte man etwa ganz offiziell einen Steuerbeamten zur Prüfung der Impoco-Bücher hinzuziehen? Wo doch eine amtliche Wirtschaftsprüfung selbstverständlich auch den einen oder anderen seltsamen Vorgang, der nicht unbedingt mit dem geheimnisvollen Tod der Storzens und ihres Hundes zu tun haben muß, ans Licht befördern könnte?

Den Augen des Teniente entging nichts. Auf dem Schreibtisch von Señor Janssen hatte er eine Impoco-Rechnung für Industrielösungsmittel entdeckt. Er legte einen Finger – dessen Fingernagel so glänzend poliert war, daß das Sonnenlicht auf ihm reflektierte – darauf.

Industrielösungsmittel werden bei der Fertigung und Veredelung vieler Produkte eingesetzt, bei Farben zum Beispiel oder bei Nagellackentferner oder bei Kokain. In den achtziger Jahren wurde ihre Einfuhr strengstens beschränkt. Aber Unternehmen wie Impoco, die derartige Stoffe bereits seit Jahren importierten, durften dies auch weiterhin tun und sie auf Treu und Glauben an die Industrie weiterverkaufen. In großen Mengen natürlich nur.

Nicht hier ein Fäßchen und da ein Fäßchen, mit dem der kleine Kokosblattfarmer dann in seiner Scheune *la Droga* herstellen kann. Diese Rechnung hier ging über – wieviel denn noch gleich? – ach, hier stand es ja, über – 240 Barrel à 200 Liter? Das wäre dann sicher in Ordnung, aber wenn bei einer Inspektion vielleicht kleinere Rechnungen auftauchen würden, auf denen vielleicht nur ein paar Barrel aufgeführt waren? Wie gesagt, dies könnte ein Punkt sein, an dem eine offizielle Prüfung der Impoco-Bücher sich einerseits als berechtigt, andererseits aber auch als verräterisch erweisen könnte. Wenn Señor Janssen nichts dagegen hätte, würde der Teniente sich glücklich schätzen, alles in die Wege zu leiten.

«Ha!» sagte Margarita.

Ja, Madrecita, daraufhin ist deinem Teniente ein Bündel Gringo-Dollars zugesteckt worden. Damit er nicht gezwungen sein würde, eine offizielle Untersuchung einleiten zu müssen, sondern sich mit der Kopie eines Zwischenberichts, die von einem vereidigten Buchprüfer gegengezeichnet werden sollte, zufriedengeben konnte. Señor Janssen weiß nämlich solche Nachsicht sehr wohl zu würdigen. Rodriguez deutete auf seine Jackentasche. Siehst du, wie sie sich wölbt?

«Aaaah», machte Margarita. Wie schön. Sie hatte sich sowieso jetzt im Herbst neu einkleiden wollen.

Doch, der Lieutenant wollte seine Frau gern begleiten, wenn sie die Verkäuferinnen in den Designerläden auf der Avenida Jimenez mit dem einen oder anderen größeren Einkauf beeindruckte. Heute war Donnerstag, und die Geschäfte schlossen später. Man mußte also nicht hetzen, sondern konnte vorher noch in aller Ruhe Kaffee trinken und ein Gläschen Schnaps.

Rodriguez strich sich seinen feinen grauen Schnurrbart glatt, bevor er sich zu seiner glücklich strahlenden Frau hinabbeugte, um ihr einen Kuß auf die Wange zu drücken. Er dachte noch einmal über Señor Janssens Situation nach. Nein, er, der Lieutenant, mußte keine Schuldgefühle haben. Er hatte nichts unternommen, was Janssens Lage verschlechtert hätte. Bestechung oder nicht, auf jeden Fall mußte der Direktor nach Curaçao faxen.

So mußt du es sehen, beruhigte Rodriguez sich selbst. Señor Janssen war schließlich nur einer der kleineren Anteilseigner von Impoco. Die Mehrheit der Eigentümer lebte in Curaçao oder Amsterdam. Über kurz oder lang, wenn ihnen diese Gewalttat zu Ohren kommen würde, die möglicherweise ihr Hab und Gut schmälerte, würden sie darauf bestehen, daß man ihnen ein makelloses Gesundheitszeugnis von Impoco vorlegte. Und wenn Señor Janssen seine eigene Stellung halten wollte, mußte er eine offizielle Wirtschaftsprüfung durch einen Buchprüfer von außerhalb beantragen.

Wie ein hungriger Chulo, ein kolumbianischer Geier, wird der Buchprüfer aus Curaçao sich auf die Sache stürzen, dachte Rodriguez und lächelte. Und er wird wissen wollen, was hier los war, daß es zu Mord und Selbstmord kommen mußte.

Rodriguez war als Detektiv erfahren genug, um sich vorstellen zu können, was in Señor Janssens Kopf nun vorgehen mochte. Die vorgebliche Unredlichkeit von Storz hatte offensichtlich keine Spuren in den Rechnungen von Impoco hinterlassen, jedenfalls nicht, soweit Señor Janssen davon wußte, und immerhin war er die Bücher von Impoco wieder und wieder durchgegangen. Jetzt würde sich der Chulo hier niederlassen, mit seinen großen schwarzen Flügeln schlagen und Ziffer für Ziffer und Zeile für Zeile alles nachrechnen: Ausgaben, mögliche Außenstände (in bar eingetrieben und von Storz in die eigene Tasche gesteckt), fehlerhafte Gewinnrechnungen, zu hoch angesetzte Ausgabenzahlen oder überzogene Abschreibungen. Er würde auch sämtliche Listen, auf denen die Sonderpreise für Großabnehmer vermerkt waren, durchgehen, und auch die Verzeichnisse von zu Discountpreisen verhökerten beschädigten Waren oder Auslaufprodukten. Storz' Betrug hätte Impoco in den Konkurs treiben können. Irgendwo mußte es da ein Loch geben, in dem Gringo-Dollars verschwanden, um dann versickern zu können. Nur wo? Und wohin? Was Rodriguez leichter beantworten konnte, war die Frage, wo ein betrügerischer Buchhalter wohl seine unrechtmäßigen Überschüsse hinbringen würde.

Mittlerweile wanderte das Paar die Avenida Jimenez hinunter.

«Wir sollten lieber auf das Geld aufpassen, Hijito», sagte Margarita.

Rodriguez lachte. Er beugte sich etwas vor, um seiner Frau ins Ohr flüstern zu können. «Mach dir keine Gedanken, Madrecita. So ist das mit dem Geld. Rein und raus. Rein und raus – rein und raus!»

«Desgraciado!» Margarita gab ihrem Gatten einen Stoß mit dem Ellbogen. Sie mochte es nicht, wenn er solche Anzüglichkeiten von sich gab. Rodriguez beeilte sich zu erklären, daß er nur einen Ausspruch von Señor Janssen, den dieser einmal während eines Gesprächs über Kunst hatte fallenlassen, zitiert habe. Als man den Lieutenant nämlich zum ersten Mal zu Impoco gerufen hatte, war ihm im Büro von Señor Janssen ein Wandgemälde aufgefallen. Ein wertvolles Kunstwerk, das, wie Janssen erzählte, die Madremonte darstellte, die Mutter der Berge, eine kolumbianische Göttin aus vorchristlicher Zeit, die sich gerne in der Gesellschaft von Riesenfröschen und kleinen Panthern zeigte. Sollte der Teniente etwa noch nie von dieser Göttin seines eigenen Kulturkreises gehört haben? Nein? Seltsam. Dabei ist Madremonte doch die Schutzgöttin der Frauen, die untreue Liebhaber bestraft, wenn sie lügen und fremdgehen. Sie liegt, seitlich hingestreckt, auf einem Bett aus Blättern und grünem Moos. Ihr Gesicht ist zum Teil hinter ineinander verflochtenen Zweigen versteckt. Stämmig und fruchtbar sieht sie aus, das Wichtigste an ihr aber sind ihre auffällig großen Geschlechtsteile, die, wie Señor Janssen ausführte, Eingang und Ausgang zu einer anderen Dimension des Seins symbolisieren. Nichts, was nicht in die eine oder andere Richtung die Öffnung zwischen diesen biegsamen, kräftigen Schenkeln passiert.

«Rein und raus, verstehst du, Margarita, rein und raus – rein und raus ...»

Margarita hatte nicht zugehört. Sie war stehengeblieben und bewunderte in einem Schaufenster auf der Avenida Jimenez ein buntes Seidenkleid. Es sei handbemalt, erklärte sie Rodriguez, wobei sie zärtlich seinen Arm streichelte, handbemalt, dieses Muster, das aussah wie Moos, Blätter und willkürlich ineinander verflochtene Zweige. Es gefiel ihr.

Auf Meneer Janssens Telefaxanfrage hin bestimmte die Firma UniaccC (United Accountants of Curaçao – mit drei «C», die zu einem interessanten Firmenlogo verschlungen waren), Meneer Haan zum Rechnungsprüfer für Impoco, weil er für diese Aufgabe besonders qualifiziert war. Zum einen war er ledig und also unverzüglich abkömmlich. Dann sprach er fast fließend Spanisch. Und außerdem konnte er – fehlerlos und in weniger als einer Minute – eine ganze Spalte Telefonnummern aus jedem beliebigen Telefonbuch zusammenzählen.

Umgehend wurden Flugtickets gebucht. Erst, für die Verbindung von Curaçao nach Barranquilla, auf einer Fokker F 100 der Royal Dutch Airlines, dann für die von der Avianca bediente Strecke Barranquilla–Bogota auf einer DC 8. Beide Male saß Haan neben la bella Helena, die sich von den jeweiligen Stewards bei ihm plazieren ließ. So ein interessanter Mann, hatte Helena gesagt und mit ihrem hübschen Näschen auf den athletisch gebauten Herrn mit der goldenen Mähne gedeutet. Ob das die berühmten Gegensätze waren, die sich anzogen?

Nordischer Medizinmann trifft dunkle Latinohexe? «Steward, Sie können mir doch sicher einen Gefallen tun? Ja?»

Si, como no. Aber selbstverständlich, wie könnten wir Ihnen das abschlagen? Die Stewards waren feinfühlige junge Männer, die solche Art unverhohlener weiblicher Leidenschaft sofort aufmerken ließ. Dem Wunsch dieser bildschönen dunklen Frau mußten sie einfach Folge leisten.

Das Nordlicht Haan kannte la bella Helena als kolumbianische Duena eines Ladens in Curaçao, in dem man Dinge wie kolumbianische Ponchos, Gold- und Edelsteinschmuck, Einmachgläser mit gebratenen, auf Honigbasis ernährten Riesenameisen, pelzbesetzte Umhängetaschen aus glänzendem Leder, Spielzeugautobusse (komplett mit Fahrgästen und Gepäck), schön verzierte Futterale für die kolumbianische Machowaffe par excellence, die Machete, und dergleichen mehr kaufen konnte. Außerdem gab es in Helenas Geschäft auch Statuen einer weiblichen Figur, die vorne lieblich unter einer Krone von Blumen und Moos hervorlächelte und auf der anderen Seite mit grausam gefletschten Zähnen durch eine Maske aus ineinander verflochtenen Zweigen hervorsah. Auf dieser dunklen Seite trug die Madremontefigur eine Halskette aus blutverschmierten Totenschädeln, auf ihrer hellen Seite dagegen streichelte sie einen Frosch, der auf einem kleinen Panther saß. Die Vaginalöffnung der Figur stellte die Verbindung zwischen den beiden verschiedenen Seiten der Gottheit her. Kunden, denen eine gewisse Ähnlichkeit auffiel, fragten Helena mitunter, ob sie für die Statue Modell gesessen hätte, doch beim lautstarken Rasseln ihrer Registrierkasse schien sie solche Fragen nie zu hören.

Natürlich ist es billiger, diese Art von Touristeneinkäufen in Kolumbien selbst zu machen, doch da das Land längst nicht mehr als sicher gilt, ziehen Besucher es mittlerweile vor, in Curaçao von ihren Kreuzfahrtschiffen an Land und bei Helena einkaufen zu gehen.

Haan war geschmeichelt, daß Helena ihm ihre Aufmerksamkeit schenkte. Ihr kolumbianisches Gehabe faszinierte ihn. Sein ruhiges scholastisches Denken hatte sich schon immer von diesem großen Land angezogen gefühlt, das so nah bei dem kleinen Curaçao lag und gleichzeitig doch so fern war. Als die Reihe an ihn kam, etwas zu sagen, erzählte er Helena vom Tod der beiden Storz'. Die Welt der reicheren südamerikanischen Gesellschaft ist klein, ihre Mitglieder stolpern praktisch beim Einkaufen auf den reichen Karibikinseln übereinander. Zwar hatte Helena Storz nicht persönlich gekannt, doch war sie, weil ihre etwas weniger glücklichen Landsmänninnen sie darauf aufmerksam gemacht hatten, durchaus informiert, daß er sich des öfteren auf der Insel aufgehalten hatte.

Haan nippte an seinem Tonic und kaute Erdnüsse, während Helena ihm erzählte, daß sie – warum genau, wußte sie nicht, immerhin hatte sie geglaubt, sie sei nach Curaçao gekommen, weil sie reich werden wollte – mit den Schutzmaßnahmen für die Bewohnerinnen des Rotlichtviertels in Curaçao zu tun hatte. Ganze Teile dieses Viertels sind seit jeher mit kolumbianischen Bräuten bestückt, die sich in den zwei Wochen, in denen ihre Einreiseerlaubnis ihnen den Aufenthalt auf der Insel gestattet, hier praktisch ihre Aussteuer verdienen.

Sie erzählte Haan, daß Karel Storz – ebenso wie seine Frau – häufiger Gast in Campo Alegre gewesen war und die Bewohnerinnen gern mißhandelt hatte. Im Viertel müssen nicht selten auch Perversionen bedient werden. Und die kolumbianischen Bräute sind ziemlich schutzlos. Sie können nur vierzehn Tage lang bleiben und brauchen das Geld, das sie in dieser Zeit verdienen, für zu Hause als Startkapital.

Haan wollte wissen, warum die Storz' nicht versucht hatten, ihre niederen Gelüste in Kolumbien zu befriedigen.

Helenas Lächeln machte ihm angst. Plötzlich schienen ihre Zähne sehr scharf, ihre Augen sehr dunkel zu sein. Und ihre Fingerspitzen, die sie auf Haans Handgelenk gelegt hatte, waren so kalt, daß es ihm richtig weh tat.

Dann landete das Flugzeug, und die schöne Helena suchte ihre Taschen zusammen. Und war auf dem Bogotaer Flughafen schnellstens umringt von den Lieferanten für ihre Touristenwaren, kleinen diensteifrigen Männern mit Hüten und dunklen Anzügen, die ihre Kundin freudig willkommen hießen. «Dona Helena, como esta usted?»

Haan selbst wurde von einem großen, sehr aufrechten Meneer Janssen abgeholt, bei dessen Anblick er an einen aasfressenden storchenähnlichen Vogel denken mußte, der mit ordentlich angelegten Flügeln in abgezirkelt kleinen Schritten herumspazierte. Als Kind hatte Haan sich im Amsterdamer Zoo immer vor dem Marabu gefürchtet.

Am Steuer seines neuen Lincoln Town Car und auf dem Weg zum *Tequendama*-Hotel erzählte Meneer Jannsen von seiner traumatischen Konfrontation mit den Leichen der beiden Storz'. Für ihn zuerst völlig unbegreiflich. So ein anständiger Kerl. Untadeliges Benehmen, peinlich genaue Arbeit all die Jahre – wie viele? – elf Jahre? Zwölf? Wirklich treue Dienste hatte Storz geleistet, bis zum Schluß. Die Buchhaltung war vollkommen korrekt und in Ordnung.

Haan machte höflich interessiert «ah».

Meneer Janssen klagte über seine Auseinandersetzungen mit Polizeiteniente Rodriguez und über die nicht unwesentliche Summe, die er hatte springen lassen müssen, um weiteren Ärger zu vermeiden.

Dieses herrliche Land, aber leider so korrupt. Jede Menge Regeln und Gesetze, die nie beachtet wurden, aber wehe, man wollte sich darauf verlassen... Und zu wessen Vorteil? Wer hatte etwas davon? Nur diese mickrigen Beamten – man brauchte den kleinen Arschlöchern bloß einmal eine Chance zu geben, und schon konnte man genausogut einpacken, zusperren und nach Holland zurückgehen.

Warum also mußten Herr und Frau Storz so früh ins Gras beißen, Meneer Janssen?

Keine Ahnung. Aber hören Sie, Herr Buchprüfer Haan, es muß Ihnen doch schon zu Ohren gekommen sein, wie gefährlich es in Bogota geworden ist. Die Bewohner – selbst friedfertige Menschen wie Storz – tragen mittlerweile wohl oder übel fast alle schon Waffen. Glauben Sie nicht? Hier bitte, sehen Sie doch. Meneer Janssen zeigte seinem Gast seine bloßen Hände. Warum er keinen Schmuck trug? Weil man ihn angehalten und mit vorgehaltener Pistole gezwungen hatte, seine Ringe abzustreifen und auszuhändigen. Mein Gott, stellen Sie sich das doch bloß vor. Das war in Teusaquillo an der Kreuzung Avenida Quince und Carrera Treintados. Vornehmes Viertel. Und am hellichten Tag. So etwas kann doch den zuverlässigsten Menschen um den Verstand bringen, oder nicht?

Eben. Jeder hier hat da seine eigene Geschichte, die er zum besten geben kann, aber was Storz erlebt hat, war wirklich besonders unangenehm. Zuerst – das war vor ungefähr einer Woche – erleichtert ihn ein Pseudotaxifahrer um seine Brieftasche. Sie wissen ja, wie ärgerlich das ist, weil man sich alles neu besorgen muß, den Führerschein, die Aufenthaltsgenehmigung, die Kreditkarten und so weiter. Als nächstes – erleichtert ihn wieder ein Pseudotaxifahrer zum zweiten Mal um seine Brieftasche. Und zwar zusätzlich noch zu einem Einbruchsdiebstahl in seiner angeblich gut abgesicherten Wohnung. Da marschieren einfach zwei Burschen zur Tür hinein, erschrecken Sjaan, machen Felix nervös und nehmen das Familiensilber mit. Also kauft Storz sich eine Smith & Wesson, bloß: Was weiß schon ein Buchhalter, wie man mit einem schwerkalibrigen Revolver umgeht? Hat schließlich in seinem ganzen Leben noch keine einzige Unterrichtsstunde im Schießen gehabt. Am selben Abend fummelt Storz an diesem dummen Ding herum und jagt dabei Sjaan eine Kugel durch den Kopf. So. Und nun?

Ein so sanftmütiger Mensch wie Storz (Sjaan war ja, zugegeben, also – er hatte es nicht gerade einfach mit ihr –, sie war ein ziemliches Luder, falls Sie mir diese Ausdrucksweise verzeihen, aber was ich meine, ist, daß man sicher Zeugen finden könnte, die bereitwillig auspacken würden, warum Storz Grund gehabt hätte, sie loswerden zu wollen...) also: Ein so sanftmütiger Mensch wie Storz, der alles andere ist als ein Frauenmörder, hält der eine typische Bogotaer Morduntersuchung überhaupt aus? Kann er das durchstehen? Oder was passiert mit einem Mann wie dem schüchternen, lieben Storz, wenn er getreten und geschlagen wird, nichts zu essen und zu trinken bekommt, in eine Zelle gesteckt wird zusammen mit Verbrechern...? Er steht es nicht durch, hundertprozentig nicht. Also bleibt ihm angesichts seiner toten Frau eigentlich gar nichts anderes übrig, als sich selbst auch umzubringen.

«Ziemlich schwer, der Abzug», sagte Haan.

Auf der anderen Straßenseite tauchte von vorne ein verbeulter Bus auf, der sich bemühte, in vollem Tempo einen anderen verbeulten Bus zu überholen. Janssen mußte mit seinem Wagen halb auf den Bürgersteig ausweichen. Erschrockene Straßenverkäufer sprangen auf und stießen ihre Koffer beiseite, so daß, was sie an glitzernden Waren feilboten, in alle Winde verstreut wurde. Polizisten auf ihren Verkehrsinseln ließen ihre Pfeifen schrillen. Fußgänger fluchten, weil sie sich von dem an ihnen vorbeirasenden Lincoln bedroht fühlten. Ein alter Mann hämmerte mit seinem Stock auf den Wagen ein. Ein Seitenspiegel wurde von einem Lampenpfosten abgerissen. Fahrer wie Beifahrer murmelten noch eine Weile gepflegt gutturale holländische Flüche vor sich hin, nachdem der Wagen wieder auf der Fahrbahn gelandet war und im normalen Verkehrsfluß dahintrieb. Als sie sich einer Kreuzung näherten, fragte Janssen: «Verstehen Sie jetzt, was ich meinte? Dieses Leben in Bogota hat Storz einfach nervös gemacht. – Was sagten Sie doch gleich?»

«Daß der Abzug schwer geht», sagte Haan. Dann erzählte er Meneer Janssen, daß er beim Militär in Holland gelernt hatte, mit Revolvern umzugehen. Und daß ein paar Bedingungen erfüllt sein mußten, bevor man aus der Pistole, mit der Señora Storz erschossen worden war, einen Schuß abgeben konnte. Zum Beispiel daß die Waffe geladen sein mußte. Daß sie genau auf Sjaans Kopf gerichtet sein mußte. Und daß man, wollte man den Abzug betätigen, ziemlich kräftig drücken mußte.

Meneer Janssen meinte, Storz sei technisch nicht besonders begabt gewesen. Während er sprach, stolperte genau vor dem Lincoln ein Junkie-Mädchen vom Bürgersteig herunter. Um ihr auszuweichen, riß er das Steuer nach links und kollidierte fast mit einem großen, recht neuen Motorrad, auf dem zwei gutgekleidete junge Männer saßen. Die Maschine, die gerade zum Überholen angesetzt hatte, bremste abrupt ab, beschleunigte dann aber wieder und fuhr auf gleicher Höhe neben dem Lincoln her. Der Beifahrer hielt einen Gitarrenkasten, den er nun öffnete, um Meneer Janssen ein darin befindliches Maschinengewehr mit kurzem Lauf zu zeigen. Dabei lächelten ihn die zwei jungen Männer verbindlich an, und der Fahrer machte ihm Zeichen, daß er das nächste Mal lieber nicht so unvermittelt ausscheren sollte. Entendido?

Entendido perfectamente, sagte Meneer Janssen. Damit brauste die Maschine davon. Dinge dieser Art, erklärte Janssen, ereigneten sich ständig. Es war deprimierend. Friedliche Menschen wie Storz verloren dabei den Kopf. Er versicherte Haan, die Bücher von Impoco selbst sorgfältig überprüft und nicht den geringsten Hinweis gefunden zu haben, daß Storz irgendwelche Unterschlagungen begangen und sich durch Selbstmord aus der Verantwortung habe stehlen wollen. Deshalb, sagte er, wolle er hoffen, daß Haan es bei einer oberflächlichen Prüfung der Impoco-Konten belassen und sich vielleicht lieber ein paar Tage Zeit für eine Besichtigungsfahrt durch die Umgebung nehmen würde. Je schneller jetzt alles vorbei war, desto schneller konnte jeder wieder seinen eigenen Aufgaben nachgehen.

Sie setzten ihr Gespräch in der Bar des *Tequendama* fort. Meneer Janssen trank einen doppelten ausländischen Gin, Haan schlürfte Tonic Water.

«Nichts Alkoholisches?»

Haan sagte, er bevorzuge Tonic und Fruchtsäfte. Meneer Janssens Augenlider senkten sich ein wenig, dann nahm sein langes Vogelgesicht einen freundlich-hilfsbereiten Ausdruck an. Einen kleinen Tip wolle er Haan geben, klein, aber fein. In Bogota frischte man nämlich Tonic Water und dergleichen gern mit Pitaya auf. Er würde die Kellnerin bitten, ihm ein paar zu bringen. Señorita? Wunderbar. Sieht ein wenig aus wie eine große Walnuß, nur daß sie eine weiche Schale hat, nicht wahr? Probieren Sie sie mal. So schneidet man sie auf, dann holt man mit dem Löffel die Kerne heraus und dann das Fruchtfleisch. Schmeckt gut, oder? Sehr gut? Und erfrischt wirklich. Toll, nicht?

«Señorita? Mas fruta.» Noch ein paar Pitayas, bitte schön.

Auch Meneer Janssen bediente sich, obwohl, wie er erklärte, Pitayas und Alkohol nicht besonders gut zusammenpaßten. Ist ungeheuer erfrischend, altes indianisches Geheimnis, müssen Sie wissen, früher hat man sie eigens für die Könige angebaut. Nein, danke, für mich jetzt nicht mehr, wie gesagt, la Fruta verträgt sich nicht mit holländischem Gin. Mit Tonic gibt's keine Probleme, im Gegenteil.

Am nächsten Tag tauchte Haan erst spät bei Impoco auf. Hatte doch ein kleines Problem gegeben. Geschlafen hatte er tief und fest, aber als er aufwachte, war da so ein leichter Druck im Darm gewesen. Nicht sehr schlimm allerdings, so daß er dachte, er könnte sich erst noch rasieren. Haan liebte diese morgendliche Zeremonie mit heißem Wasser und viel Schaum im Gesicht und dem sanften Strich seiner Gillette-Klingen über die Haut. Gerade war er soweit, als sich der gewisse Druck wieder bemerkbar machte. Blähungen vermutlich. Okay, also ein Bein entlasten, damit erst einmal ein kleiner Hauch Gas entweichen kann. Im Stehen. Das mit dem Hinsetzen machen wir später. Was als kurzfristiges Entlüften gedacht war, entpuppte sich als wahre Explosion. Pitayas – auch wenn ein einzelnes Stückchen sehr gut zu Mineralwasser passen mag – werden im allgemeinen als starkes Laxativ gebraucht. Vor allem bei unvorsichtigen Fremden, die sich normalerweise nicht in neuntausend Fuß Meereshöhe aufhalten, entfalten sie ihre volle Wirkung. Und für Menschen, die ansonsten ihre Zeit auf tropischen Inseln zu verbringen pflegen, ist die Hochebene von Bogota nun mal ein ziemlich ungewohnter Standort. Folglich entleerten sich Haans von einer Überdosis Pitaya aktivierte Gedärme in Sekundenschnelle, während er nur aufspringen und versuchen konnte, wenigstens zu vermeiden, daß sich seine Kotspuren auch an den Wänden breitmachten. Es dauerte, bis er alles wieder sauber hatte. Und noch etwas länger, bis er wieder einigermaßen auf dem Damm war.

«Da ist er ja», sagte Meneer Janssen, als Haan nach dem Mittagessen erschien. «Sie sehen aber gar nicht gut aus. Ist doch immer dasselbe – Ihr Flachländer vertragt einfach die plötzliche Umstellung auf unsere dünne Luft hier nicht. Sie haben sicher nicht gut schlafen können, oder? Durchfall? Ach, du liebe Zeit. Wann geht Ihr Rückflug? Erst in drei Tagen? Dann sollten Sie sich auf jeden Fall noch etwas Erholung gönnen.»

Ohne *la fruta*, die bei Haan den Verdacht aufkommen ließ, daß Meneer Janssen versucht haben könnte, einen potentiellen Widersacher zu schwächen, hätte er wahrscheinlich nach Überprüfung der Computerdateien eine Zwischenbilanz mit seiner Unterschrift versehen und sich für den Rest seines Aufenthaltes freigenommen. Doch nun brachte ihn die von der Pitaya verursachte Demütigung auf die Palme. Nichtsdestotrotz schienen die Impoco-Konten in bester Ordnung. Meneer Janssen lächelte, als wolle er sagen: Unterschreiben Sie, fahren Sie heim nach Curaçao – dann hat jeder das, was er sich wünscht, Warum aber dann diese Durchfalldosis Pitaya?

Was, sagten Sie, war schuld am Tod der Storz'?

Meneer Janssen lächelte traurig. Wie gesagt, eine Depression. Er hatte Haan ja noch nicht alles erzählt. Sjaan Storz und der Portier – ja, wirklich traurig. Aber Sjaan hatte auch noch andere Liebhaber. Und Storz war doch reformierter Protestant, mit einer ganz strengen kirchlichen Erziehung. Verstehen Sie, was ich sagen will, Meneer Haan? Trotzdem bin ich immer noch der Meinung, das Ganze war ein Unfall. Hat die Waffe gerichtet und ist dabei versehentlich an den Abzug gekommen.

«Also dann», sagte Meneer Janssen schließlich eilfertig, «jetzt haben Sie also meine Bücher überprüft, das Warenlager nachgezählt, mit unseren Kunden gesprochen, mit den Lieferanten per Fax Informationen ausgetauscht und jedes Komma und jede Null verifiziert. Jetzt seien Sie bitte so gut, und unterzeichnen Sie mir dieses Dokument hier. Es gibt viel zu tun, und wir müssen schließlich weiterleben.»

«Curaçao», sagte Haan. Und daß er gehört habe, die Storz' seien regelmäßig nach Curaçao gefahren.

Stimmt, bestätigte Meneer Janssen. Stimmt genau. Auf eigene Kosten seien Karel und Sjaan Storz des öfteren auf die holländische Insel Curaçao gefahren. Auf eigene Kosten. Haan prüfte und prüfte erneut, berechnete wieder, verglich handgeschriebene Zahlenkolonnen mit dem, was ihm die Buchhaltungsdateien von Impoco sagten. Meneer Janssen war etwas irritiert.

Als Haan sein großes Büro betrat, blieb er einen Augenblick stehen und betrachtete das Abbild der Madremonte. Meneer Janssen freute sich, etwas von seinem Wissen über prächristliche Kunst und Religion in Kolumbien zum besten geben zu können.

Madremonte, erklärte er, sei bekannt für ganz unterschiedliche Züge ihres Wesens. Sie sei die Mutter des Lebens ebenso wie die Mutter des Todes, und sie sei auch die verrückte Mutter.

«Puerto Berria», sagte Haan.

Wie bitte, Meneer Haan?

Haan sagte, Storz' Ausgaben für Reisen hätten ihn erstaunt. Es gäbe so viele Flugrechnungen, so viele Quittungen für Hotels und Restaurants, Bewirtungsausgaben, sogar Kosten für einen Firmenwagen, der in Barranca Bermeja stand, dem Puerto Berria nächst gelegenen Flughafen. Ein Blick auf die Landkarte hatte Haan gezeigt, daß Puerto Berria, ein Hafenort am Rio Magdalena, zweihundert Meilen nördlich von Bogota, in der Nähe von kleinen ländlichen Industriezentren liegt.

Ja, ja. Meneer Janssen wußte das natürlich. Wenn man über dreißig Jahre in Kolumbien lebt, weiß man allmählich, wo was ist.

Aber warum, fragte Haan, sollte Storz auf Kosten von Impoco immer wieder in einen kleinen Ort wie Puerto Berria fahren, wenn es dort doch nur einen einzigen Kunden – Colorama – gibt?

Ist ein potentieller Großkunde, erklärte Meneer Janssen.

Potentieller Großkunde? Im Ernst? Aber nicht nach dem, was sich aus der Buchhaltung ersehen läßt. Eher ein ziemlich kleiner Kunde. Zwei oder drei Aufträge für Lösungsmittel im Jahr. Ein paar Hundert Fässer. Nichts Besonderes.

Impoco war an einem Kauf von Colorama interessiert, erklärte Meneer Janssen. Deshalb ist Storz immer mal wieder hingefahren.

Vielleicht weil Colorama, als kleiner Großhändler für chemische Produkte, Chemikalien im kleinen hätte weitergeben können, wie man sie beispielsweise zur Veredelung von Kokain braucht? fragte Haan. Weil es Lösungsmittel in kleinen Mengen verkaufen konnte? Ein Faß hier, ein Faß da? Vielleicht sogar nur eine Gallone hier, eine Gallone da? Mit unglaublichem Aufschlag auf den eigentlichen Preis? Und wo geht der hin, bohrte Haan nach, dieser Aufschlag? Wird der geteilt? Geteilt zwischen Colorama und Impoco?

Hat der Importeur und Großhändler Impoco nun also auch noch Einzelhandelsgewinne gemacht?

Bitte. Meneer Janssen hob seine langen schmalen Hände. Impoco war eine saubere Firma. Meneer Janssen war ein sauberer Firmenchef. Er war einer von den holländischen Händlern, die noch glaubten. Glaubten woran? An Kontinuität. Alles, was mit *la droga* zu tun hat, ist ein unsauberes Geschäft. Meneer Janssen wollte schließlich nicht mit Schmalspurganoven Geschäfte machen, die sich irgendwann einmal eine Kugel einfingen.

Haan dachte nach. Die sich irgendwann einmal eine Kugel einfingen wie Señor und Señora Storz? Und der Hund Felix? Haan hatte selbst einen Hund, einen Dackel namens Max.

Sieht ein bißchen besser aus, dachte die Klosterschwester Angelica. Sie stand in dem kleinen Krankenhaus in Puerto Berria in einem kleinen Zimmer neben dem Bett des Gringos, der noch immer sein magisches Mantra «Co-lo-ra-ma-co-lo-ra-ma» vor sich hin murmelte. Sein Geist war also vermutlich noch auf Wanderschaft, doch nachdem mittlerweile fast sein gesamter Flüssigkeitshaushalt intravenös ausgetauscht worden war, würde es mit dem Patienten schon allmählich wieder aufwärts gehen.

«Mister?» fragte die Nonne und griff nach seiner Hand.

«Mister?»

Haan redete Spanisch. «Matador-Bus.»

Mörder-Bus?

Schwester Angelica lauschte Haans holperigem Spanisch. Sie hielt seine Hand fest, während sie erfuhr, wie Haan am Flughafen von Barranca Bermeja angekommen war und keinen Wagen hatte mieten können. Der Leihwagenhändler war nicht unhöflich. «Sie brauchen eine Kreditkarte, Señor Haan.» Nun hatte Haan ihm zwar soeben seine Visa Card gegeben, aber der Leihwagenhändler konnte sich an nichts erinnern. «Sie müssen eine Kreditkarte haben, Señor Haan.»

«Sie haben meine Visa Card bereits in diese Schublade da gelegt.»

«Sie brauchen eine Kreditkarte, Señor Haan. Siento mucho. Tut mir leid, Señor Haan, Geschäftsbedingungen. Ohne Karte kein Auto. Siento mucho. Wir dürfen leider kein Bargeld annehmen.»

Also nahm Haan den Bus. Der Busfahrer sagte auch Siento, er könne leider nur noch Dachplätze abgeben. Doch, es gab noch freie Plätze im Businneren, aber die waren *reservados*. Haan fuhr also auf dem Dach mit, zwischen Schachteln und Packkörben, Koffern und Vogelkäfigen. Der Fahrer hielt den Bus immer ganz am Straßenrand, so daß Äste und Zweige über das Fahrzeugdach fegen konnten. Gepäck und Warenkisten boten Haan da nicht viel Schutz. Gesicht und Hände waren bald reichlich zerkratzt. Als der Bus sein Tempo verlangsamte, weil er eine steile Böschung hinauf kurven mußte, sprang Haan ab.

Er ging zu Fuß weiter. Ein Jeep hielt und nahm ihn mit. Fahrer und Beifahrer trugen vietnamesische Tropenhelme aus Stroh und waren mit Gewehren bewaffnet. Was glaubte der Gringo eigentlich, wo er hier war, mit seinem weißen Hemd mit den Stiften in der Tasche und seinem Diplomatenkoffer. Sollte das eine Neuauflage von «Going Down» sein? Diesem Film, in dem Michael Douglas durch Los Angeles marschiert? Nein? Der Mister wollte hinunter nach Puerto Berria? *No problema*, da konnte er den größten Teil der Strecke mit ihnen fahren. Dann war Lunchzeit, und der Jeep hielt bei einem Straßenrestaurant, wo es Catfisch mit grünen Bananen und Reis gab und einen großen Salat mit frischen grünen Blättern, frisch gewaschen in dem hinter dem Nebengebäude soeben frisch geschöpften Wasser. Die *bandidos* – eigentlich, erklärten sie, seien sie *bandoleros*, aber man brauche heute keine Munitionsgürtel mehr, da die moderne Angriffsbüchse mit Kugeln von einem Ladestreifen gefüttert werde und deshalb seien sie also nur noch *bandidos* –, die bandidos tranken jetzt bayerisches Bier. Freibier aus dem Freistaat Bayern für freie *bandidos*. Freistaatbier macht den Mann müde. Die *bandidos* fuhren den Jeep hinter eine Hecke, und dann schliefen sie alle ein, und als sie wieder aufwachten, war es Nacht, und da die Scheinwerfer des Jeeps kaputtgeschossen worden waren, fuhren die *Bandidos* wieder zur Kneipe zurück und tranken noch mehr bayerisches Bier. Sie tanzten mit den Bedienungen zu einem kubanischen Blues, gesungen von Flora Purim und auf der Trompete begleitet von Mr. Gillespie. Auch Haan tanzte. Er tanzte Samba mit einer indianischen Frau, die aus dem Urwald gekommen war. Ihr Haar war zu Zöpfen geflochten, die schwangen hin und her, wenn sie tanzte und Gesichter schnitt und dazu sang, sobald Flora Purim aufhörte. Haan übernachtete in einer Hängematte. Als er aufwachte, hatte er Bauchschmerzen. Die Banditen hielten freundlicherweise an, wenn er sie darum bat, und so konnte Haan sich als kleiner rosa Punkt inmitten von meilenweit sich dehnendem saftig-üppigem Grün zwischen die Palmbüsche kauern. Aber dann wurde es immer schlimmer. Er fühlte sich viel zu elend, um noch anhalten zu lassen, und wälzte sich nur noch hinten im Jeep von einer Seite auf die andere. Er stank und war schmutzig, er erbrach sich und zitterte. Siento mucho, sagten die Banditen, und daß sie jetzt hier vom Highway abbiegen mußten. Sie lehnten Haan an einen Baumstamm und fuhren davon.

An mehr konnte er sich nicht erinnern. «Wie bin ich hierher gekommen, Madre?»

Eine alte Frau hatte ihn gebracht. Mit einem Eselskarren, vor den ein altersgraues Maultier gespannt war.

Madre Angelica saß neben Haans Bett. Eine alte Nonne, die an einem kurzen Pfeifchen sog. Sie lachte: «Ich rauche Sie, Mister.»

Tabak? Nein. Pot? Nein. Samen, Mister Haan. Yerbas.

Der Geruch gefiel Haan. Er glitt auf dem Rauch ins Weite, während ihm eine Apparatur, die von einer Krankenschwester von Zeit zu Zeit überprüft wurde, immer noch mehr Flüssigkeit in die Venen pumpte. Ab und zu streichelte die knorrige Nonnenhand über sein Handgelenk. Haan sah Tiere, ein Panther verwandelte sich in einen Frosch, und der Frosch wurde eine Eidechse. Die Eidechse machte einen ganz freundlichen Eindruck, aber dann tauchte Max auf, der Dackel aus Curaçao, und knurrte und sorgte für Ordnung.

Am nächsten Tag war Haan wieder auf den Beinen, auch wenn er sich noch am Arm der Madre festhalten mußte. Sie suchten das Metallwarengeschäft Colorama auf und fragten nach dem Inhaber. Der junge Mann an der Kasse erklärte, Señor Storz sei geschäftlich in Bogota, werde aber jeden Tag zurückerwartet. Er sagte auch, daß auf Anordnung von Señor Storz im Moment keine Solventes, keine Lösungsmittel verkauft würden. Er bedauere sehr. *Siento mucho.*

«Jetzt zur Polizei», sagte Madre Angelica zu Haan.

Anfangs zeigte sich der örtliche Polizeisergante nicht besonders hilfsbereit, doch Madre Angelica blieb einfach unter einer Palme sitzen und ließ sich das Gesicht von dem hin und her wiegenden Schatten eines Palmwedels kühlen. Der Anblick des sich ständig bewegenden Schattens schien den Sergante nervös zu machen. Dazu kam, daß sich die zur Polizeiwache gehörigen Katzen – große gefleckte Tiere – etwas seltsam verhielten: Sie fingen nämlich, sobald die Nonne lächelte oder vielleicht auch nur einen Blick zu ihnen hinüberwarf, an zu heulen, was, wie es Haan vorkam, etwas Affirmatives an sich hatte. Im Bach hinter der Wache quakten Frösche. «Madrecita», das war der Sergante. Es klang flehend.

«Que diga», sagte die Klosterfrau. «Sie erzählen jetzt Señor Haan, warum Sie illegalerweise Colorama die Erlaubnis gegeben haben, Lösungsmittel an die Farmer zu verkaufen.»

Nicht er hatte das erlaubt, sagte der Sergante. Okay? Er war nur der Sergante. Es gab andere, höhere Polizeibeamte, die vom Präsidenten der Republik beauftragt waren, auf die Einhaltung der gesetzlichen Bestimmungen zu achten. Nur daß die gesetzlichen Bestimmungen sich von Tag zu Tag änderten. Und ein Metallwarengeschäft durfte zur Herstellung von Farbe und Abbeizern Industrielösungsmittel in kleinen Mengen verkaufen...

«*La droga*?» wollte Madre Angelica wissen.

Yah. Si, Madre. Vielleicht. Vielleicht nicht. Ein Laden wie dieser hier hat natürlich einen oder mehrere Besitzer, nicht wahr? Jeder Laden gehört irgend jemandem. Oder? Aber in diesem Fall keinen ausländischen Besitzer, bitte, oder doch, doch einen Ausländer, falls er Sonderabgaben entrichtet. Sonderabgaben für die höheren Polizeibeamten natürlich, nicht für den Sergante, der Sergante ist doch nur ein kleines Würstchen. Verstehen Sie?

Die Nonne fragte geduldig: «Und dann, Hijito, was ist dann passiert?»

Dann hat Señor Storz aus Bogota das Metallwarengeschäft Colorama gekauft, und was dem Sergante daraufhin zu Ohren kam, war, daß aus der ganzen Umgebung die Urwaldfarmer angerückt kamen, um Lösungsmittel zu kaufen, und daß Señor Storz und Señora Storz ständig zwischen Bogota und hier unterwegs waren.

«Die Parties, Hijito, nicht zu vergessen die Fiestas», sagte Madre Angelica.

Der Sergante sagte, er habe auf Anordnung von Madrecita auf die Fiesta-Mädchen, die die Storz' zu ihrer Unterhaltung angefordert hatten, aufgepaßt.

«Und Señor Janssen?» fragte Haan. Er stand auf und ging hin und her, wie der Chef von Impoco oder der Marabus aus dem Amsterdamer Zoo, mit kleinen Schritten und ein wenig vornübergebeugt, hielt die Hände auf dem Rücken verschränkt und schaute, würdig, aber wachsam, mal nach links und mal nach rechts.

Der Sergante entschuldigte sich bei der Klosterfrau, dann lachte er.

«War Janssen hier?» fragte Haan.

Ja, der große Gringo war hier, sagte der Sergante, aber nur ein paarmal. Das Metallwarengeschäft gehörte Señor Janssen doch nicht. Allerdings dachte der Sergante, daß dem großen Gringo, dem storchenhaften Janssen, wohl der kleine Gringo, der käsegesichtige Storz gehörte. «Si. Ja, Madrecita.» Und dann war ein Polizeicaptain aus Barranca Bermeija gekommen und hatte wieder einmal die gesetzlichen Bestimmungen geändert und damit das Lösungsmittelgeschäft von Colorama, das in Privatbesitz der Storz' war, geschlossen, dann hatte er die Steuern auf Lösungsmittel erhöht und bestimmt, daß sie jetzt monatlich bezahlt werden mußten, dann hatte er dem kleinen Gringo, Señor Storz, gesagt, er dürfe das Land nun eine Zeitlang nicht verlassen, und dann hatte er Señor und Señora Storz Papiere zustellen lassen, mit denen er ihr Privatvermögen konfiszierte und sie einlud, demnächst in einem Gefängnis Rede und Antwort zu stehen. Alle möglichen Papiere. Wer kann schon sagen, welche Papiere die am Profit beteiligten Polizeicaptains aus Barranca Bermeja den Gringos zustellen lassen, die die Inhaber eines Metallwarengeschäfts sind, das mit Drogen zu tun hat? Aber Señor Storz hat keine Lösungsmittel mehr an Drogen-Farmer verkauft, Madre, bestimmt nicht mehr. Er hat mit Señora Storz geschimpft und sie angeschrien, und dann sind beide zurück nach Bogota geflogen und dort geblieben, oder nicht? So war's doch, Madre Angelica? Er war ja nur ein einfacher Sergante in einem kleinen Ort, der von der Landkarte verschwand, wenn es regnete, aber diese ganze Schikaniererei von kleinen Gringos konnte vielleicht doch dem großen Gringo Señor Janssen eine Warnung sein, daß er künftig an die Polizeicaptains höhere Verkaufssteuern abführen sollte?

«Gracias, Sergante», sagte Madre Angelica freundlich.

«De nada, Madrecita. Keine Ursache. Wofür auch? Ich habe nichts getan, ich bin ja nur ein kleiner Sergante, der von nichts eine Ahnung hat. Aber, Madre Angelica, falls *la droga* uns in Puerto Berria einmal alle umbringen sollte, dann geben Sie mir bitte den Weg frei. Den Weg wohin? In den Himmel natürlich, Madrecita.

UniaccC lud schon innerhalb der darauffolgenden zwei Wochen zu einem Meeting in die *Austernbar* nach Amsterdam ein. Die Impoco-Eigentümer spendierten dem amtlich anerkannten Buchprüfer Haan ein Abendessen. Haan schlürfte Tonic, während die Anteilseigner ihm mit ihren bis zum Rand mit eiskaltem holländischem Gin gefüllten Tulpengläsern zutoasteten und ihm dankten, daß er seinen Auftrag so gut erfüllt hatte. Nach den gebratenen Soles au Picasso unterzeichneten die Herren ein Dank- und Abschiedsschreiben an Meneer Janssen, und ein anderes, mit dem der jüngste (und kleinste) Anteilseigner zu Janssens Nachfolger bestimmt wurde. Als der neue Direktor Haan zur Anerkennung seiner Leistungen einen Scheck überreichte, lief den Herren ein Schauder über den Rücken.

Janssen setzte sich in dem holländischen Städtchen Vinkeveen zur Ruhe.

Den statistischen Berechnungen des holländischen Wirtschaftsministeriums zufolge haben Firmenchefs im Ruhestand im Durchschnitt noch etwa acht Jahre zu leben. Indem er bereits zwei Monate nach seiner Pensionierung verstarb, trug Meneer Janssen seinen Teil dazu bei, diesen Schnitt so niedrig zu belassen, wie er ist. Er rutschte auf dem Deich in Vinkeveen aus und brach sich das Genick.

Haan war gerade im Urlaub in Amsterdam, als er von dem Unfall erfuhr. Gespannt, ob Madremonte sogar an einen holländischen Deich herankam, stellte er in Vinkeveen Nachforschungen an. Zeugen des Unfalls erklärten, Meneer Janssen sei von einer gefleckten Katze angegriffen worden, beim Zurückweichen auf einen großen Frosch getreten, ausgerutscht und den Deich hinuntergestürzt. Dabei sei er mit dem Kopf auf einen zwischen Büschen liegenden moosbedeckten Felsen aufgeschlagen und habe sich das Genick gebrochen. Eine braunhäutige Frau war allerdings niemandem aufgefallen.

Deutsch von Elfi Hartenstein

PERU

1963–1964

«Aus Lima fortgehen ist», nach Aussage eines peruanischen Dichters, «ein bißchen wie Sterben. In Lima ankommen *ist* Sterben.»

So schreibt nur ein moderner Dichter. Das Lima aus der Zeit, bevor ich es kennenlernte, muß wundervoll gewesen sein, mit breiten Boulevards und Alleen, an denen die Balkone der Häuser Kunstwerke, Skulpturen aus Holz gleichen. Es gibt majestätische altspanische Architektur in der peruanischen Hauptstadt, mitten zwischen den windschiefen Wolkenkratzern aus Beton. Vielleicht ist es noch gar nicht so lange her, daß man auf Terrassen sitzen, Kaffee trinken, Inkakuchen essen und angenehmen Gedanken nachhängen konnte.

Das ist vorbei (obgleich es fast so scheint, als würden sich die Dinge wieder bessern).

1963/64 jedenfalls wimmelte es von einer explosionsartig sich vermehrenden Bevölkerung, die an Ratten mit zusammengewachsenen Schwänzen erinnerte. Über allem lag der Gestank von Fischmehl und Vogelkot, häßlichen Substanzen, die aus dem schmutzigen Meer gewonnen und am Strand zerkleinert wurden. Korruption und Straßenkriminalität machten jede alltägliche Bewegung zu einem umständlichen Unterfangen.

Eines unschönen Morgens, als mir ein Geschäftskollege einen Handel erklärte, der aufgrund der galoppierenden Inflation und unzuverlässiger Märkte bereits in der Planungsphase als gescheitert betrachtet werden mußte, fiel mir auf, daß ich mit dem Fuß die ganze Zeit etwas im Straßenschmutz hin und her geschoben hatte, was sich bei näherem Hinsehen als ein kleiner Schädel entpuppte.

«Sehen Sie doch», sagte ich.

«Der Schädel von einem kleinen Kind», sagte mein Kollege. «Oder vielleicht auch von einem Zwerg. Es gibt in diesem Elendsviertel hier eine ganze Menge Individuen, die im Wachstum zurückgeblieben sind. Also, Señor, zu Ihrem Angebot an neuen holländischen Fischernetzen könnte ich folgende Zahlungsweise vorschlagen ...»

«Dies ist das Land der gloriosen fortschrittlichen Inkakultur», sagte ich, «der ungelösten, von prähistorischen Raumschiffen zurückgelassenen Hieroglyphen, von denen sich manche über mehrere Meilen erstrecken. Ihr großes Volk hat beeindruckende Städte auf Berggipfeln errichtet, während meine Vorfahren sich erkälteten, weil sie nicht wußten, wie sie ihre Sumpfhütten trokkenhalten sollten. Ihr Regenwald, Ihr hoch oben auf dem Hochplateau gelegener See, Ihre Musik, Ihre ausgezeichnete Küche ...»

«Wir können uns in San Isidro auch ein paar Hamburger reinziehen», sagte mein Kunde. «Also, ich schlage vor, 10 Prozent Skonto, Zahlungsziel 90 Tage, in Soles, weil man an Dollars, fürchte ich, momentan nur schwer rankommt ...»

Ich fuhr ab. Wäre ich länger geblieben, hätte ich mich womöglich in einen zweiten Boris Baldert verwandelt, ein Gemisch aus den unterschiedlichen Unternehmertypen, die sich zu jener Zeit an die Verwirklichung ihrer Träume vom großen Geld gemacht hatten.

Lima, Fluch der Inkas

Am besten Tisch des Drei-Sterne-Restaurants *Pollo Dorado* in Lima mit hervorragender Aussicht auf den zum Restaurant gehörenden Rosengarten saß Boris Baldert, trank Pisco Sour und ordnete vor ihm liegende farbige Polaroidfotos, auf denen ein an ein Eisenbett gefesselter junger Mann zu sehen war. Ein nackter junger Mann. Auf einigen Bildern sah man bestimmte Stellen seines Körpers in Großaufnahme. An der weiß gekalkten Wand hinter dem Bett konnte man Blutspritzer erkennen. Nicht daß den Geschäftsmann Baldert, der sich hier mit dem Landpolizisten José Moreno Llosa verabredet hatte, die Fotografien völlig kaltließen – aber er hatte sie nicht zum ersten Mal vor sich. So konnte er voller Zufriedenzeit darüber nachdenken, wie einfach es doch war, manche Situationen zu lösen. Man mußte nur Menschen zur Verfügung haben. Menschen bekam man mit Geld. Insbesondere wenn es sich um Peruaner handelte. Und ganz besonders dann, wenn es nicht nur einfach um Geld, sondern um amerikanische Dollars ging. Dollars, dachte Baldert, der Industriemagnat, kann ich mit meinen Gulden kaufen.

Das einzige Problem ist bloß, dachte der Händler Baldert, wie ich es anstelle, nur das absolute Minimum an Dollars zu kaufen, ohne deswegen den Anschein zu erwecken, ich sei geizig.

Es gab noch ein anderes Problem, mit dem er sich bislang noch nicht auseinandergesetzt hatte. Das würde er angehen, sobald es sich konrekt stellte. Problem Nr. 2. Alles zu seiner Zeit. Er drehte die Polaroidfotos um und legte sie aufeinander.

US-Dollars waren nicht mehr Balderts Lieblingswährung, schon lange nicht mehr. Das Zeug hatte sich ja in wirklich unakzeptable Tiefen hinabmanövriert. Doch für die Einwohner von Peru stellten Dollars immer noch das Höchste dar. Nichts geht ihnen über Dollars, dachte Baldert. Dollars sind für sie das absolute Glück und die totale Motivation. Er schlürfte seinen Drink. Er liebte Pisco Sour. Pisco Sour stand für die guten Jahre, die sechziger Jahre, als er seine erste Million gemacht hatte, genau hier in Lima, der Hauptstadt von Peru, mitunter sogar genau hier an diesem Tisch, wenn ihm eine Serviererin das Telefon brachte und lächelnd darauf wartete, daß er ihr einen Greenback zusteckte, eine Zehn- oder Zwanzigdollarnote, direkt hinein in die Brusttasche ihrer Bluse. Immer machte er das, ob das Geschäft zustande kam oder nicht, immer fummelten seine Finger da herum, und nie zog sich die Serviererin vor ihm zurück. Nicht daß Lima der Himmel gewesen wäre. Weiß Gott nicht. Baldert lächelte vor sich hin. Lima, Fluch der Inkas. Wie ging die Sache doch noch? Dem spanischen Conquistator Pisarro war es mit einer kleinen Truppe bewaffneter Rowdies gelungen, das hochentwickelte peruanische Inkareich zugrunde zu richten. Pisarro beeindruckte den Inkaherrscher damit, daß er ihm erzählte, er sei ein Gott, der auf einem mythischen Sagentier, einem Pferd, reite. Der Herrscher hatte noch nie etwas von Pferden gehört. Und auch nichts von Gewehren, von diesen todbringenden Feuerstäben mit einem Abzugshahn, den nur Gottheiten bedienen durften. Deshalb kann der spanische Rowdie für einen Palast voll Gold und Edelsteinen den Herrscher demütigen und töten lassen. Dann bringt er das ganze Reich samt seinen zwölf Millionen Menschen in Aufruhr, weil er nun auch die Einwohner systematisch ermorden läßt. Und dann will General Pisarro eine Hauptstadt haben, von der aus er seine Raubzüge nach Gold und Edelsteinen organisieren kann. Die Frage ist nur, wo er seine Inkasklaven – die bald als «Chollos» (das ist einer ihrer Flüche) bekannt werden – seine Metropole errichten lassen soll?

Ein Architekt, ein adliger Inka, der in Ketten vor ihm auf den Knien lag, rät ihm zu dem jetzigen Standort von Lima. Er überzeugt den göttlichen Generalissimus, daß ebenjener Wüstenstreifen an der Küste, auf den er seinen zittrigen Zeigefinger richtet, den idealen Untergrund für die großen stolzen Gebäude, die den spanischen Befehlshaber und sein Gefolge beherbergen sollen, ab-

«Der Zukunft ins Auge blicken.»

(Lima, Peru: 1964)

gibt. Der Großteil des peruanischen Küstenstreifens ist nackt und nicht bewachsen, eine gelbe Wüste, die allenfalls zu den besten Zeiten im Jahr einen grünlichen Schimmer erhält, aber der Himmel ist blau und die Luft klar. Nur Lima liegt unter einer ewigen Wolkendecke, die Feuchtigkeit heranbringt und jeden Moment jenen Regen herniederprasseln lassen kann, der die Gärten üppig erblühen läßt und die Anpflanzungen bewässert und Glück und Gesundheit bringt – jeden Moment, wie gesagt, kann es zu regnen beginnen...

Das war die Rache des Inka-Architekten. Die ewige Wolkendecke über Lima, aus der es immer zu regnen beginnen kann – nur daß der versprochene Regen tatsächlich nie fällt. Nie lösen sich die

Wolken auf. Immer liegt Lima unter einer zerfransten nassen Decke, die ab und zu etwas undicht werden mag, so daß der Nebel sich verstärkt und es sogar ein wenig nieselt. Die Scheibenwischer wischen hin und her und hin und her und ärgern den Fahrer, wenn er versucht, durch den Nebel und Dunst, der sich auf den Wagen gelegt hat, hindurchzuspähen. Vorausgesetzt, er hat überhaupt Scheibenwischer – weil die nämlich eigentlich andauernd von den «churros», den unzähligen Straßenkindern aus den «barriades», den großen Slumvierteln von Lima, geklaut werden.

«Señor, Señor», ruft ein Churro, «ich habe gesehen, wie ein schwarzes Kind gerade Ihre Scheibenwischer geklaut hat. Ich weiß, wo dieser *maltido* Negerchurro wohnt. Geben Sie mir Geld, dann bringe ich Ihnen Ihre schönen Scheibenwischer zurück. Bitte, Señor, ich bin Ihr Freund.»

Sicher. Neue Scheibenwischer sind teuer. Man gibt also dem Churro ein paar Münzen, wertlose peruanische Soles, «Soles d'Oro», goldene Sonnen. Dann bekommt man seine Scheibenwischer wieder und seine Radkappen auch. Und dann fährt man mit dem neuen Cadillac Cabriolet – Raumschiff sagten die Chollos dazu – ins Büro und macht wieder eine Million mit Fischmehl. Damals war es meist Fischmehl. Baldert lächelte. Er dachte daran, wie die Lastwagen im Hafen von Callao herumgerast waren, große, offene Lastwagen, bis oben hin voll mit rotbraunem, stinkigem Fischmehl. Er sah wieder die Pelikane heranziehen, die großen Schnäbel weit aufgerissen, sah, wie sie hastig in sich hineinschlangen, was sie erwischen konnten. Aber niemand kümmerte es. Es waren Millionen und Abermillionen Sardinen, die von einer starken Meeresströmung an die zweitausend Meilen lange Küste von Peru geworfen wurden, Tag für Tag, unaufhörlich. Auch jede Menge lebende Fische holten sich die Pelikane, sie tauchten nach ihnen, obgleich es weniger Aufwand war, das Fischmehl von den Lastwagen zu stehlen. Es gab auch andere gefräßige Vögel, Kormorane, Möwen in jeder Größe, alle möglichen Arten von Enten und Gänsen, die schwammen und tauchten, sich gegenseitig fütterten, fraßen, was sie konnten, und die Inseln und

Strände mit ihrem Kot überzogen. Seit über tausend Jahren hatten die Vögel alles vollgekackt, dicke Schichten von dekompostiertem Guano gruben die Chollos ab und verluden sie auf die Schiffe, über die Baldert per Telefon oder Telex Regie führte. Als sich herausstellte, daß mit Fischmehl mehr Profit zu machen war, gab er die Vogelkacke wieder auf, konzentrierte sich voll auf Fischmehl, schiffte es über die ganze Welt als Trockenfutter für die immer noch größer werdenden Viehherden, die die immer noch weiter anwachsende Bevölkerung ernähren sollten. Millionen Dollar Gewinne machten Baldert und seinesgleichen, und die Dollars waren damals noch um einiges mehr wert als heute.

Baldert erhob sich, um seinen Gast zu begrüßen. «Buenas dias, mi Teniente.»

«Buenas dias, Don Baldert», sagte José Moreno Llosa. «Encantado. Es freut mich sehr.» Er trug keine Uniform, dennoch schlug er die Hacken aneinander, stand zwei Sekunden lang gerade und knickte dann in der Taille zu einer Verbeugung zusammen.

Sie setzten sich. Nicht schlecht, dachte Baldert. Er freut sich also, mich zu sehen, dieser Landpolizist, den sie tausend Kilometer nördlich von Lima in Talara an der ecuadorianischen Grenze stationiert haben. Baldert lächelte. Er winkte der Kellnerin. Sie war halb Inka, halb Schwarze, mit einer Spur spanischer Conquistadores, eine entzückende Mischung, die Baldert gut kannte, weil er sich ihrer ausnehmend gern bedient hatte. Und zwar nicht selten, damals, in der guten alten Zeit, als alles noch frisch und neu und niemals eintönig gewesen war. In Amsterdam war das Leben nun praktisch Tag für Tag das gleiche, es gab keine Herausforderungen mehr, obwohl – jetzt vielleicht doch wieder. Es würde sich ja zeigen, sobald er dem Polizeileutenant die Fotos vorgelegt hatte. Teniente Moreno. Sollte ein hervorragender Mann sein. Jedenfalls nach Aussagen von Rechtsanwalt Sanchez. Und Sanchez wiederum sollte nach Aussagen des holländischen Botschafters ein hervorragender Mann sein. Und der Botschafter war ein weiser alter Kauz, ein Zyniker und Draufgänger, der seinen Freunden gern zu Diensten war. Baldert und er kannten sich schon lange.

Moreno bestellte sich Bier. Billiges einheimisches Bier, obwohl in einem Lokal, das der Michelin mit einem Stern ausgezeichnet hat, ohnehin nichts billig ist.

«Wollen Sie nicht einen Pisco Sour mit mir trinken, mi Teniente?»

«No gracias, muy amable, prefiero cerveza.»

Erstaunlich, dachte Baldert. Er betrachtete den schlanken jungen Mann mit dem rabenschwarzen Haar, die dunklen, ein wenig schräggestellten Augen – Augen wie von einem Engel, dachte Baldert –, den üppigen Schnauzbart, der über die Oberlippe fiel, und sah auch, daß die Unterlippe etwas vorstand. War das Aggressivität? Nein. Morenos Augen waren ganz ruhig; sie schienen im Licht zu funkeln. Baldert stellte fest, daß der junge Mann soldatisch wirkte, obwohl er in untadelige scharze Jeans, eine offensichtlich erst kürzlich neu gewichste Lederjacke und ein sauberes, frisch gebügeltes, blaugraues amerikanisches Arbeiterhemd mit offenem Hemdkragen gekleidet war. War wohl der letzte Schrei? Gut, dachte Baldert, dieser Mann braucht Geld. Das ist der Grund, warum er billiges Bier trinkt. Aber Geld braucht er trotzdem.

Gastgeber und Gast vertieften sich in die Speisekarte. Der Polizist bestellte Grillhähnchen mit spanischem Reis, chilenischen Oliven und Macadamianüssen aus Hawaii. Sicher ganz ordentlich, nur gab es Besseres: Rebhuhn zum Beispiel oder Seezunge al Pisarro. Oder warum nicht Vicunaschnitzel mit Lusuma und einem Kräutersalat mit Catherine-Deneuve-Dressing?

«No gracias, Don Baldert, muy amable.»

So war er: muy amable. Boris Baldert, die Liebenswürdigkeit in Person. Nach dem Motto: eine Million verdienen, hunderttausend ausgeben, wieder eine Million verdienen. Jetzt hat man schon zwei Riesen in Umlauf gebracht und sollte überlegen, wie sie sich wieder zurückgewinnen lassen. Das heißt, man muß die Leute, die irgendwie damit zu tun bekommen haben, kennenlernen und sie sich verpflichten. Annäherung à la Pisarro. Baldert lächelte vor sich hin. Er hatte nicht umsonst in Peru gelebt. Es kam darauf an, das Pferd des Generals durch den Cadillac des Kaufmanns zu ersetzen.

«Salud.» Sie hoben ihre Gläser.

«Ahhh . . .» Sie stellten sie wieder ab.

Dann nippten sie noch einmal daran. Es war Baldert schleierhaft, wie man lieber billiges Bier trinken konnte als diese einzigartige peruanische Erfindung namens Pisco Sour, dieses bernsteinfarbene Destillat, das, gut gekühlt, mit etwas Limonensaft vermischt und schaumig geschlagen, so vorzüglich schmeckte. Delikat herb im Geschmack, nicht direkt durststillend, kitzelte es in der Kehle und entlud erst einige Sekunden später seine gesamte Stärke. Kurz, sauber und erfrischend. Nach drei oder vier Pisco Sour wußte Baldert immer, warum er lebte, verstand das Universum, mehr noch, er verstand sogar die nicht-vorstellbaren Welten, die von seinem eigenen nicht-vorstellbaren göttlichen Ich beherrscht wurden. Er setzte sein breitestes Lächeln auf. «Soldat sein heißt Bier trinken, nicht wahr?»

«Ein Bier, ja», sagte Moreno. «Das heißt, schmecken würde mir auch ein zweites oder ein drittes, aber dann bin ich betrunken. Schon seit meiner Schulzeit weiß ich, daß sich daran leider nichts ändern läßt.» Als er Balderts Lächeln erwiderte, zeigte er weiße, gesunde Zähne. Er sprach klar und deutlich, als stünde er auf einer Bühne. «Ein kühles Bier und ein Grillhähnchen: Das ist ein echtes Fest. In Talara gibt es jetzt, wie überall in Peru, nur wenig zu essen. Die Bauern werden von den Guerillas ausgeraubt oder, wenn sie sie unterstützen und ihnen zu essen geben, vom Militär umgebracht. Meine Guardias, die Landpolizisten, die ich zu befehligen habe, gehen zum Hafen und angeln. Aber der Hafen von Talara ist völlig verschmutzt. Als wenn die Abfälle der ganzen Welt bei uns an Land treiben würden. Suciedades, unbeschreiblich. Was wir an Fischen herausholen, ist krank. Gemüse ist besser, auch wenn in meinem Gebiet die Erde zum Anbau schlecht ist. Dies hier ist ein Fest für mich, Don Baldert, und ich danke Ihnen dafür.» Ganz plötzlich verschwand das Lächeln von Morenos Gesicht. Er sah aus, als sei er nun kampfbereit. «Sie kennen also meinen Onkel, Rechtsanwalt Sanchez? Er arbeitet manchmal mit Ihrer Botschaft zusammen, Olanda embajada, der Botschaft von Holland, nicht wahr?»

Aha, dachte Baldert. Wir sollen also zur Sache kommen. Sehr gut. Das Essen wurde gebracht. Sie aßen. Moreno leerte sein Bierglas. Als die Serviererin an den Tisch trat, bestellte er Wasser. Baldert nahm noch einen Pisco Sour, nur einen kleinen, und ebenfalls Wasser. Seine Seezunge war etwas salzig, aber es war besser, den Durst nicht mit Alkohol löschen zu wollen, er konnte es sich nicht leisten, vor den Augen dieses unbedeutenden Polizisten betrunken zu werden.

«Die Sache hat mit dem Verschwinden meines Sohnes zu tun», sagte er. Er rülpste, murmelte eine Entschuldigung und lehnte sich zurück. Er runzelte die Stirn, wobei seine fleischigen roten Wangen etwas in sich zusammenfielen. «Ich will versuchen, es zu erklären, mi Teniente. Kann sein, daß Ihr Onkel Umberto Sanchez, dieser hervorragende Rechtsanwalt, meinen Fall schon viel besser dargestellt hat. Verbessern Sie mich, falls ich etwas Falsches sage, aber ich denke eben, daß es nie schaden kann, wenn man eine Situation von allen Seiten betrachtet. Sie müssen entschuldigen, mi Teniente, ich bin nur ein einfacher Kaufmann. Sie sind Polizeioffizier von Rang und Namen und für einen ganzen Distrikt in diesem schönen alten Land verantwortlich. Es heißt, Sie mußten viele schwierige Fälle lösen und seien ein erfahrener Detektiv.»

Der Lieutenant deutete eine Verbeugung an. «Zu freundlich von Ihnen, Don Baldert.»

Baldert hob die Hand. «Keineswegs. Was passiert zu sein scheint, ist folgendes. Vor einem Monat ist mein Sohn verschwunden. Die Maschine der Vianca, auf der er den Flug Lima–Amsterdam gebucht hatte, ist ohne ihn angekommen. Als er im Flughafen Schiphol nicht auftauchte, fing ich an, mir Sorgen zu machen. Ich setzte mich telefonisch und per Fax mit der holländischen Botschaft in Verbindung, woraufhin der Botschafter so freundlich war, Ihren Onkel Sanchez einzuschalten. Rechtsanwalt Sanchez bestätigte, daß mein Sohn sein Hotel verlassen hatte, aber am Flughafen von Zollbeamten festgehalten und daran gehindert worden war, an Bord des Flugzeugs zu gehen.»

Moreno befühlte seinen Schnauzbart. Dann erkundigte er sich: «Kokain? Sechs Plastikstüten mit je einem halben Kilo, jeweils drei an jedem Bein?»

Baldert legte den Kopf schief. «Das ist es, was man uns erzählt hat. Es hat aber nie eine Anzeige gegeben, mi Teniente. Ihr Onkel war bei Gericht. Es ist nirgends eine Anzeige aufgenommen worden. Dennoch wurde mein Sohn von den Zöllnern an die Militärpolizei übergeben, wo man ihn, nach allem, was Zeugen gegenüber Rechtsanwalt Sanchez ausgesagt haben, übel behandelte. Man hat Henri Handschellen angelegt und ihn getreten und ins Gesicht geschlagen.»

«Und dann haben Sie, wenn ich mich nicht irre, per Post einen Brief erhalten. Einen anonymen Brief?» fragte Moreno. «Mit Fotos? Und später sind Sie sogar in Holland angerufen worden und haben mit Ihrem Sohn sprechen können? Und er hat Ihnen erzählt, was geschehen war?»

«Das war ein paar Tage nach Eintreffen des Briefs.» Baldert winkte der Kellnerin und bestellte Java Espresso, noch einen kleinen Pisco Sour und Zigarren.

«Kubanische?» fragte das Mädchen und lächelte ihn an in der Hoffnung auf ein Trinkgeld oder vielleicht auch mehr – wer kann schon voraussehen, was passiert, wenn Geld und Schönheit aufeinandertreffen?

«Como no.» Warum nicht. Immerhin sind wir in Südamerika, dachte Baldert, eine kubanische Zigarre gehört zum Ambiente.

Moreno beugte sich vor. Jetzt war der Fuchs aufgewacht.

Auch der Serviererin fiel es auf, sie flüsterte einer anderen Serviererin zu: «Fuchs trifft Schwein», und dann kicherten die beiden hübschen Mädchen leise.

Sie beobachteten, wie der Fuchs sich über den Tisch zum Schwein hinbeugte. «Könnte ich wohl die Fotos einmal ansehen, Don Baldert?»

Baldert, der die Bilder wieder in die Innentasche seines Kaschmirblazers gesteckt hatte, holte sie von neuem hervor, ordnete sie in der Hand wie einen Fächer, drehte die Hand dann um und legte die Bilder dorthin, wo Morenos Teller gestanden hatte. Moreno betrachtete sie genau. Seine Augen weiteten sich. Die Unterlippe fiel ihm herunter.

«Santa madre puta», flüsterte er, «santissima puta Maria.»

Diese Kombination erschien Baldert zwar seltsam, aber nachvollziehbar. Im Elend von Peru konnte wahrscheinlich sogar die heilige Maria nur als Prostituierte gesehen werden. Oder ging es hier vielleicht auch nur um die andere Seite im Wesen der heiligsten aller Frauen, ähnlich wie Kali, das weibliche Prinzip im Hinduismus, als weißer Engel dargestellt wird, aber wenn man die Figur von hinten betrachtet, ist die Mutter Gottes eine schreckenerregende Dämonin, die um den Hals eine Kette mit Fangzähnen und Totenschädeln trägt, mit bloßen Füßen auf einem männlichen Körper herumtrampelt und mit lang heraushängender, rosaroter Zunge ihre Verehrer zum Beischlaf auffordert.

Puta Maria. Warum nicht? Immerhin hatte die in Peru hoch verehrte christliche Göttin es zugelassen, daß Henri gefoltert wurde. Die Polaroidfotos bewiesen es.

Einen Moment lang verlor Lieutenant Moreno sein frisches Aussehen. Sein rechteckiges Gesicht wirkte auf einmal verhärmt. Er murmelte. «Aber warum nur? Warum brennen die MPs einem Gefangenen Zigaretten in die Haut? Und verprügelt haben sie ihn auch. Haben Sie gesehen, wie geschwollen seine Hoden sind?»

Baldert nickte. «Darum bin ich ja hier, mi Teniente. Weil ich Sie bitten will, diesem Horror ein Ende zu machen. Henri ist mein einziger Sohn.»

Moreno blickte wieder auf die Bilder. «Aber ... por que?»

«Warum?», fragte Baldert. Er getattete seinem Gesicht rot anzulaufen und schlug mit der Faust auf den Marmortisch.

«Wegen Geld, mi Teniente. Wegen meines Geldes, um es genau zu sagen. Sie müssen doch besser wissen als ich, was in diesem gottverdammten Land vor sich geht – seit mit den klimatischen Veränderungen auch die Strömung im Meer sich geändert hat und die Sardinen jetzt anderswo hingetrieben werden. Mit euren Booten sind sie nicht mehr zu erreichen, und auch die anderen Fische werden jetzt tiefer hinuntergedrückt und gehen nicht mehr in die Netze. Jetzt pflanzen eure Chollos zum Ersatz Kokain. Und mit dem Wechsel der Produkte habt ihr auch eure Manieren verloren. Besonders gute habt ihr noch nie gehabt. Früher habt ihr meine Scheibenwischer gestohlen, und jetzt seid ihr hinter meinem hartverdienten Geld her. Kriminalität steckt an. Früher habt ihr mein Telefon lahmgelegt. Wenn ich mich beklagt habe, ist irgendwer von der Telefongesellschaft erschienen, hat mir erzählt, er sei mein Freund und würde mir alles kostenlos reparieren, aber da sei noch jemand, irgendeine Instanz bei der Telefongesellschaft, eine unsichtbare Macht, die alles blockierte, und bevor irgend etwas geschehen könne, müsse diese höhere Gewalt erst einmal bezahlt werden. Jetzt kidnapt ihr meinen Sohn, und dann taucht ein Rechtsanwalt auf, der mein Freund ist, mein Freund, der Anwalt, und dann taucht ein Detektiv auf, der mein Freund ist...»

«Señor», der Lieutenant hatte schon zum wiederholten Male versucht, den schäumenden Baldert zu unterbrechen. «Señor...»

Baldert atemte tief ein und aus.

«Was wollten Sie sagen, mi Teniente?»

«Ich bin bei der Guardia Civil, also bei der Landpolizei, Señor, und nicht beim Militär. Ich habe Ihren Sohn nicht entführt. Don Henri wollte Kokain schmuggeln, das ist eine sehr gefährliche Droge, das heißt, er hat ein Verbrechen begangen und ist von der Militärpolizei festgenommen worden.»

«Nein!» Baldert senkte die Stimme. Er wischte sich die Schweißperlen von der Stirn. «Nein, mi Teniente. Das hat man meinem Sohn bloß angehängt. Der Botschafter und Ihr Onkel, Rechtsanwalt Sanchez, haben lang und breit darüber gesprochen. Ich muß dazu erklären...»

Ganz kurz faßte er nach der Hand des Teniente. «Sehen Sie, mein Sohn und ich... Vater und Sohn... seine Mutter hat uns verlassen... ich habe den Jungen großgezogen. Ich halte ihn kurz. Er arbeitet für meine Firma und hat sein Gehalt und ein Konto für die Ausgaben, nicht sehr viel insgesamt. Ich erziehe ihn, wie ich auch erzogen wurde, er soll lernen, mit wenig Geld auszukommen. Kann sein, daß er das Gefühl hat, er müßte mir beweisen, daß er auf dieses kleine Gehalt gar nicht angewiesen ist, sondern allein reich werden kann. Jedenfalls ist er im Hotel von einem Fremden angesprochen worden ...»

Moreno lächelte traurig. «Ja, ich habe davon gehört, Don Baldert, ich weiß, daß so etwas vorkommen kann. Man hat Ihren Sohn zu einem *mula* gemacht, einem dummen Lasttier, das an seinem Körper Kokain aus dem Land hinausträgt.»

Baldert lehnte sich zurück und nippte an seinem Drink. Auf dem Tisch lagen Zigarren, lange, handgedrehte Zigarren. Er forderte den Lieutenant auf, sich zu bedienen.

«No gracias.»

Moreno steckte sich statt dessen eine Zigarette Marke Inca an, billiger schwarzer Tabak. Das Päckchen war zerdrückt. Das erste Streichholz brach ab. Moreno versuchte es geduldig mit einem zweiten.

Baldert zündete sich seine Zigarre mit seinem silbernen Feuerzeug an und paffte vor sich hin. «Es ist noch viel schlimmer, mi Teniente. Es herrscht hier eine Art von Perversität, die so niedrig ist wie ...» Er zeigte auf den Fußboden, «ganz offensichtlich ist Ihnen nicht bewußt, wie *desgraciada* – armselig – Ihr Peru geworden ist. Ihr Nationaleinkommen stammt nur noch aus Verbrechen. Peru ist ein Drogenhändler. Ihr vergiftet die Welt, und der Rest der Welt protestiert dagegen. Ihr bittet um Hilfe, und der Rest der Welt gewährt sie euch: Nahrungsmittel, Decken, technische Einrichtungen – alles, was ihr Bettler eben braucht, allerdings nur ...», Baldert hob die Hand, «... zu bestimmten Bedingungen. Die internationale Gemeinschaft besteht darauf, daß ihr den Kokainexport stoppt – was tut ihr also: Ihr macht meinen Sohn zu eurem Lasttier, und dann nehmt ihr ihn fest. Ihr sperrt ihn ein und tut so, als sei er ein großer Fisch. Ihr erzählt den Zeitungen, ihr hättet einen wichtigen Rauschgifthändler geschnappt, der eine riesige Ladung von diesem bösen weißen Pudermehl an seinen Beinen festgebunden hatte. Kann gut sein, daß es nur Zukker war. Warum solltet ihr für eine solche Maskerade das richtige Zeug riskieren? Und während alle sich freuen, werden in aller Stille wieder tausend Tonnen echtes Kokain per Schiff außer Landes gebracht.»

Moreno hustete ein wenig, als er den Rauch seiner Zigarette vor sich hin blies. «Ein großer Fisch soll aus ihm gemacht worden sein? Aber Ihr Sohn ist doch verschwunden, Señor, man kann ihn nicht ausgewählt haben, um an ihm ein Exempel zu statuieren...»

Baldert schnitt eine Grimasse. «Noch schlimmer als das... Ich begreife, daß Sie zu den Unschuldigen in diesem Land gehören. Mein Sohn hat mir am Telefon erzählt, was geschehen ist. Man hat ihn in einen Raum gebracht, nackt ausgezogen, ihm eine Plastiktüte über den Kopf gezogen und auf ihn eingeschrien und eingeschlagen. Das gehört hier zur Routine.»

Moreno schüttelte den Kopf. «Ich muß leider sagen, daß Ihre Hypothese nicht stimmen kann, Don Baldert. Falls es nur darum gegangen wäre, Ihrem Sohn etwas anzuhängen, wäre die Militärpolizei in Kenntnis darüber gewesen, daß er unschuldig ist. Warum hätten sie dann auf den Ärmsten einschlagen und ihn ohne Grund mißhandeln sollen?»

Baldert zog an seiner Zigarre. «Warum? Das kann ich Ihnen ganz genau sagen, mi Teniente. Weil es bei Ihren MP-Kollegen zur alltäglichen Routine gehört, Menschen hart anzufassen. Weil man ja schließlich nicht wissen kann... dieser Gringo könnte ja jemand von Wichtigkeit sein, er könnte beispielsweise mein Sohn sein. Das ist doch eine gute Entschuldigung für eine Erpressung. Stellen Sie sich die Szene nur vor: Zwei, drei uniformierte Polizisten setzen mental und physisch alles daran, um dem Häftling weh zu tun und ihn kleinzukriegen. Mein Sohn Henri schreit. Er erzählt ihnen alles, was ihm in den Sinn kommt und tauglich sein könnte, seine Schmerzen zu lindern. Er sagt zu seinen Peinigern, daß er von mir hierhergeschickt worden ist, von eben dem großen Fischmehlhändler, der selbst vor Jahren hier in Ihrem Lima gewohnt hat. Er sagt diesen Sadisten, daß ich, Don Baldert, der wohlbekannte Kaufmann, ihn, Henri, hierhergeschickt habe, weil er herausfinden soll, was an den Gerüchten wahr ist, die sagen, daß man in Peru jetzt größere Schiffe baut und sie mit besseren Netzen ausrüstet, um Sardinen in neuen Fanggründen fangen zu können. Daß sich hier immer noch Geschäfte machen lassen. Und da riechen sie Geld – oder etwa nicht?»

«Bitte...», sagte der Teniente Moreno.

«Ja?»

Moreno seufzte. «Ich verstehe jetzt, was Sie meinen. Wie gesagt, ich habe gehört, daß so etwas vorkommen kann. Daß Menschen entführt werden, und zwar von uns, den gefürchteten *uniformades*, den Uniformträgern, die als die wahren Autoritäten das Land eigentlich beschützen sollten. Das ist sehr traurig, Señor. Das ist Anarchie. Das ganze System wird schlecht.» Der Lieutenant schüttelte den Kopf. «Ihr Sohn ist immer noch in Callao, in einem Gefängnis in der Nähe des Flughafens?»

«Das hätte er nicht überlebt», sagte Baldert. «Die Häftlinge von Callao verhungern im allgemeinen. Ihr Onkel hat – mit Hilfe von fünfzigtausend Dollars – die Militärpolizei überredet, ihr Opfer in den Norden zu bringen. Nach Punta Negra, einer Art Camp.»

«Ja», sagte Moreno.

«Das ist Ihr Gebiet, Teniente.» Baldert lächelte. «Die Halbinsel Punta Negra, zwanzig Kilometer von Talara entfernt.»

«Wie hoch ist die Lösegeldforderung, Senor?»

Balderts Gesicht wurde grimmig. «Eine Million US-Dollars, einzuzahlen auf ein Schweizer Bankkonto.»

Moreno hob den Lopf. «Sie wollen das Lösegeld nicht bezahlen, Don Baldert? Aber sie werden ihn freilassen, wenn Sie zahlen, sie müssen ihn freilassen, oder alle Welt weiß, daß man sich auf sie nicht verlassen kann, und dann werden in Zukunft von anderen Beteiligten keine Lösegelder mehr gezahlt.»

«Eine Million Dollars?» fragte Baldert.

«Ist Ihr Sohn etwa keine Million wert?» Morenos Augen funkelten. «Wie ich höre, haben Sie viele Millionen.»

«Nein», sagte Baldert. «Ich werde keine Million zahlen. Ich

werde genau zweihunderttausend zahlen, und zwar ist die eine Hälfte davon bereits an Ihren Onkel Sanchez gegangen, und er hat sie mit den MPs geteilt, und die andere Hälfte geht an Sie, mein Freund. Das ist gutes Geld, das ich Ihnen hier anbiete, es sollte reichen, um Henri aus Punta Negra und, ein paar Meilen vom Camp entfernt, aus dem Land herauszubekommen. Bringen Sie Henri zu mir. Ich werde an der Grenze zu Ecuador warten, hundert Meter südlich von der Start- und Landebahn von Macara.»

«Haben Sie ein eigenes Flugzeug?»

«Den Firmenlearjet», sagte Baldert. «Es ist zu wertvoll, als daß ich es im peruanischen Luftraum in Gefahr bringen möchte. Ich selbst habe mich von einer gemieteten Cessna einfliegen lassen. Außer Ihrem Onkel Sanchez und Ihnen weiß niemand, daß ich hier bin.»

Beide Männer schwiegen. Baldert paffte seine Zigarre und nippte an seinem Pisco. Moreno rauchte die dritte Inca und schlürfte Wasser.

«Reicht es nicht, mi Teniente?»

Moreno, noch ganz in Gedanken versunken, sah auf. Er schien Baldert gar nicht zu sehen.

«Mehr werde ich nicht bezahlen», sagte Baldert. «Wissen Sie, was mein Geld für mich ist? Es ist meine gespeicherte Energie. Ich werde Ihnen gern meine Speisekammer öffnen, damit Sie sich bedienen können, aber dann werde ich zur Stelle sein, um Ihre Hand zurückzuhalten.»

Wieder wurde es still zwischen ihnen. Die Serviererin brachte noch einmal Kaffee.

«Ich kenne Punta Negra», sagte Moreno. «Das Camp – das Gefängnis – heißt Angeles del Mar. Eine ehemalige Fischmehlfabrik, wo es hoch herging, bevor die Sardinen verschwanden. Rundherum Zäune und hölzerne Wachtürme und Maschinengewehre. Ich habe einmal betrunkene Soldaten in Talara festgenommen, die wurden bei mir auf der Wache abgeholt und nach Angeles del Mar gebracht. Als sie später wieder freigelassen wurden, erzählten sie mir, daß es dort verschiedene Abteilungen gibt, eine für Politicos, andere für reiche Gringos. Die Mehrzahl der ausländischen Häftlinge bekommt jeden Tag zu essen. Sie bekommen auch Zigaretten und dürfen ab und zu im Meer schwimmen gehen und Gymnastik machen, um gesund zu bleiben.

«Aber geschlagen werden sie auch», sagte Baldert mit grimmigem Gesicht. «Damit sie am Telefon weinen. Henri hat geweint. ‹Zahl' das Geld, Papi, Papi, bitte bezahl' es. Hol mich raus aus dieser Hölle.›»

«Ja», sagte Moreno. «Auch so etwas ist mir zu Ohren gekommen. Die Soldaten haben es meinen Guardias erzählt. Ich wollte es nicht glauben. Solche Vorfälle entehren mein Land.»

«Befreien Sie Henri», sagte Baldert. «Ihr Onkel meinte, es gibt Möglichkeiten für Sie. Ich habe ihm zehntausend Dollars in bar übergeben. Ich bin bereit, Ihnen für mein einziges Kind weitere neunzigtausend zu bezahlen, gleichgültig ob Sie es mir tot oder lebendig bringen. Ihr Ticket in die Freiheit, Moreno. Es stimmt doch, daß Sie planen, dieses entehrte Land zu verlassen?»

Moreno erhob sich. Baldert blieb sitzen.

«Ja.» Teniente José Moreno Llosa von der Guardia Civil in Peru nahm Haltung an. «Sehr wohl, Señor. Ich werde Ihnen Don Henri nach Macara, Ecuador, bringen. In einer Woche.»

Baldert saß in einem gemütlichen, von zwei Deutschen betriebenen Restaurant in Macara und wartete. Er war sich klar darüber, daß es für den Teniente nur zwei Möglichkeiten gab, Henri zu befreien. Täuschung oder Gewalt.

Genau wie die Serviererinnen im *Pollo Dorado* verglich Baldert Moreno mit einem Fuchs. Rechtsanwalt Humberto Sanchez hatte die Intelligenz seines Neffen gelobt, als er ihn dem holländischen Botschafter und Baldert empfahl. Und er hatte noch einiges andere über ihn erzählt. Zum Beispiel, daß Moreno eigentlich hatte Schauspieler werden wollen, aber daß sein Vater, ein Luftwaffenmarschall, ihm diesen Wunsch abgeschlagen hatte. Eine Laufbahn beim Militär mußte es sein. Doch dafür hatte José Moreno zu schlechte Augen, und der Vater mußte sich wohl oder übel auf einen Kompromiß einlassen. Jetzt sollte José General bei der Guardia Civil werden. Alle nötigen Attribute waren vorhanden. Der Familienstammbaum reichte bis in die Zeit von Pissaro zurück. Man hatte Geld, das in der Fischmehlindustrie steckte. Und eine riesige Villa in San Isidro, der Gartenstadt von Lima.

Als Kadett an der Akademie errang José Moreno Llosa hohe Dienstgrade. Auch als Amateurschauspieler war er beliebt, er spielte gleichermaßen talentiert und überzeugend Schurken und positive Helden und erfreute damit Limas bessere Gesellschaft.

Alles war bestens, bis...

«Ah», Humberto Sanchez ließ den Kopf sinken und deckte einen Moment lang eine Hand über die Augen, «bis dann die Katastrophe, Don Baldert, dieses Unglück...»

Zu jenem Zeitpunkt hatte Peru sich von Amerika ab- und Rußland zugewandt. Es hatte Fischmehl gegen ein halbes Dutzend MiG-Jets getauscht. Russische Spitzenflieger unterrichteten die peruanischen Piloten, aber leider wurden sie abgelenkt, durch Luftwaffenausflüge zu den alten Inkastädten oben in der Sierra, durch Lustbarkeiten zu Wasser auf Kampfschiffen aus dem Ersten Weltkrieg, durch Polospiele des Militärs in den Hochebenen, den Llanos. Und überall gab es hübsche Frauen und Chollokellner, die Pisco-Cocktails servierten. Die sowjetischen Lehrer vergaßen, ihren peruanischen Schülern beizubringen, wie man die Instrumententafeln der MiGs richtig liest. Während des Schaufliegens, das Luftwaffenmarschall Miguel Moreno Llosa für den Präsidenten und seine Gattin veranstaltete, für die Minister und die Dons und Duenas der großen Familien, für die berühmten Künstler und die Film- und Schlagerstars, für die Generäle und Admiräle, unterlief dem Anführer der peruanischen Piloten ein Fehler, und da die fünf Piloten hinter ihm diesen Fehler nachmachten, zerschellten die sechs MiGs am Berg und verwandelten sich in kleine Rauchwolken. Dazu gab es sechsmal einen kleinen Knall, den das Publikum jedoch wegen der Entfernung erst Sekunden später wahrnahm.

«Nicht doch!» sagte Baldert.

«Der Luftwaffenmarschall», fuhr Sanchez fort, «hat sich erschossen. Kurz darauf verlor unsere Familie ihr gesamtes Kapital, weil die Fischmehlindustrie zum Erliegen kam. Und jetzt, Don Baldert, sitzt mein Neffe da oben in diesem elenden Flecken Talara.»

Daraufhin wechselte er das Thema.

Baldert, im Wissen um diese Vorgänge, dachte, während er sich in Ecuador an deutscher Küche erfreute, die Gleichung wird aufgehen. Mein diensteifriger Lieutenant wird mitspielen. Er will hier raus. Dank der Pfuscherei seines Vaters und dank der fürchterlichen Armut seines Landes und der hier herrschenden Anarchie ist sein Ruf ruiniert. Alles hier ist unheilbar krank. Beim Gang durch die Innenstadt von Lima waren Baldert überall Müllberge und sogar Leichen aufgefallen. Daß das *Pollo Dorado* noch funktionierte, verdankte es nur seiner korrupten Klientel, die in der Lage war, in Dollars zu bezahlen. Der Großteil der Läden, die Baldert auf seinem Weg zwischen Restaurant und Botschaft sah, war geschlossen. Daß er nicht von Straßenräubern angehalten und belästigt wurde, hing nur damit zusammen, daß Rechtsanwalt Sanchez ihm Bodyguards besorgt hatte. Die holländische Botschaft glich einem gut verbarrikadierten Fort im Belagerungszustand.

Mit dem von Baldert zur Verfügung gestellten Geld konnten Uniformen beschafft werden, so daß Moreno und zwei seiner Guardias aus Talara, die ebenfalls das Land verlassen wollten, sich als Colonel, beziehungweise dessen Adjutanten, verkleiden konnten.

Außerdem sollte ein Hubschrauber finanziert werden. Moreno kannte sich gut genug innerhalb der militärischen Bürokratie aus, daß er sich die entsprechenden Formulare und Anschreiben besorgen konnte, die kurz vor seinem hochherrschaftlichen Eintreffen im Konzentrationslager Punta Negra dorthin gefaxt werden sollten.

«Den Häftling Henri Baldert aus Holland, wenn ich bitten darf, mi Capitan.»

Vermutlich nahm man sich Zeit zum Austausch von Artigkeiten, für einen Drink auch und für Komplimente über die Art und

Weise, wie das Lager geführt wurde. Und damit waren sie auch schon wieder auf dem Weg, den armen Henri, noch immer gefesselt, hinkend, weinend und um Gnade bittend, im Schlepptau.

«Ihr Sohn, Don Baldert.»

«Ihr Geld, mi Teniente. Ich danke Ihnen für alles, was Sie für mich getan haben. Wie fühlst du dich, Henri? Du Ärmster. Du kannst dich in dem Häuschen dort hinten ein wenig frischmachen. Der Mann hier bringt dich hin. Mi Teniente, meine Piloten haben Erfrischungen bereitgestellt. Lieber nicht? Verstehe. Auch Sie müssen zusehen, daß Sie hier wegkommen. Wir wollen ebenfalls schnell fort. Peru ist zu nah, um sich hier schon sicher fühlen zu können. Lassen Sie sich noch einmal umarmen, mein Freund, Sie waren wirklich großartig. Ich wünsche Ihnen alles Gute.»

Die Triebwerke des Jets liefen bereits, als der ehemalige peruanische Lieutenant José Moreno Llosa sich auf einem Pferd von der Startbahn entfernte. Ein lautes Geräusch ließ ihn sich noch einmal umdrehen. Bei Jets gab es doch keine Fehlzündungen? Das Geräusch hatte sich angehört wie der Knall eines Schusses. War etwa eine Handfeuerwaffe versehentlich losgegangen? Eine Fünfundvierziger Automatik? Vielleicht. Ja, doch, eine Pistole –

Moreno riß sein Pferd herum, aber zu spät. Der Jet rollte bereits an.

Aus dem Schuppen neben der Startbahn traten zwei Männer ins Freie. Der eine war soeben dabei, sich eine Pistole in den Gürtel zu schieben, der andere hatte ein Gewehr am Riemen über die Schulter gehängt. Beide trugen Spaten in der Hand. Moreno ritt davon. Ein schwarzer Geier kreiste über der Startbahn, ganz niedrig. Andere kamen dazu.

Etwa ein halbes Jahr später flatterte ein Brief auf Balderts Schreibtisch in seinem im vornehmen Amsterdamer Zentrum gelegenen Haus in der Herengracht. Das Kuvert enthielt außerdem einen Scheck über 98 000 Dollars. Der Brief war mit «José» unterzeichnet und brachte Bedauern zum Ausdruck. Bedauern darüber, daß José Moreno Llosa einem Vater geholfen hatte, seinen Sohn umzubringen.

An diesem Abend redete Baldert im Schlafzimmer mit seinem Spiegelbild. Dabei trank er Pisco Sour, den er sich zuvor gemixt und kaltgestellt hatte. Immer wieder füllte er sein Glas nach, während er im Zimmer auf und ab ging und sich lautstark in Rede und Gegenrede ausließ, sich mit großen Gesten an die Brust schlug und den fetten, schwitzenden Mann im Spiegel aufforderte, sich zu entfernen.

«Was hätte ich denn tun sollen, Freundchen?»

«Hör mal, Schweinchen Schlau.»

«Gut, ich geb's ja zu, daß er mein Sohn war. Netter Bursche. Ich habe ihn sehr gern gehabt, als er noch klein war. Überallhin habe ich ihn mitgeschleppt. Drei Jahre war er alt. So habe ich ihn getragen, so festgehalten mit den Händen, und er hat seine Beine um mich geschlungen. Wirklich ein süßes Kind war er.»

«Aber dann. Als er auf dem Gymnasium war, hat's angefangen. Beklaut hat er mich, getrunken hat er und ständig Ärger gemacht. War trotzdem alles nicht besonders schlimm, Pfennigbeträge hat er gestohlen, und gelogen hat er und Pot geraucht.»

«Er wollte Geschichte studieren. Okay, also sollte er Geschichte studieren. Ich hab's bezahlt, wie ich immer alles bezahlt habe, aber was hat mein lieber Henri getan als Student? Weißt du's? Eben. Nichts. Nichts hat er getan. Außer daß er Hasch geraucht hat. Nicht einmal getrunken hat der Feigling. Nur herumgesessen. Und hat sie mir alle ins Haus geschleppt, seine Kumpels, hat sie hier wohnen lassen, das Telefon benützen und alles schmutzig machen lassen. Jedesmal, wenn ich von irgendwo zurückgekommen bin, hatten seine Freunde inzwischen das Haus übernommen. Ich habe sie rausgeschmissen, habe die Schlösser ausgewechselt. Aber schon beim nächsten Mal waren sie wieder da und haben sich wieder an meine Vorräte rangemacht. Und alle haben Kokain geschnupft.»

«Genau. Sie haben mich ausgenutzt. Mich. Sehr komisch. Wie recht du hast, Freundchen. Sehr komisch.»

«Genau. Und dann sagt der liebe Henri, daß es ihm leid tut. Daß er arbeiten und sein Leben ändern will. Und ich glaube ihm und besorge ihm einen Job.»

«Und er, klug, wie er ist, tut so, als würde ihn die Sache interessieren. Aber alles, was er will, ist, unter irgendeinem Vorwand nach Peru zu fliegen. Denkt sich irgend etwas aus, was ich ihm abnehme, sagt, er wolle abchecken, wie's inzwischen mit Fischen steht in Peru, in Wirklichkeit aber will er dort ins Kokaingeschäft einsteigen, dieser Idiot, will seinem Vater zeigen, wo's langgeht und daß er das kann. Und läßt sich schnappen, verdammt noch mal. Und ich soll eine Million blechen, um ihn da rauszuholen, soll mich erniedrigen, indem ich zahle? Diese Gangster in der peruanischen Regierung hätten ihn wieder und wieder benutzt, bis sie mich ausgetrocknet hätten.»

«*Mich* auszunutzen...»

«Niemand nutzt mich aus. Aber niemand...»

«Und der ehrenwerte Lieutenant schickt mir also mein Geld zurück. Er ist doch ein Gentleman und gleichzeitig ein Offizier, oder etwa nicht? Aber zweitausend fehlen. War vielleicht, was es ihn gekostet hat, um in das Konzentrationslager Angeles del Mar hineinzukommen. Um Henri zu mir bringen zu können, damit ich ihn von den ecuadorianischen Chollos umbringen lassen konnte. Damit er mich nie wieder in eine so peinliche Lage versetzt.»

«Kann sein, daß er die zwei Tausender später noch schickt.»

«Mag sich nicht von mir gebrauchen lassen...»

«Ich war nicht ehrlich...»

«Nicht ehrlich zu wem? Zu seinen Vorvätern etwa? Okay, Señor Moreno hat indianisches Blut in den Adern, wofür und für wen bitte sehr will er denn da ein Gentleman sein? Will er irgendwelche Inkakönige nachträglich beeindrucken? Diese Powerfreaks, die zerstritten waren untereinander und ihr Reich aufgeteilt haben, so daß Pisarro keine Schwierigkeit hatte, es ihnen abzunehmen? Oder will er etwa Pisarro beeindrucken, der die Könige zu einem großen Fest geladen und sie dann wegen ihres Goldes umgebracht hat?»

«Mi Teniente, bitte, vielleicht sind Sie so gut und sagen mir, wer braucht eigentlich Ihr Geld? Und wer braucht Sie?»

«Wer braucht mich?»

Baldert, am Ende seines Monologs angelangt, trat so fest gegen den Spiegel, daß er zerbrach. Dabei verletzte er sich am Fuß, fiel zu Boden und schlief ein, ohne daß er noch in der Lage war, die blutenden Wunden zu versorgen. Der Blutverlust war beträchtlich, doch wurde Baldert am Morgen noch rechtzeitig von seinem Dienstmädchen gefunden, das sofort einen Krankenwagen rief. Notarzt und Helfern gelang es, den Schaden zu beheben.

Baldert ist längst wieder im Geschäft, das jedoch erstaunlicherweise nicht gut läuft. Nach einer Reihe von Fehlentscheidungen mußte unlängst sein Unternehmen Schutz vor den Gläubigerforderungen beantragen, doch scheint man ihm nicht sehr wohlwollend gegenüberzustehen. Möglicherweise muß er Konkurs anmelden und wird dann, als einziger Gesellschafter, persönlich für die Schulden seiner Gesellschaft geradestehen müssen. Baldert trinkt nicht mehr, dafür geht er jetzt joggen in der Amsterdamse Bos.

Rechtsanwalt Umberto Sanchez ist von den Churres, den Straßenkindern von Lima, denen er seine Brieftasche verweigerte, umgebracht worden.

José Morena Llosa wurde Schurke in B-Movies von Hollywood. Inzwischen bekommt er auch größere Rollen, in denen er raffiniert-sadistische Mexikaner oder Kolumbianer darstellt, nicht selten mit einem etwas sonderbaren Sinn für Humor, die darauf aus sind, den nordamerikanischen Traum kaputtzumachen. Im wirklichen Leben ist Moreno glücklich verheiratet mit einer ehemaligen Kellnerin aus Los Angeles, hat zwei Söhne, die er heiß und innig liebt, lebt mit seiner Familie auf einer kleinen Farm, fährt einen Pick-up und hat auch einmal einen Preis für die größte selbstgezüchtete Tomate der ganzen Region gewonnen – aber auf der Leinwand ist er immer schmierig und bösartig. Gefragt nach seinem Rezept für die Darstellung solch kluger Bösewichter, sagt er nur, er habe gute Lehrmeister gehabt.

Deutsch von Elfi Hartenstein

AUSTRALIEN

1964 – 1965

Nach Australien war ich hauptsächlich deshalb gegangen, weil ich dachte, es sei so weit fort von allem, wie es überhaupt nur fort sein konnte. Außerdem hatte ich ein paar exotische Dinge darüber gehört: daß sich zum Beispiel in der Mitte von Dead Heart, der großen Wüste, ein heiliger Felsen befinden sollte, daß es im Norden wilde Kamelherden gab und auch Büffel, die dort vor hundert Jahren von afghanischen Karawanenführern und javanesischen Farmern zurückgelassen respektive ausgesetzt worden waren. Und natürlich Känguruhs und einen sarkastischen Vogel, den Kookaburra, der alles, was Menschen taten, verlachte. Ich glaubte also, daß ich etwas erleben würde.

Ich sah tatsächlich Känguruhs zu Hunderten, die rund um Brisbane durchs Gelände hüpften. Ich sollte australisches Land an Australier verkaufen, denn der einzige Job, den ich fand – nach eingehendem Studium meilenweit sich hinziehender Zeitungsannoncen und nach endlos vielen Vorstellungsgesprächen –, war die Arbeit als Immobilienmakler. Zu meiner eigenen Überraschung konnte ich tatsächlich Land verkaufen, aber meistens wartete ich. Zwischen zwei Verkäufen, auf den nächsten Kunden, die nächste Thermosflasche mit Tee, das nächste kühle Bierchen nach dem Arbeitstag. Während ich meine Zeit damit verbrachte, in einer surrealistischen Landschaft – Australien ist tatsächlich ziemlich weit weg – auf irgend etwas zu warten, hörte ich zu, was andere Makler zu erzählen hatten. Meistens drehte es sich darum, daß an den Küsten von Neuguinea (was damals eine australische Kolonie war) irgendwelche wahnsinnigen japanischen Soldaten mit Maschinengewehren abgeknallt wurden. Meine zwei Kollegen hatten beide im Zweiten Weltkrieg gedient und dabei auf der zweitgrößten Insel der Welt einen amerikanischen Flugplatz bewacht. Um diesen Flugplatz anzugreifen, hatte eine japanische Division ungefähr hundert Meilen Urwald durchquert, ein mörderisches Unternehmen, in dessen Verlauf die Soldaten sowohl ihrer Ausrüstung als auch ihrer Gesundheit verlustig gingen, um dann schreiend und mit wildem Blick aus dem Regenwald wieder herauszuströmen, in der Absicht, den Feind mit bloßen Händen zu erledigen.

Es gab auch andere Geschichten, Geschichten, die mit unserer Arbeit als Immobilienmakler zu tun hatten. Im folgenden setze ich aus mehreren dieser Geschichten eine Art Collage zusammen, zu meiner und – hoffentlich auch – zu Ihrer Unterhaltung.

Der Tanz der Garnele

Der Immobilienmakler Joe Burton war ziemlich nervös, als Inspector Skates von der Polizei in Brisbane ihn wegen eines toten Fahrradfahrers auf Lot Nr. 16 der Subdivision Greenpine befragte. Normalerweise waren für Burton Recht und Gesetz und die dazugehörigen Vollstrecker ein Phänomen, das es eben gab, genauso wie es ihn, Joe Burton, eben gab, ohne daß man jemals miteinander in Berührung kommen mußte. An diesem Sonntag jedoch war man aneinandergerasselt. Und zwar gleich dreimal.

Als erstes hatte ein Cop – ein glattrasierter, sehr forscher junger Uniformierter auf einer schnittigen brandneuen Kawasawa – Joes kleinen Mazda angehalten. Joe war mit seiner Frau Mary und der vierjährigen Tochter Rebecca auf dem Weg zum Park, wo Rebecca Enten füttern wollte. Der Polizist stoppte sie, weil das Rückfenster des Mazda einen Sprung hatte. Das sei strafbar. Es behindere die Sicht, sei gefährlich und müsse schnellstens repariert werden. Er händigte Joe eine schriftliche Verwarnung aus und hatte nicht das leiseste Lächeln für Rebecca übrig, als er seine Vierzylindersupermaschine wieder anließ und davonbrauste.

Als nächstes war da der Sergeant auf dem Kangaroo Square, der Joe anbellte, «doch gefälligst weiter»zufahren. Joe hatte auf dem Rückweg vom Park den Wagen kurz abgestellt, weil er bei einem italienischen Eisstand für seine Lieben Eis holen wollte. Als er wieder zum Wagen zurückging, bemerkte er bei der hübsch angemalten, überdachten Bushaltestelle, an der die Einwohner von Brisbane auf ihren Bus zu warten pflegten, eine Art Tumult. Er sah, wie ein lang aufgeschossener Constable der Streifenpolizei unter den Augen seines dienstvorgesetzten Sergeants einem Gammler Handschellen anlegte. Joe blieb stehen, um auch zuzuschauen. Es hatte etwas Beängstigendes und gleichzeitig Aufregendes, zu beobachten, wie ein Mann einem anderen seine Freiheit wegnehmen konnte. Der andere war natürlich ein schmuddeliger Tramp, – eines jener unrasierten Individuen, denen es, verkatert und zerlumpt, verboten sein müßte, ordentliche Bushaltestellen mit ihrer ungehörigen Gegenwart zu verschandeln, insbesondere an einem Sonntagvormittag und in der Nähe eines Parks, aber eigentlich natürlich auch prinzipiell.

«Hier gibt's nichts zu sehen», erklärte der Sergeant dem Zivilisten Joe Burton, als der lange Constable den Tramp nicht besonders freundlich in den Streifenwagen hineinstieß, wie ihn die aus dem Nichts kommende Stimme des Sergeant per Sprechfunkgerät – der Sergeant trug es neben Plaketten aus dem Krieg an der Brusttasche – angewiesen hatte.

Joe drückte die schon etwas angetauten Eistüten an sich und ging zum Wagen zurück.

«Was hat der Mann getan, Dad?» , erkundigte sich Rebecca. Joe wußte es nicht. Der Mann hatte nicht ausgesehen, als ob er viel getan hätte, außer daß er eben ein Mann war. Einer von der falschen Sorte wahrscheinlich.

Der Sonntag verging. Gegen Abend machte Joe sich auf zur Subdivision Greenpine. Er arbeitete für ein Maklerbüro, das rund um Brisbane Land erschloß, und Greenpine war sein Baby. Joe war dafür verantwortlich, daß er und sein Team vor Ort die Verkäufe tätigten. Die Firma verlangte mindestens zwei Verkaufsabschlüsse pro Woche von ihren Angestellten. Als das Gebiet erschlossen worden war, standen fast einhundert Grundstücke zum Verkauf. In den ersten paar Wochen war das Geschäft gut gelaufen, aber das war fast ein Jahr her, und inzwischen lief es sehr schleppend. Es gab immer noch viele Grundstücke, die an den Mann gebracht werden mußten.

«Was ist los, Joe?», hatte ihn der Sales Manager, den alle Uncle Ratty nannten, gestern nach dem Meeting gefragt. Joe haßte diese Zusammenkünfte am Samstagmorgen. Samstag sollte eigentlich arbeitsfrei sein, aber die Firma hielt, wenn es um ihre Angestellten ging, nicht viel von Menschenrechten. «Was ist los, Joe?» Uncle Ratty setzte sehr bewußt seinen aufreizend britischen Akzent

«Meine Tochter eröffnet sich eine neue Perspektive.»

(Brisbane, Australien: 1965)

ein. «Warum verkauft dein Team nichts mehr? Warum verkaufst *du* nichts? Werdet ihr schlaff, Joe?» Seit Uncle Ratty von Bob Big, dem Firmeninhaber, zu seinem Partner gemacht worden war, hatte er vergessen, daß auch er einmal ein ganz normaler Verkäufer mit allem, was an Höhen und Tiefen dazugehörte, gewesen war und daß die Tiefen reichlich nervenaufreibend waren. Die taktlosen Sticheleien von Uncle Ratty schmerzten Joe auch am Sonntagabend noch. Außerdem hatte Rebecca verrückt gespielt, weil Mary das arme Kind keine Fernsehcartoon-Gewaltszenen hatte ansehen lassen wollen, und Mary hatte Joe beschuldigt, er habe eine Affäre mit einer Kundin, und um all dem zu entkommen, hatte Joe sich ins Auto gesetzt und war hinaus nach Greenpine gefahren. Vielleicht ließ sich ja noch etwas verkaufen.

Die Werbung seiner Firma zog zu allen möglichen Zeiten potentielle Kunden auf die stillen Straßen von Greenpine. Joe konnte einfach Autos auf der Fahrt zum Einkaufen anhalten, konnte auf Grundstücke, die noch zu haben waren, hinweisen, seine Mappe schwenken und große Farbbilder herzeigen, eine Kirche, eine Schule, einen Park mit Rutschbahnen und Schaukeln, alles, was hier entstehen würde, sobald die Grundstücke verkauft waren. «Sehen Sie, Sir, hier werden Sie einmal Forellen angeln, und hier, Ma'am, kommt der Park hin.» Es ist, als müsse Joe nur seinen Zauberstab schwenken, und schon sehen seine Kunden ihre Zukunft rosig und hell genau hier, in dem von ihm so gepriesenen Greenpine-Areal.

«Nur zu.» In seiner Mappe hat Joe Kaufverträge und Kugelschreiber und einen Quittungsblock für Anzahlungen.

«Bitte sehr, wenn Sie hier unterschreiben wollen.»

Auf diese Weise hat er Lot Nr. 16 verkauft, an Miriam und Steve Maslow, die damals noch verheiratet waren. Die beiden, zu jenem Zeitpunkt noch durchaus glücklich miteinander, waren durch eine der ganzseitigen Anzeigen auf Greenpine aufmerksam geworden und auf eigene Faust hinausgefahren, um sich umzusehen. Zufällig begegneten sie dabei Joe Burton, dem Makler, der mit bereits ausgefülltem Vertrag und gezückter Feder seine Überredungskünste spielen ließ. «Wenn Sie wollen, führe ich Sie gern herum. Wie gefällt Ihnen zum Beispiel dieses Grundstück hier? Da kann man sich doch ein wunderbares Nest bauen. Eine gute Entscheidung, wirklich.»

Miriam unterschrieb. Sie besaß das Geld und hatte auch die bessere Ausbildung. In Kürze wollte sie ihre Prüfung als klinische Psychologin machen. Steve, ihr Mann, konnte ihr nicht das Wasser reichen. Er war ein Nichts, ein Verlierer, wie Joe unschwer erkannte. Steve verdiente sein Geld damit, daß er einen Lieferwagen durch die Gegend chauffierte. Der Mann war ein absoluter

Fehlgriff. Die langbeinige Miriam erschien ihm nicht unattraktiv. «Ich danke Ihnen, Ma'am. Gratuliere zu Ihrem Kauf.»

Als Joe den Mazda abstellte, stieg der Mond in seiner vollen Größe am Himmel empor. Es war wie an jenem Sonntag abend, als er Miriam zum ersten Mal begegnet war. Er ging zwischen den hohen Fichten hindurch, die als Zierde der einzelnen Grundstücke von der Firma beim Abholzen des Waldes ausgespart worden waren. Es war noch nicht ganz acht Uhr. Im Fernsehen wurde ein Fußballspiel aus Melbourne übertragen, das mit Sicherheit potentielle Kunden fernhalten würde. Joe störte sich nicht daran. Es war ruhig und friedlich auf dem Gelände, bis zu Joes Aufschrei, als er über den Toten stolperte. Mike Herring lag, halb verdeckt vom hohen Gras, mit seinem Fahrrad neben einem Wacholderstrauch. Über einem Ast hing ein orangefarbener Stoffetzen.

«O Gott, o Gott», schluchzte Joe. Wenn es sich darum handelte, kleinere Mißgeschicke zu kommentieren, bediente er sich im allgemeinen recht zotiger Schimpfwörter, aber wenn eine Sache wirklich im Eimer war, griff er auf sein Sonntagsschulvokabular zurück. «O Gott, o Gott», sagte er ein ums andere Mal, als er wieder in den Mazda einstieg und zum nächst gelegenen Rastplatz fuhr, wo er Kleingeld in den dort aufgestellten Münzfernsprecher warf und die Notrufnummer von Brisbane wählte.

Nach Hause zu fahren, anstatt die Polizei zu benachrichtigen, erschien ihm zu riskant. Oben auf dem Hügel war ein Altersheim, von dem aus man das Greenpine-Gelände überblicken konnte, und es war gut möglich, daß irgendwelche alten Leute seinen weißen Wagen bemerkt hatten. Neugierige Alte, die dann bezeugen könnten, daß er vom Schauplatz eines Verbrechens geflohen war.

«Stadtpolizei Brisbane», meldete sich eine leise weibliche Stimme.

«Da liegt ein Toter in Greenpine», berichtete Joe. «Südlich von Bridgehill, auf dem neu erschlossenen Gelände. Kilometerstein sieben. Ich fahre wieder dorthin zurück. Ein weißer Mazda. Ich stelle die Warnblinkanlage an.»

Am Steuer des Streifenwagens saß ein uniformierter Constable, auf dem Rücksitz ein Zivilbulle mittleren Alters im Leinenanzug, der sich als Inspector Skates, Mordkommission, vorstellte. «Habe zufällig Bereitschaftsdienst. Sie haben eine Leiche gefunden, Sir?» Skates sah sich um, dirigierte den Arzt und die Spezialisten von der Spurensicherung, die mit anderen Autos eingetroffen waren, zu dem Toten und bat dann Joe, mit in die Innenstadt in sein Büro im Bowery Building zu kommen.

«Sollten uns noch ein wenig unterhalten, oder?»

Der tote Fahrradfahrer liege auf Lot Nr. 16, erzählte Joe Inspector Skates dann gegen elf Uhr abends im Polizeihauptquartier, dritter Stock, in einem grauen Raum von schwer bestimmbarer Funktion. Ja, er habe ihn gekannt. Und zwar deshalb, weil Mike Herring derjenige war, der vor etwa einem Jahr Lot Nr. 15 gekauft hatte. Joe erinnerte sich an ihn, denn es hatte Komplikationen gegeben. Um den Kauf endgültig zum Abschluß zu bringen, hatte er ihn damals in seiner Hütte außerhalb der Stadt bei Pig's Harbor aufgesucht, wo Mike sein altes Garnelenfangboot liegen hatte.

«War irgend etwas Auffälliges an ihm?»

«Kann man wohl sagen. War 'n Säufer, Inspector.»

«Schwaches Herz?»

Allerdings. Joe erzählte dem Inspector, daß Mike ihm die Narben einer dreifachen Bypassoperation gezeigt hatte.

«Wie Sie sagen, haben Sie ihm Lot Nr. 15 verkauft», sagte Skates. «Gefunden haben Sie ihn aber auf Nr. 16, oder etwa nicht?» Inspector Skates war durch das Gelände gelaufen und hatte sich, die Karte von Greenpine, die Joe aus seinem Wagen geholt hatte, in der Hand, einen Überblick verschafft. Die Karte lag jetzt vor ihm auf seinem Schreibtisch. «Also, wir haben die Leiche auf Nr. 16 gefunden, gehört hat Mike aber das Grundstück daneben, das, wo das Haus steht. Das heißt, er hat sich ein Haus bauen lassen?»

«Ja, Inspector.»

«Es ist aber nicht bewohnt», sagte Skates. Das hatte er festgestellt, als er außen drum herum gegangen war.

«Es ist noch nicht ganz fertig, Inspector.»

Joe dachte, daß Inspector Skates sich ziemlich von den anderen Polizisten, mit denen er am heutigen Tage schon zu tun gehabt hatte, unterschied. Er starrte ihn an. Was Skates noch an Haaren auf dem Kopf geblieben war, hätte einen Haarschnitt vertragen können. Sein zerdrückter Leinenanzug zeigte Essensflecken. Skates' Knopfaugen glänzten unter schweren Lidern. Auf Joe wirkte er irgendwie gefährlich und bissig.

«Wieso liegt Mike Herring tot auf einem Stück Land, das ihm nicht gehört?», fragte der gefährliche, bissige Inspector Skates mit leicht drohendem Unterton in der Stimme.

Nach kurzem Überlegen meinte Joe, möglicherweise habe Mike sein neues Haus bewundern wollen, es sei ja immerhin ein recht luxuriöser Besitz.

«Kann sein.» Skates schloß die Augen, als wolle er sich das von Joe heraufbeschworene Bild vergegenwärtigen. «Sie gäben einen ganz brauchbaren Detektiv ab, Mr. Burton. Es paßt. Sie sind bestimmt ein guter Makler, oder? Wir brauchen wohl alle beide einiges an Menschenkenntnis.» Er lächelte aufmunternd. «Sie glauben also, Mike Herring wollte einfach ein wenig auf Abstand zu seiner Burg gehen, um seinen Blickwinkel zu erweitern?» Seine Knopfaugen funkelten. «Und warum hat er dazu sein Fahrrad mitgenommen? Haben Sie nicht gesagt, er lebte in Pig's Harbor? Das ist doch ziemlich weit von Greenpine weg, fünf oder sechs Meilen, oder?»

Joe sagte, Mike sei immer Fahrrad gefahren. Auch damals, als er ihn zum ersten Mal getroffen habe.

«Hatte er kein Auto?»

Joe wußte nichts von einem Auto.

Skates runzelte die Stirn. «Ein unrasierter älterer Mann in abgetragenen Jeans und blaßblauem Arbeitshemd mit ausgefransten Manschetten, einer schmutzigen Buschmütze, heruntergetretenen Stiefeln und einem alten Fahrrad, ein Mann, der kein Auto hat, kann es sich leisten, auf einem teuren Grundstück ein Haus zu bauen? Mit drei Schlafzimmern und zwei Badezimmern, voll unterkellert, vorne eine Terrasse, hinten eine Terrasse und ein

Carport?» Er überlegte kurz. «Glauben Sie, Mr. Burton, daß der Garnelenfang so viel hergibt?»

«Wo soll das Geld sonst herkommen?» fragte Joe zurück. Auf Skates weiteres Nachhaken gestand er, daß er selbst etwas überrascht gewesen war, als Mike Herring bei ihrem ersten Treffen ganze Bündel schmutziger kleiner Banknoten hervorgeholt hatte, um seine Glaubwürdigkeit zu belegen. Das Geld steckte in einer großen Fahrradtasche aus Segeltuch. Und Mike war noch mit einer anderen Überraschung aufgewartet: Er verlangte Preisnachlaß, weil er bar bezahlen wollte. Die Mittelschichtsleute, die sich sonst in Greenpine ankauften, arbeiteten fast ausnahmslos mit langjährigen Hypothekenkrediten und konnten deswegen den Preis nicht herunterhandeln. Und nun kam so ein Landstreicher daher, bot Barzahlung an und verlangte dafür einen Rabatt. Aber Verkauf ist Verkauf. Verkäufe halten den Filialleiter bei Laune. Joe erzählte Inspector Skates von den Torturen der samstagvormittäglichen Firmenmeetings, wenn Uncle Ratty die Peitsche schwang. Und in diesem speziellen Fall war Uncle Ratty auch überhaupt nicht zufrieden gewesen. Zehn Prozent weniger? Wie wär's denn mit fünf? Joe mußte mehrere Male nach Pig's Harbor fahren, bis Lot Nr. 15 verkauft war.

«Fünf Prozent billiger?» wollte Skates wissen.

«Nein. Zehn Prozent», sagte Joe. «Mike hat nicht nachgegeben.»

Skates zwinkerte wissend. «Sie haben die andere Hälfte übernommen?»

Joe schaute finster vor sich hin.

«Soll das ein ‹Nein› sein, Mr. Burton?»

Joe antwortete nicht.

«Fassen wir zusammen», sagte Skates. «Ein kleiner Garnelenfischer kratzt tausend Pfund zusammen, um Greenpine Nr. 15 zu kaufen, und läßt dann für zehntausend Pfund ein Haus darauf bauen. Wie macht er das nur, Mr. Burton?»

Joe hob die Schultern. Er verkaufte schließlich nur Grundstücke. Vielleicht hatte Mike in der Lotterie gewonnen? Oder eine

Bank ausgeraubt? Wer konnte schon wissen, was er getan hatte? «Wen interessiert das denn, Inspector?»

«Und jetzt bewundert Mike also sein Eigentum», sagte Skates. Wieder schloß er die Augen und stellte sich die Szene vor. «Und er hält es einfach nicht aus? Er erträgt es nicht und stirbt?»

«Es war ein Herzanfall, oder?» fragte Joe. «Habe ich nicht gerade gehört, daß Ihr Pathologe von einem Herzanfall sprach?»

Der Inspector nickte. «Stimmt. Ein Herzanfall. Fragt sich nur: weswegen? Mike mußte sich doch zwischenzeitlich daran gewöhnt haben, daß er Hauseigentümer war. Er hat es größer und größer werden gesehen. Wenn sich etwas, worüber man sich freut, allmählich entfaltet, verursacht es kein Trauma, Joe. Ein plötzlicher Schock jedoch sehr wohl. Hat Mike also etwas gesehen, was ihm angst machte? Was glauben Sie, Joe?»

Joe sagte, das könne er sich nicht vorstellen.

«Was haben wir noch?» fragte der Inspector. «Einen orangefarbenen Fetzen an einem Busch. Benutzt Ihre Firma solche Stofffetzen, um die Grundstücksbegrenzungen zu markieren? Ist es eine Fahne? Gibt es irgendeinen sinnvollen Grund dafür?»

Es gab keinen sinnvollen Grund. Auch Joe hatte sich das Stück Stoff angesehen. Die Agentur benutzte ab und zu orangefarbenes leuchtendes Klebeband, um Markierungen zu setzen, doch dieser Fetzen schien aus Baumwolle zu sein.

Joe versuchte, ein Gähnen zu unterdrücken, das vermutlich einem Elefanten Ehre gemacht hätte. Er hatte einen langen Tag hinter sich. Und morgen früh mußte er wieder zur Arbeit. Dieser orangefarbene Fetzen kam sicher aus dem Müll. Der Wind hatte ihn dorthin geweht. Konnte er jetzt gehen?

«Gleich», sagte Skates.

Joe beantwortete noch ein paar Fragen. Er erklärte dem Inspector, daß er fast nichts mehr trank und deshalb nicht mehr wie früher mit seinen Kumpels auf das eine oder andere Bierchen in die Kneipe ging, daß er aber deswegen trotzdem nicht immer zu Hause bleiben konnte. Die Wohnung, in der er und Mary und Rebecca wohnten, war klein, ein Teil eines umgebauten Vorstadthauses in Bowen Hill in der Nähe der Bahngleise. Auch sonntags wurde dort rangiert. Das Geräusch der mit ihren Puffern aneinanderprallenden Waggons, Rebeccas Alpträume und Marys Gekeife brachten es mit sich, daß er es dann eben ab und zu vorzog, in der Stille von Greenpine herumzulaufen.

«Sie arbeiten nur auf Provisionsbasis, Mr. Burton?»

Und Spesen, sagte Joe. Für Sprit gab es ein paar Pfund, und außerdem konnte er kostenlos in der Firmengarage in der Queen Street parken. Im Schnitt mußte er pro Woche die Provision von zwei Verkäufen einstreichen können, wenn er seine beiden Damen ernähren wollte. Es gab Glücksfälle – einmal hatte er sieben Verkäufe in einer Woche abgeschlossen –, aber in letzter Zeit sah es schlecht aus. Mit Maklern ohne Kaufabschlüsse wurde in der Firma nicht lange gefackelt.

«Setzt man Sie auf die Straße?»

«Zunächst verwarnt uns Uncle Ratty ein paarmal, aber dann...»

Joe seufzte. Er starrte auf die nackte Wand hinter dem Inspector. Die Wand sah ungefähr so aus, wie es jetzt in seinem Hirn aussehen mußte. Skates lachte, als er ihm das sagte, dann stand er auf, entschuldigte und bedankte sich, schüttelte Joe die Hand und begleitete ihn zum Aufzug.

«Schlafen Sie gut, Mr. Burton. Und vielen Dank für Ihre Hilfe. Wenn ich noch eine allerletzte Frage stellen darf? Mich interessiert nämlich noch dieses andere Grundstück, das, auf dem Mike Herring gestorben ist. Sie haben doch Nr. 16 auch verkauft? Wer ist eigentlich der glückliche Besitzer?»

Er stellte sich in die Aufzugtür, während Joe die Karte von Greenpine noch einmal auseinanderfaltete, mit dem Finger auf Nr. 16 deutete und irgend etwas vor sich hin brummte.

«Was sagten Sie, Mr. Burton?»

Joe schüttelte den Kopf. Er konnte sich nicht erinnern, dieses Grundstück verkauft zu haben. Es mußte jemand anderer gewesen sein. Er würde im Büro nachfragen.

«Ich wäre Ihnen sehr dankbar», sagte Skates, «gute Nacht.»

Damit trat er einen Schritt zurück. Die Aufzugtüre schloß sich. «O Gott, o Gott», flüsterte Joe vor sich hin. In diesem abwärts fahrenden Lift fühlte er sich, als stecke er in einem Sarg mit Kurs auf die Unterwelt.

«Hier trifft man sich also wieder», sagte Inspector Skates, als er am Dienstag darauf neben Joe am Tresen auf einen Barhocker kletterte. Sie saßen in *Kats' House of Prawns*, das zwei Blocks entfernt vom Maklerbüro in der Queen Street lag. Joe war zwar Schalentieren gegenüber allergisch, mochte aber Mr. Katsiaficas Anchovisbrötchen, die er mit starkem Tee hinunterzuspülen pflegte. «Wissen Sie, Burton», der Inspector blinzelte ihm vertraulich zu, als ginge es um einen Witz von Freund zu Freund, «gleichgültig, was die Pathologen meinen oder nicht, Autopsiebefund hin oder her, aber letztlich bin ich hier der Spürhund. Und ich bin der Meinung, daß Mike Herring Sonntag abend umgebracht wurde.»

Joe verschüttete Tee auf seine Hose. «Ach?» fragte er höflich.

Inspector Skates bestellte für sich auch Tee. «Die Sekretärin in Ihrer Firma meinte, ich könne Sie hier finden. Sie gestatten doch? Oder verdirbt Ihnen meine Fragerei den Appetit?»

Joe lächelte schwach.

Inspector Skates verrührte vier Stückchen Zucker in seinem Becher. «Sie und ich», sagte er zufrieden, «wir sind uns recht ähnlich. Beide bedrängen wir unsere Kunden, und beide bringen wir unsere Sachen zu einem Abschluß. Mit dem Unterschied allerdings, daß ich weniger gierig bin als Sie. Ich lasse Sie laufen. Ich bin nur neugierig. Ich möchte wissen, was vor sich geht. Klären Sie mich auf, und schon sind Sie mich los.»

Wieder verschüttete Joe seinen Tee. «Mike Herring ist an einem Herzanfall gestorben. Ich habe ihn nie auch nur angerührt.»

«Hören Sie», sagte Skates, «vielleicht sollten wir beide uns ein wenig mehr mit Psychologie beschäftigen, wie die Käuferin von Greenpine Nr. 16, Ihre schöne Miriam. Es könnte uns unter Umständen helfen, ein paar Dinge besser zu verstehen.»

Joe stellte seinen Teebecher ab und rülpste. Er murmelte eine Entschuldigung.

Inspector Skates blinzelte. «Sie mögen also Miriam Maslow, oder etwa nicht? Und Sie wollten nicht, daß ich's weiß. Und deshalb haben Sie mir nicht erzählt, daß sie Lot Nr. 16 an eine Verdächtige verkauft haben?»

«Miriam Maslow.» Es gelang Joe, seinem Gesicht einen reichlich perplexen Ausdruck zu geben.

Inspector Skates kratzte sich am Kinn. «Jawohl, Miriam Maslow. Die vor kurzem Mike Herrings Haus gekauft hat, Greenpine Nr. 15, und zwar allein, weil sie sich gerade von ihrem Mann Steve scheiden läßt. Woher ich das weiß? Ich habe mir das Grundbuch von Brisbane angesehen. Und was habe ich dabei noch herausgefunden? Daß Miriam bereits Eigentümerin von Nr. 16 ist. Woran hat mich das erinnert? Daß Sie sich nicht daran erinnert haben. Was habe ich daraus geschlossen? Daß Sie gelogen haben, Sir. Was habe ich also heute vormittag gemacht? Ich habe eine schöne Frau besucht. Und was habe ich dabei erfahren? Daß Miriam Greenpine Nr. 16 von ‹irgendeinem beliebigen Makler› gekauft hat.» Skates, der gefährliche, bissige Hund, bellte aufgeregt. Aber Skates, der Dingo, wurde still. Seine Pfote deutete auf eine Schafsbrust. «Damit meinte sie Sie. Ist es nicht zum Piepen? Sie, Joe, erzählen mir, Sie könnten sich nicht an sie erinnern. Sie erzählt mir etwas von ‹irgendeinem Makler›. Nächste Frage: Warum kauft Miriam Maslow das Haus von Mike Herring?» Sein Lachen hörte sich wirklich an, als ob er bellte. «Ist irgendwie unlogisch, oder? Warum hat sie sich denn nicht ein Haus auf ihrem eigenen Grundstück gebaut? Und welche Rolle spielen Sie dabei? Sind Sie ganz sicher, daß Sie sich nicht an sie erinnern?»

«Ich habe mit vielen Kunden zu tun», sagte Joe.

«Und ich trage eine Dienstmarke und eine Pistole», sagte Skates, «die ich benutze, um die Wahrheit über bestimmte Dinge herauszufinden. Es ist noch keine Stunde her, da habe ich mit dem Architekten des Hauses gesprochen, das laut Ihrer Aussage Mike Herrings Haus war. Der gute Mann behauptet steif und fest, diesen Namen noch nie gehört zu haben. Seine Kundin heiße Miriam Maslow.»

Joe schüttelte den Kopf. Er wollte sagen, daß er keine Ahnung hatte, wovon Inspector Skates redete. Er räusperte sich mehrmals. «Ehhh...»

Skates bestellte Garnelenragout auf Reis mit Oliven und Pickles, das Teuerste, was Mr. Katsiaficas Speisekarte zu bieten hatte. «Ich esse gern gut», erklärte er. «Und weil ich ein einsamer Spürhund ohne Anhang bin, kann ich es mir auch leisten. Sie sollten mal sehen, wie ich lebe. Mietfrei in einem Appartement über einem Pferdestall. Ich schlafe in einer Hängematte. Ich lese Bücher aus der Bibliothek, die nichts kosten. Ich fahre Fahrrad, wie Mike Herring.» Er lächelte. Joe mochte seine Zähne nicht, die Eckzähne wirkten zu groß. Der Mann war wirklich ein bissiger Hund. Joe fühlte sich daneben wie ein Schaf. Dingos haben die Angewohnheit, um ein Schaf, bevor sie es töten und fressen, herumzutanzen. Joe hatte es irgendwo gelesen, in einem Zeitschriftenartikel, der von dem, woran Aborigines glauben, handelte. Die Ureinwohner Australiens behaupten, jeder Mensch habe ein spezielles Tier, das sich seine Seele zum Führer und Vorbild nehme. In dem Artikel hieß es weiter, daß Menschen mit einer Dingoseele besonders raffiniert seien.

«Ich halte meine Ausgaben niedrig», sagte der Inspector, «damit ich nicht zu dieser Herde, die ständig etwas Neues haben und kaufen muß, gehöre. Wissen Sie, was ich für ein Hobby habe? Ich versuche herauszufinden, warum Schafe letztlich immer die Dummen sind.»

«Hübsch», sagte Joe und stieß sich vom Tresen ab. «Ich muß jetzt gehen.» Er versuchte genauso breit zu lächeln wie sein Peiniger. «Vielleicht finde ich ja heute etwas Gras zum Kauen.» Er versuchte zu blinzeln. «Damit ich meine Familie auf die Weide führen kann.»

Inspector Skates schob seinen Teebecher beseite, so daß Mr. Katsiaficas den großen Teller mit dem petersilienverzierten Garnelenragout vor ihn hinstellen konnte. Mit dem Messer deutete er auf Joe. «Sitzenbleiben, mein Freund. Ich habe noch ein paar Neuigkeiten für Sie. Wissen Sie zum Beispiel, daß Ihre geliebte Miriam ein Kind erwartet?» Seine Finger drückten Joes Bizeps zusammen, als er ihn wieder auf seinen Barhocker zurückzog. «Tja, mein Lieber. Aber machen Sie sich keine Sorgen. Miriam sagt selbst, daß das Kind verschiedene Väter haben könnte. Weil sie nämlich, seitdem sie Steve zu seiner Mama zurückgeschickt hat, ‹einiges ausprobiert› hat. Wie sie sagt, will sie als alleinerziehende Mutter leben, weil ihr an der Gesellschaft von Männern angeblich nicht besonders viel liegt. Was halten Sie davon, Sie ‹beliebiger› Makler?»

Er spießte eine große, orangefarbene Garnele auf die Gabel und hielt sie Joe zum Ansehen hin. Der Kopf war noch dran, kleine schwarze Augen schienen alles aufmerksam zu beobachten. Der Inspector biß den Kopf ab, nahm ihn sachte zwischen Daumen und Zeigefinger und legte ihn auf den Tresen.

Joe verließ das Lokal.

Am Nachmittag bat Uncle Ratty Joe zu sich in sein Büro. Der Filialleiter war geborener Engländer, ein echter *Pommy*, der an kälteren Tagen gern in Tweedjacketts herumlief, stolz seinen stoppeligen Schnauzbart zur Schau trug, sich mit Vorliebe eine Mütze ‹nach Landadelart› tief über die Augen zog und sich mit hochrotem Kopf etwa jede Stunde einen halben Pint englisches Bitter genehmigte, wenn es die Arbeit zuließ.

«Joe!» rief er fröhlich und fuchtelte mit seinem Stift in der Luft herum. «Nimm Platz, bitte, wir müssen etwas besprechen.»

Joe setzte sich.

Uncle Ratty griff nach einigen fotokopierten Dokumenten. «Hier ist was Seltsames, Joe. Wie du weißt, gehe ich ja die Immobilienverkäufe immer durch, wie es zu meinen Aufgaben gehört. Euer Manager muß schließlich Bescheid wissen, was sich auf dem Markt tut, und euch auf dem laufenden halten. Ist was, alter Junge?»

«Wie recht du hast», sagte Joe mißmutig. Als echter Australier hatte er nicht viel übrig für solches Pommy-Gerede.

«Also dann», fuhr Uncle Ratty fort, «jedenfalls habe ich mir, seit dein Garnelenfischer ins Gras gebissen hat, Gedanken über dieses seltsame Geschäft von dir gemacht. Mike Herring hat immerhin einen verdammt großen Preisnachlaß auf Greenpine 15 bekommen und uns mit kleinen Scheinen bezahlt.» Er zeigte mit dem Stift auf Joe. «Nach einem Jahr stirbt Mike auf dem Nachbargrundstück, mit Blick auf das neue Haus, das auf seinem eigenen steht, und ausgerechnet du mußt die Leiche finden.» Der Stift hämmerte jetzt gegen Uncle Rattys falsche Zähne. «Über diesen illegalen Kunden von dir mache ich mir Gedanken, Joe. Zum Beispiel darüber, woran er gestorben ist.»

«Herzanfall», sagte Joe. «Du brauchst dir nur die gestrige *Brisbane Australian* anzusehen.» Joe runzelte ärgerlich die Stirn. «Und was soll daran illegal sein, wenn jemand bar bezahlt?»

Uncle Ratty hielt seinen Stift jetzt wie den Schaft eines Mini-Gewehrs an die Wange und schaute mit einem Auge darüber hinweg auf Joe. «Bitte, Joe, dein Manager weiß alles. Meine Villa liegt am Fluß in der Nähe von Pig's Harbor. Nachdem ich erfahren hatte, wer das war, habe ich Mike im Auge behalten und ihn kein einziges Mal mit seiner nichtregistrierten Badewanne in geschlossenen Fischwassern herumschippern gesehen. Dein Kunde, Joe, war asozial. Er umging die normalen Verteilerwege und verkaufte seine gewilderten Garnelen direkt an bestimmte kleinere Abnehmer, wie zum Beispiel *Kats'* hier in Queen Street.» Der Stift hämmerte wieder gegen seine Zähne. «Ich selbst meide ja Lokale wie Kats'. Und willst du wissen, warum? Weil es gut sein könnte, daß Mikes Garnelen schlecht sind. Genauso wie sein Geld schlecht war.»

«Du hast es trotzdem genommen.»

Uncle Ratty legte seinen Stift hin. Mit sehr leiser Stimme fragte er: «Joe, warum sollte man jemandem wie Mike Herring Preisnachlaß gewähren?»

«Weil Mike Herring Barzahler war», sagte Joe. «Ich weiß, daß du glaubst, ich und er hätten den Rabatt geteilt. Aber leider läßt sich bei Barverkäufen so schlecht etwas beweisen.» Er grinste.

«Übrigens: Leute wie du mögen Bargeld doch auch ganz gern, oder etwa nicht? Wenn du oder Big, unser Chef, mal selbst etwas verkauft, dann versucht ihr doch immer, Bargeld zu bekommen, stimmt's?»

«Waaas?» fragte Uncle Ratty leise.

Joe grinste. Er war froh, daß er wußte, wie Firmeninhaber steuerfrei Geld in ihre eigenen Taschen leiteten. «Der Verkauf wird zwar von der Stadt ins Grundbuch eingetragen, damit der Kunde seinen Grund und Boden auch bekommt, aber die Firma vergißt eben, ihn bei den eigenen Unterlagen zu führen. Bevor die Jahresabrechnung für die Buchführung unterschrieben wird, werden geschickt alle Hinweise auf einen Barverkauf getilgt. Nachdem du und Mr. Big zugegriffen habt, hat dieses Geschäft nie stattgefunden. Und dann gebt ihr eure Beute auch schön gemeinsam aus. Zum Beispiel bei einem Urlaub in Tahiti mit hübschen Flittchen à la Gauguin.»

Uncle Ratty grinste: «Sind wir jetzt unter die Kunstkritiker gegangen? Was bist du klug, Joe. Aber dann sei doch bitte gleich noch einmal klug, und sag mir, wie es kommt, daß Mike Herring sich auf Lot Nr. 15 ein Haus hat bauen lassen, mit Geld, das er sicher nicht durch den Verkauf von diesen paar Garnelen an Kats' und Konsorten hat machen können?»

Joe hielt die Hände in die Höhe. «Hat nichts mit mir zu tun.»

«Nicht?» Uncle Ratty schaute ihn argwöhnisch an. «Das hoffe ich für dich.» Er schob ein paar Papiere auf seinem Schreibtisch hin und her, ordnete Füller und Kugelschreiber wieder in Reih und Glied und stapelte verschiedene Briefumschläge aufeinander. «Hör zu, ich habe also, wie gesagt, auch die Grundbucheintragungen von Brisbane überprüft. Ungefähr eine Woche vor Herrings Tod ist sein Lot Nr. 15 samt Haus der Eigentümerin des angrenzenden Grundstücks überschrieben worden, bei der es sich im übrigen auch um eine von deinen lieben Kundinnen handelt, nämlich um Miriam Maslow. Die Grundstücke 15 und 16 ähneln einander wie ein Ei dem anderen, sie sind gleich groß und haben die gleichen Fichten und die gleichen Wacholdersträucher. Soll ich dir sagen, was passiert ist?» Uncle Ratty flüsterte fast, sein Gesicht kam dabei ganz nahe an Joes Gesicht heran. «Du hast Miriam geholfen, sich ihr Haus wieder unter den Nagel zu reißen, dieses Haus, das da versehentlich auf Mike Herrings Grundstück errichtet wurde, das Mike aber nur verkaufen wollte, wenn Miriam genug springen ließ. Versuch nicht, mir zu erzählen, du hättest deine Finger dabei nicht im Spiel gehabt, mein Lieber.»

Joe bleckte die Zähne. «Das ist verrückt.»

Uncle Ratty nickte. «In Wirklichkeit ist es sogar noch etwas verrückter. Ich habe mir nämlich von einer der städtischen Angestellten die entsprechenden Unterlagen heraussuchen lassen. Und da ich deine Handschrift kenne – du brauchst bloß mal diese Fotokopie anzusehen, die ich mitgebracht habe. Deine kleinen ‹t› neigen sich nach hinten, und deine ‹g› haben sehr große, geschwungene Unterlängen. Du hast das Formular anstelle des Käufers ausgefüllt. Und deine Kundin Miriam Maslow hat dich als Experten angeworben dafür.» Uncle Ratty schlug mit der Faust auf den Tisch. «Das heißt, die Firma zahlt deine Spesen, während du illegal Geld in deine eigene Tasche fließen läßt. So etwas kann ich hier nicht dulden, Joe.»

«Hast du Mike Herrings Unterschrift überprüft?» fragte Joe.

«Ha», rief Uncle Ratty und schwenkte sein Blatt Papier hin und her, «unser kleiner Gauner gesteht! Dann ist das also deine Handschrift? Aber du hast natürlich recht, es ist nichts Illegales daran, daß man Kaufvertragsformulare ausfüllt, maßgeblich ist allein die Unterschrift des Verkäufers, und die war von Mike Herring. Oder?» Uncle Rattys Faust hämmerte weiter auf den Tisch. Sein britischer Akzent kam jetzt noch stärker als sonst zum Ausdruck. «Raus mit der Sprache, du Schuft!»

«Mike hat verkauft, Miriam hat gekauft», sagte Joe. «Anwälte sind teuer. Ich habe nur zwei von unseren Kunden geholfen, ein paar hundert Pfund zu sparen. Gibt es sonst noch irgendwelche Neuigkeiten?»

Uncle Ratty hörte nicht auf, auf den Tisch einzuschlagen. «Dieser Kaufvertrag wurde vor Mikes Tod abgeschlossen, von daher hätte er ihn durchaus unterzeichnen können. Er hat's aber nicht getan, Joe. Der Mann war ein saufender Einfaltspinsel. Konnte vielleicht kaum schreiben. Seine Unterschrift läßt sich leicht nachmachen.»

«Ich soll Mikes Unterschrift gefälscht haben?», fragte Joe. «Und dann habe ich ihn auch noch umgebracht?»

Uncle Ratty seufzte. «Hast du nicht?»

«Mike ist an einem Herzanfall gestorben», sagte Joe. «Man hat nämlich eine Autopsie gemacht, Uncle.» Er stand auf.

«Gehst du?», fragte Uncle Ratty. «Wieso gehst du jetzt? Wir sind noch gar nicht fertig...»

Er redete gegen die Türe seines Büros, die gerade zufiel. Ziemlich lautstark und fest. So fest, daß das Glas darin zerbrach.

Am Donnerstag darauf bestellte Inspector Skates wieder Garnelenragout. Dazu griechischen Salat mit roten Zwiebelringen und schwarzen Oliven und weißem Schafskäse. Joe saß neben ihm. Er aß nichts.

«Miram Maslow macht zwar demnächst ihr Examen als klinische Psychologin», sagte der Inspector, «aber dennoch ist sie nicht immer darauf aus, ihre Mitmenschen zu therapieren. In diesem Punkt habe ich mich getäuscht, Joe. Manchmal zieht sie es vor, sie umzubringen.» Er schüttelte den Kopf. «Wissen Sie, warum ich sie von Anfang an für verdächtig hielt?»

Joe schüttelte nun seinerseits den Kopf.

Skates gruppierte die riesigen Garnelen auf seinem Teller um. Als sie serviert worden waren, hatten sie im Kreis, mit den Köpfen nach innen gelegen, jetzt schauten sie nach außen und schienen mit ihren kleinen schwarzen Augen ihr Opfer zu fixieren.

«Weil Sie, was Miriam angeht, gelogen haben, Joe.» Der Inspector nickte hilfsbereit, als freue er sich, einem Freund die Zusammenhänge erklären zu dürfen. «Aber warum glaube ich es immer noch? Mike Herring ist an einem Herzanfall gestorben. Soweit wissen wir Bescheid. Doch was die Autopsie sonst noch alles ergeben hat –» er schüttelte den Kopf –, «mein Lieber, der alte Kauz war wirklich in einem ziemlich schlechten Zustand. Leberzirrhose, Magengeschwüre, ein völlig besoffener Kopf. Er war ein Wrack, und er muß verrückt gewesen sein, sich in dieser Verfassung noch zu wünschen, in einer Gegend wie Greenpine zu wohnen. Glauben Sie, könnte es sein, daß Mike verrückt war?»

«Keine Ahnung», sagte Joe.

Jetzt verlegte Inspector Skates sich auf Bitten. «Bitte, lassen Sie mich doch an Ihrem Wissen teilhaben. Immerhin haben Sie zu Hause eine Frau und einen Fernsehapparat. Ich habe nichts als meine Arbeit. Es hat ja gar nichts mit der Frage zu tun, warum Mike umgebracht wurde. Aber Sie müssen doch herausgefunden haben, was den alten Kauz eigentlich angetrieben hat.»

«Greenpine, die Farm und der Wald, haben einmal seinen Großeltern gehört», sagte Joe. «Als Kind hat er hier gute Zeiten erlebt.»

«Sie haben ihn gekannt», sagte der Inspector, nachdem er wieder eine organgefarbene Garnele auf die Gabel gespießt und ihren Kopf ausgespuckt hatte. Er kaute gedankenverloren. «Sie hatten Grund, Mike Herring immer mal wieder zu besuchen. Seitdem Miriam gemerkt hat, daß sie ihrem teuren Architekten das falsche Grundstück genannt hatte. Daß das Haus, das sie bezahlte, einmal Mike gehören würde, und daß sie das, was ihr Vater für sie gespart und ihr vererbt hatte, verschleuderte. Von Rechts wegen hatte Miriam nämlich keinerlei Ansprüche darauf. Wenn ich den Grund und Boden eines anderen verbessere, kann er, was auch immer ich dazu unternehme, behalten.» Skates nickte ernst. «Das ist das Gesetz von Grund und Boden, Joe.»

Joe schien ihm nicht zuzuhören.

«Ist schon in Ordnung», sagte der Inspector. «Man soll nichts sagen, was später gegen einen selbst verwendet werden kann. Aber was passiert ist, ist folgendes. Mir war nämlich klar, daß Sie lügen, sobald Sie behauptet haben, Sie wüßten nicht, wem das Grundstück Nr. 16 gehört. In irgendeiner Beziehung mußten Sie also mit dem Toten zu tun gehabt haben.» Er klopfte Joe auf die Schulter. «Und dabei hatten Sie mir doch gerade erzählt, daß Sie für Subdivision Greenpine verantwortlich sind und daß Sie dort seit fast einem Jahr Ihr Team anleiten. Und zehn Minuten später erklären Sie, alles, was Nr. 16 betrifft, sei ein weißter Fleck in Ihrem müden Hirn?» Der Inspector schüttelte erneut den Kopf. «Ich bitte Sie. Also habe ich's überprüft. Im Grundbuch ist der Name von Miriam Maslow genau für dieses Grundstück eingetragen. – Haben Sie etwas gesagt, Joe?»

«Hmmm», machte Joe.

«Ja», sagte Skates, «hmmm ist genauso richtig, wie daß wir uns hier in Brisbane, Australien, befinden und daß in dieser Stadt die Männer Bier trinken und Fußball spielen und die Frauen fernsehen oder auf die Kinder im Park aufpassen und daß Sie ein gutaussehender Mann sind und Miriam eine attraktive junge Frau ist, die ihre Scheidung eingereicht hat. Und Sie beide haben ein Verhältnis miteinander. Stimmt's?»

«Hmmm», machte Joe.

«Genau.» Skates Gabel stocherte nach einer neuen Garnele. «Miriam geht ihre kleine Wohnung auf die Nerven. Deshalb hat sie über Sie mit einem Teil ihrer Erbschaft Greenpine 16 gekauft, und mit dem Rest wollte sie das Haus bezahlen. Aber dann, vielleicht war alles einfach zu hektisch, hat sie irgendwie die Grundstücke verwechselt und ihrem Baumeister den Auftrag für das von Mike Herring gegeben. Haha.» Er blinzelte. «Hahaha.»

«Finden Sie das komisch?» fragte Joe.

«Nein, zum Weinen», sagte der Inspector. «Ich lache nicht über Sie oder über Miriam oder ihren Vater oder über Mike, ich lache nur über diesen seltsamen Zufall. Ich lache darüber, wie sich doch immer alles ergibt. Niemand hat dieses ganze Durcheinander gewollt oder geplant. Miriams Panik. Sie, Joe, und Ihre verworrene Leidenschaft. Mikes Gier. Miriam will ihr Haus zurück, während Mike aber ihr ‹Geschenk› behalten will. Also versuchen Sie, als Miriams edler Ritter, mit allen Mitteln, ihn dahin zu bringen, daß er seine Eigentümerrechte von Nr. 15 auf Nr. 16 übertragen läßt. Verlieren würde er bei dem Tausch nichts. Die Grundstücke sind fast identisch. Aber der alte Gauner weigerte sich. Da überredet

Miriam Sie, diesen ganzen Schreibkram zu fälschen, die Beglaubigung und was sonst noch dazugehört, und Sie, nicht dumm, benutzen dazu den Beglaubigungsstempel Ihrer Firma – womit Sie unsere ganze, wohl ausgeklügelte Bürokratie ad absurdum führen – und reichen die Übertragung der Grundstücke beim Städtischen Grundbuchamt von Brisbane ein.»

Joe hustete. «Entschuldigen Sie», sagte er. Sonst nichts.

Der Inspector wandte sich wieder seinen Garnelen zu. Er spießte sie auf, biß ihnen die Köpfe ab und ordnete die noch verbliebenen Opfer auf seinem Teller so an, daß sie Joe ansahen. Er selbst sah Joe auch an. «Sagen Sie mir jetzt, was genau passiert ist? Sie können es ruhig erzählen. Immerhin sind wir beide Weiße. Und Protestanten. Das meiste weiß ich ohnehin schon. Ich habe auch mit den anderen Fischern in Pig's Harbor geredet. Ihren Aussagen zufolge hat Mike bereits mehrere Male ein Delirium tremens erlitten. Dabei hat der Ärmste wahrscheinlich alle Garnelen, die er jemals gefischt hat, wiedergesehen. Sind über seinen armen, gebeutelten Leib gekrochen und haben ihn mit ihren bösen kleinen Augen angestarrt. Aber dann hatte Mike wieder seine klaren Momente, in denen er sein Leben ändern und irgendwie wieder zurück wollte in seine glückliche Kindheit auf der Greenpine Farm. Sie haben ihm geholfen, diesen Traum wahr werden zu lassen. Die Barzahlung, der Preisnachlaß und dann Uncle Ratty und Mr. Big, die Ihnen deswegen das Leben nicht gerade leichter gemacht haben. Aber wie heißt's im Handbuch für Verkäufer? Wer nicht wagt, der nicht gewinnt? Aber was sage ich: Als nächstes war ja Nr. 16 an der Reihe. Und die Dame mit dem Minirock. Als Zugabe zur Provision. Von so was träumt doch jeder Verkäufer, oder nicht?»

Joe betrachtete die restlichen Garnelen auf Skates' Teller, die aus der farblos blassen Brühe heraus zu ihm hinschauten. Im Moment war er selber ziemlich blaß.

«Und dann haben Sie Kontakt zu Miriam aufgenommen», sagte der Inspector. «Sie sind zu ihr in die Wohnung gefahren. Ganz hübsch da. Wie Sie wissen, bin ich ja auch dort gewesen. Was mir allerdings nicht gefallen hat, war der Käfig mit den Ratten. Miriams Versuchstiere für die Examensarbeit. Die zusehen, wenn man's miteinander treiben will. Das stört, nicht wahr? Und Miriam – hat Miriam selbst sie auch gestört? Weil sie vielleicht von Ihnen verlangt hat, daß Sie Mike umbringen, damit er die von Ihnen eingeleitete Umschreibung seines Grundstücks nicht zu verhindern versucht? Oder wollte sie ihn etwa selber aus dem Weg räumen? Und wie hat sie 's angestellt? Er hatte einen Herzanfall, nichts weiter. Weder Sie noch Miriam haben ihn auch nur angerührt. Was haben Sie mit ihm gemacht, Joe?»

Joes Hand zitterte, als er seinen Teebecher zum Mund hob.

«Tut mir leid», sagte der Inspector, «ich weiß, daß ich nerve. Aber glauben Sie mir, ich will Ihnen ja gar keinen Vorwurf machen. Erstens würde ich auch auf Miriam anspringen, wenn sie's zuließe. Und zweitens sehe ich's Ihnen an, daß Sie nicht derjenige waren, der Mike zu Tode erschreckt hat. Warum sollten Sie auch? Sie lieben Ihre Frau und Ihre kleine Tochter. Miriam ist zwar schwanger, aber das muß von ihrem Mann sein. Von Ihnen ist es jedenfalls nicht, weil es zeitlich nicht hinkommt. Ich habe das vorhin nur erwähnt, um Sie zu verunsichern. Die Geschichte zwischen Ihnen beiden ist nichts Ernstes. Außerdem habe ich Erkundigungen über Sie bei Ihren Mitbewohnern draußen in Bowen Hill eingezogen. Sie sind ein gutmütiger Kerl, und deshalb haben Sie Miriam bei dieser Fälschungsaktion geholfen. Und daraufhin hat sie den alten Kauz umgelegt, damit er nicht mehr zur Behörde laufen und die Verkaufsbestätigung in Frage stellen konnte. Die Frage ist nur, wie sie es gemacht hat.» Mit grimmigem Gesicht griff sich Inspector Skates eine der Garnelen, biß ihr den Kopf ab und legte ihn so auf den Tresen, daß die Augen auf Joe gerichtet waren.

«Frauen sind stur», sagte er dann. «Miriam mußte um ihr Haus kämpfen wie um ein kleines Kind. Was ist ihr denn auch anderes übriggeblieben? Aber auch Ihnen will ich keinen Vorwurf machen. Was hätten Sie denn sonst tun können? Vielleicht hat Miriam Ihnen ja angedroht, daß sie mit Ihrer Frau telefonieren wollte? Vielleicht hat Sie Ihnen auch Geld gegeben? Sie haben

Reparaturen am Auto gehabt, Sie müssen die Arztrechnungen für Marys Asthmabehandlung bezahlen, Sie haben in letzter Zeit keine Verkäufe abschließen können, Uncle Ratty sitzt Ihnen im Rücken – es wäre wirklich nichts dabei, Joe, nur, sagen Sie mir doch bitte, wie, glauben Sie, hat Miriam Ihrer Meinung nach Mike umgebracht?» Er schaute Joe an.

Joe schwitzte. «Ich weiß es nicht, Inspector.»

«Im Ernst? Sie wissen es wirklich nicht?»

Joe hob die Schultern. Sein Blick hing an den Garnelenköpfen, die ihre Augen auf ihn gerichtet hatten.

«Hören Sie», sagte Skates, «ich schwöre Ihnen, daß ich nichts gegen Miriam unternehmen werde. Im Gegenteil, ich wünsche ihr alles Gute. Sie ist eine begabte und energische Frau. Sicher wird sie eine gute Psychologin. Sie war ja auch eine gute Tänzerin, eine professionelle Tänzerin, meine ich, am Theater in Sydney. Hat sie Ihnen das nicht erzählt? Ziemlich hartes Leben, mein Lieber, wenn man Abend für Abend die Beine schwingen muß.» Er pochte mit den Fingern auf den Tresen und summte vor sich hin. Dann hob er den Kopf und schaute Joe an. «Trotzdem muß ich wissen, was Miriam gemacht hat, um Mike endgültig zum Abnippeln zu bringen. Denken Sie doch noch mal an diesen Abend zurück, Joe. Es war Vollmond, und Mike stand da, in der Hand seinen Flachmann, und hat dieses Haus, für das er nie einen Pfennig bezahlt hat, angehimmelt. Hat vor sich hin geredet – und dann? Ist er dann plötzlich ins Delirium gefallen? Oder hat vielleicht die liebe Miriam irgendwie diesen tödlichen Tatterich provoziert?»

Draußen fuhr ein orangefarbener Lastwagen vorbei. Nun bemerkte Joe auch, daß Mr. Katsiaficas ein orangefarbenes Hemd trug. Und die Garnelen, die ihn vom Tresen und von Skates Teller her anschauten, hatten dieselbe Farbe.

«Denken Sie noch einmal zurück an diesen Abend», sagte Skates.

Joe sah diesen leuchtenden orangefarbenen Fetzen wieder vor sich, der an dem Wacholderstrauch auf Greenpine 16 gehangen hatte.

Da mußte er sich übergeben.

«He!» rief Skates, als er vom Tresen zurücksprang. Mr. Katsiaficas brüllte irgend etwas Griechisches herüber, dann machte er sich eilig mit Schwamm und Papiertüchern daran, den Schaden wieder zu beseitigen.

«Ja», sagte Miriam zu Hause an ihrem Telefon, «ich habe meine schwangere Garnele getanzt. Ich habe Mike zu Tode getanzt. Hast du was dagegen? War die einzige Möglichkeit. Kannst du bei Freud nachlesen, Joe. Freud sagt, die Zukunft kann man nicht vorhersagen, weil zu viele verschiedene Faktoren im Spiel sind, aber wenn du dir die Vergangenheit ansiehst, gibt's immer nur eine Möglichkeit.»

«O Gott, o Gott», murmelte Joe ein ums andere Mal.

«Sei bloß ruhig», sagte Miriam, «du warst es doch, der mir gesagt hat, daß Mike im Delirium immer Garnelen mit kleinen bösen Augen herumkrabbeln sieht.» Sie lachte leise. «Also habe ich mir ein Garnelenkostüm geschneidert.»

«O Gott, o Gott», sagte Joe wieder.

«Ich habe Glück gehabt», sagte Miriam. «Du sagtest ja, daß Mike gerne sonntags herausfährt. Da habe ich auf ihn gewartet. Der Mond hat geschienen, und Mike war betrunken, und ich habe den Garnelensong gesungen, und dann...»

«Du hast ein Stück orangefarbenen Stoff an einem Strauch vergessen», sagte Joe. «Inspector Skates hat ihn.»

«Wirklich?» fragte Miriam vergnügt. «Hast du ihm gesagt, wo er herkommt?»

«Er hat es selbst herausgefunden.»

«Nachdem du ihm auf den Teller gekotzt hast?»

«O Gott, o Gott...»

Miriam hatte aufgelegt.

Joe rief sie noch einmal an.

«Was gibt's noch?» wollte Miriam wissen. «Nimmst du unser Gespräch etwa auf?»

«Ich bin in einer Telefonzelle im Kangoroo Park», sagte Joe.

«Skates hat nicht vor, die Sache weiterzuverfolgen. Er nimmt nicht gerne Leute fest. Er lebt allein in einer Art Taubenschlag über einem Pferdestall, der seinem Bruder gehört. Seine Karriere ist ihm ziemlich gleichgültig. Er liest Bücher aus der Leihbibliothek. Du hast ihn beeindruckt. Ihr solltet euch zusammentun.» Er zögerte einen Moment. «Sag mal, Miriam, tut es dir eigentlich gar nicht leid, daß du Mike umgebracht hast?»

Miriam seufzte. «Doch. Irgendwie schon. Es wäre um einiges besser gewesen, wenn dieses Arschloch einfach gestorben wäre, aber er lag auf Knien vor mir und hat sich auf dem Boden gewälzt und geweint und gefleht, weil er dachte, ich sei eine Garnele und gleichzeitig die Jungfrau Maria, und ich mußte immer weitertanzen, damit sein Zustand immer schlimmer und schlimmer wurde. Ich mußte ihn für mich sterben lassen, Joe, ich brauche mein Haus. Und das Baby braucht es auch.»

Als Joe noch einmal «O Gott, o Gott» stöhnte, sagte sie: «Übrigens finde ich Inspector Skates ganz nett. Du kannst mir nicht zufällig die Telefonnummer von diesem Pferdestall geben?»

Deutsch von Elfi Hartenstein

USA

1975 – 1993 (SPRICH: BIS JETZT)

Nun habe ich mich endlich niedergelassen. Hatte niemals zuvor über einen so langen Zeitraum dieselbe Adresse. Heißt das, daß ich nun endlich glücklich bin?

Amerikaner sind von Natur aus Positivisten. Es ist eine amerikanische Vorstellung, daß es der Sinn des Lebens sein muß, glücklich zu sein, und daß Gott uns in die Welt geschickt hat, damit wir nach Glück streben.

So steht es sogar in der amerikanischen Verfassung. Falls Indianer unser Streben nach Glück stören, werden sie von der Kavallerie verfolgt. Laßt uns glücklich sein – und es soll ja niemand wagen, den Ölpreis hinaufsetzen zu wollen. Ich glaube, ein intelligenter Mensch kann gar nicht glücklich sein, jedenfalls nicht, wenn er die Nachrichten im Fernsehen verfolgt oder beobachtet, wie seine Nachbarn leben oder auch nur, wie er selbst lebt.

Meiner Meinung nach ist es albern und dumm zu sagen:

«Heute bin ich ganz zufrieden mit mir.»

Realistischer scheint da Zynismus. Da jeder Mensch Egoist ist, gerät jeder mit jedem ständig in Konflikt. Das Leben ist grausam. Sogar ein Baby ist schon grausam, weil es seiner Mutter das Leben schwermacht. Wir alle konkurrieren das ganze Leben lang um Unterkunft, Nahrung und immer kleiner werdende Vorräte an Luft zum Atmen und Wasser zum Trinken. Aber wer ist das: «wir»? Vielleicht gibt es diese Vorstellung von *wir, ich, mein, unser* in Wirklichkeit gar nicht. Was passiert also in Wirklichkeit?

Es gibt in Nordamerika zwei Regionen – es gibt mit Sicherheit viele, aber mir sind nur diese zwei bekannt –, die dem Nachdenken darüber, was eigentlich in Wirklichkeit passiert, förderlich sind, nämlich die Küste von Maine und die Keys in Florida. Letztere stellen für die folgenden zwei Erzählungen den Ort der Handlung dar. Dort lebt Jamy, reich geworden durch Dummheit (im Sinne von «heute bin ich ganz zufrieden mit mir»), der nun zum Ausgleich anderen Menschen helfen will. Eine Art moderner Puritaner, jedoch kein Wohltäter im üblichen Sinn, da sein asozialer Papagei und sein misanthropischer Nachbar andauernd seine aus Schuldgefühlen resultierenden Aktionen zurechtrücken.

Mangrove-Mama

Jamy ist ein bißchen beschränkt, und ich glaubte nicht, daß er seine Freundin Mangrove-Mama umgebracht hatte. Doch er behauptete, es getan zu haben, während er mich mit den Augen eines Zwölfjährigen anstarrte. Jamy ist beinahe vierzig, aber geistig zurückgeblieben. Er habe Mangrove-Mama getötet, sagte er, indem er sie in ihren schwangeren Bauch getreten habe. Unabsichtlich natürlich. Er sei in dem Moment einfach völlig durcheinander gewesen, und außerdem habe er einen kleinen Kokainrausch gehabt.

Die Umstände haben mich, ganz ohne mein Zutun, zum Hüter dieser Insel gemacht. Diese Insel ist Egret Key, Florida, ein provisorischer Himmel für die Reichen. Warum mich? Ich glaube, man brauchte einen Schutzengel, und ich sehe einfach so aus, als ob ich für dieses Amt geeignet wäre. Niemand, außer um Anhänger werbende Fernsehprediger und kämpfende Mullahs natürlich, hat jemals einen Engel gesehen, doch wenn Niemand mir begegnete, könnte Niemand diesen freundichen und harmlosen alten Kauz mit der Inkarnation eines solch verehrungswürdigen Wesens verwechseln.

Hallo! Jamy ist mein Name. Ich bin in der niederländischen Stadt Rotterdam geboren, zusammen mit meinen Eltern ausgewandert und als kleiner Immobilienmagnat in Boston zu Geld gekommen.

Vor vielen Jahren habe ich mich hierher zurückgezogen, auf meinen viertausend Quadratmeter großen Besitz mit Blick auf Egret Cove und, am Horizont, Eagle Island. Ich kam mit meiner lieben Frau hierher, die mich nie mochte, sich aber an mich gewöhnte, dann jedoch starb, und mit meinem lieben Papagei, der sich nie an mich gewöhnte, aber mit der Zeit lernte, mich zu mögen.

In letzter Zeit kreischt der Papagei nicht mehr durchdringend,

«Meine Schattenseite im Visier.»

(Surry, Maine/USA: 1979)

wenn wir uns begegnen, sondern macht es sich auf meiner Schulter bequem, nagt und knabbert an meinem Ohr und imitiert sanft, unendlich sanft, den bellenden Hund meines Nachbarn.

«Arf arf arf», macht der Papagei leise, keucht dann «Huh huh huh» und holt scharf Luft, und ich erstarre vor Angst, denn das Kreischen eines Papageis in solcher Nähe zerreißt einem leicht das Trommelfell, aber nein, sein Schlußrefrain ist wieder ein melodiöses «Arf arf arf».

Der Papagei war gerade bei seiner Hundenummer, als der betrunkene Jamy an jenem Abend erneut gestand, die wunderschöne Mangrove-Mama mit den langen Beinen und den hohen Brüsten, Mutter seines ungeborenen Kindes, getötet zu haben.

«Das ist nicht gut, Jamy», stimmte ich zu und schenkte Bourbon ein. Wir hatten bißfeste Steinkrebse und frisches französisches

Weißbrot mit Butter gegessen, gefolgt von einer lockeren, schaumigen Zitronentorte und kubanischem Kaffee. Wir pafften dominikanische Zigarren. «Also, was ist passiert?» fragte ich.

Jamy erklärte.

Der Schauplatz? Eagle Island, wo Jamy in der genauen Nachbildung eines buddhistischen Tempels aus der Tang-Dynastie residiert, der zum Teil über einer Lagune erbaut ist. Delphine spielen, während Jamy zu Abend ißt. Ganz Eagle Island war, nachdem Jamy drei Jahre zuvor alle wildlebenden Tiere und wildwachsenden Pflanzen ausgerottet hatte, von dem Zen-Architekten «Goldy» Yamamoto für eine runde Million oder zwei gestaltet worden. Das Ergebnis ist ein haarsträubender, übertriebener Luxus, selbst gemessen an unseren märchenhaften Key-Maßstäben.

Ich meide Eagle Island heute. Diese Art von Menschenhand geschaffener Perfektion stößt mich ab. Im Inneren der Gebäude umgeben endlose Flächen pastellfarbener Wände schneetigerfellbezogene Möbel aus Elefantenzähnen. Jamy fährt ein Lincoln-Kabriolett, Baujahr 1920, mit Holzspeichen, auf seiner wenige Meilen langen asphaltierten Privatstraße. Die Zufahrt zum Tempel säumen per Hubschrauber eingeflogene Mahagonibäume, deren Rinde sich eindrucksvoll schält, immer blühender Jasmin und eine sorgfältig angelegte Banjananpflanzung, deren Umfang sich jährlich verdoppelt. Jamys Yachthafen ist mit symmetrich angeordneten Quellenbäumen verziert, deren fächerförmige Wedel einladend winken. Lebensgroße Pelikane, Reiher, Fischadler, ja sogar – der Teufel soll die Seele des lieben Jungen holen – Weißkopfseeadler, alle aus Plastik, sitzen auf geschwungenen Toren und gewölbten Dächern. Ein olympischer Swimmingpool ist von riesigen Spiegelwänden umgeben, der Neun-Loch-Golfplatz wird durch eine Berieselungsanlage mit Wasser zu einem Dollar die Gallone frisch gehalten. Diener Sopwith muß die Bäume im Kokospalmenwäldchen hinaufklettern, um Riesennüsse zu pflücken, die Jamys lieben Kopf zerschmettern könnten, wenn er in seiner Hängematte unter den Bäumen schaukelt und Gedichte verfaßt

... eines Abends, beim Tanz auf dem Mallory Square
traf ich meine Lihiebe ...

Ledergebundene Ausgaben der fertigen Gedichte, auf Pergamentseiten handgedruckt, werden ausgewählten Empfängern überreicht. Zu denen ich gehöre. Oh, Jamy ist schon ein lieber Junge, aber meistens ärgert er mich. Sie sollten einmal seine Yamamoto-Küche sehen, mit den rostfreien Stahltheken an den Wänden, dem Boden aus echtem italienischem Marmor und mit einer vollständigen Ausstattung an Küchenmaschinen (makellos saubergehalten von Sopwith), einschließlich eines Backofens, eines Pastetenofens ... Und was ißt Jamy gewöhlich zu Abend? Ein Fertiggericht vor dem Fernseher, das Bad George, der Fährmann, mit dem Schnellboot herbeikatapultiert. Kein Wunder, daß Jamy gern bei mir vorbeischaut, und wenn ich gerade einen frischen Schnapper-Fisch oder andere erlesene Meeresdelikatessen zubereite, mit denen mich Egret Cove bei meinen täglichen Ausfahrten mit dem Ruderboot versorgt, nun, dann mag Jamy, da er sich nun einmal als mein Freund betrachtet, ruhig Platz nehmen und kräftig zugreifen.

Ich sitze hier in meinem alten Haus fest, das ich, lange bevor die Keys in Mode kamen, gekauft habe. Mir graut vor dem Aufheulen von Jamys Rennboot, das die Entfernung zwischen Eagle Island und meinem Ufer in wenigen Minuten zurücklegt. Ich habe nie Zeit zu entwischen. Ich hasse Jamys endlos sich wiederholende Monologe; sie verursachen mir Kopfschmerzen, die nur der Papagei mit «Arf arf huh-huh-huh arf» besänftigen kann. Doch ich verzieh Jamy beinahe, als er mir von seinem Mord erzählte.

Wie aufregend. Sollte er Mangrove-Mama tatsächlich in den Bauch getreten haben? Noch dazu in Gegenwart seines aufsässigen Sklaven Sopwith und seines eifersüchtigen alten Kumpels Bad George?

Hm.

Wenn meine Key-Mitbewohner mir schon göttliche Fähigkeiten zuschreiben, kann ich sie genausogut auch nutzen. Nebenbei bemerkt, es macht mir Spaß, Menschen zu manipulieren, und während Jamy weinte und schluchzte, sah ich plötzlich eine Möglichkeit, die Dinge zum Besseren zu wenden.

Worum geht es hier also? Ich werde Ihnen sagen, worum es hier geht: ein wunderbares Zusammentreffen von Umständen, die zu einer Verbesserung des Planeten führen können.

Lassen Sie mich ein wenig die Vorgeschichte erläutern.

Bevor unsere Florida Keys zu dieser verrückten, übervölkerten, Touristen anlockenden Bonanza wurden, war Eagle Island einer der vielen Mangrovensümpfe, wie sie Vögel anziehen. War es nicht ein großartiger Anblick, wie die silbergrauen Pelikane, die die Wildnis ernährte, grazil dahinschwebten, bevor sie geräuschvoll im Sturzflug ihren täglichen Fisch jagten? Es gab auch weiße Reiher und schieferfarbene Silberreiher und einige bunt schillernde Ibisse, eine Menge zierlicher kleiner Schnepfenvögel und natürlich den unaufhörlich kreisenden Truthahngeier, doch am meisten faszinierte mich ein Paar Weißkopfseeadler. Weißkopfseeadler sind aufsehenerregende Geschöpfe und selten, eine gefährdete Art.

Jamy hat diese beiden Adler abgeknallt.

Woher ich das weiß? Weil er es mir erzählt hat, nach einem anderen Abendessen, ebenfalls in Bourbon-Laune.

Ich glaube, für diesen Adlermord gab es damals ein gutes Motiv. Harmlose freilebende Tiere zu töten ist genau das, was egozentrische liebe Jungen tun, besonders wenn sie reich sind und während der prägenden Jahre unter langer elterlicher Abwesenheit zu leiden hatten.

Welches Motiv genau?

Eitelkeit. Ursprünglich kaufte Jamy Eagle Island, um damit anzugeben. Es genügte ihm nicht, sich mit anderen glücklichen Leuten eine normale Insel zu teilen, nein, er brauchte eine Insel ganz für sich allein. Dann begegnete er «Goldy» Yamamoto in einer Striptease-Bar auf Key West, und Yamamoto ist, wie sich herausstellt, Spezialist für antike chinesische Architektur. Ein Vertrag wird unterzeichnet. Doch bevor Bulldozer aus Landungsfahrzeugen ausschwärmen, um die Flora der Insel niederzuwalzen, inspizieren unsere Verschwörer das Gelände und entdecken nistende Adler.

Nistende Adler sind ein Grund, Baugenehmigungen zu verweigern.

Jamy, total vollgekokst, schultert sein Automatikgewehr Kaliber zwölf, besteigt sein Superschnellboot, braust nach Egret Cove und knallt zwei seltene Adler ab – bildschöne Exemplare mit einer Flugspannweite von zweieinhalb Metern und makellos weißen Köpfen und Schwänzen. Wie oft habe ich sie nicht morgens beobachtet und bewundert, wenn sie sich in ihrem hoch oben in den Mangroven versteckten Nest zum Ausruhen niedergelassen hatten.

Peng! Peng!

Jamy schießt auch gleich noch die Ibisse und Pelikane mit ab.

Zen-Architekt Yamamoto unterbreitet seine Pläne der Baubehörde von Egret Key, der ich angehöre. Ich war damals abwesend. Die anderen Mitglieder sehen keinen Grund, den Antrag abzulehnen. Sie überprüften die Insel, aber es gab dort keine gefährdeten Arten – nichts, nur die immer noch zahlreich vorhandenen Enten und Kormorane.

Sie fragen sich, wie ich Jamy noch zu meinen köstlichen Abendessen einladen konnte, nachdem er mir erzählt hatte, was er mit diesen prächtigen Vögeln gemacht hatte?

Weise behalten einen kühlen Kopf.

Gestatten Sie mir noch ein paar Bemerkungen zur Vorgeschichte.

Jamys Vater machte Millionen mit Öl, Häuten, Hochhäusern und anderen texanischen Dingen in jenen hochfliegenden Zeiten. Jamys Mutter ließ sich währenddessen von Macho-Männern bumsen.

Jamy selbst schmückte seinen hübschen Kopf mit einer Kornblumengirlande, stieg aus allem aus und kam in unserer Hauptstadt, Key West, wieder zum Vorschein. Wie diese höchst unabhängige kleine Stadt schien dieses ungewollte Kind die elterliche Vernachlässigung zu begrüßen.

Ich vermute, daß er hier glücklich war in diesen ungebundenen Jahren. Trotz all seiner schlechten Gewohnheiten ist Jamy immer noch attraktiv; in seiner Jugend muß er umwerfend ausgesehen haben. Er lernte Mangrove-Mama kennen, eine vollkommene Gefährtin mit unübertroffenem Lorelei-Sex-Appeal. Weitere Mitglieder der Bande waren: der schlaksige Bad George, der mit «Stoff» handelte, und der vertrottelte Sopwith, der sich dazu hingezogen fühlte, deutsche Gentlemen zu bedienen. Es ist hier von Blumenkindern die Rede, späteren Hippies, die sich einen Dollar verdienten, wenn es sein mußte, und sich meistens an exotischen Orten herumtrieben, betrunken, bekifft, ohne Bedürfnis nach Sinn.

...Eines Abends, beim Tanz auf dem Mallory Square...

Jamy, damals Teilzeit-Küchenhilfe, betätigte sich ein wenig als Zuhälter für Mangrove-Mama, die Kellnerin spielte und sich nebenbei einsame Touristen angelte. Zweifellos amüsierten sich alle großartig.

Ein weiterer Sonnenuntergang sieht unsere Bande zu den Gitarren kubanischer und haitianischer Flüchtlinge tanzen und New Yorker Poeten in einen Bongorausch verfallen.

Eben dieser Sonnenuntergang sah eine kleine Weile davor Jamys Vater in seinem 1958er Cadillac einen tödlichen Herzanfall erleiden. Das Auto gerät zwischen San Antonio und Austin wild ins Schlingern, kommt von der Straße ab und schießt durch eine Reihe von Musterhäusern hindurch. Verkäufer und ihre Kunden springen von Balkonen und verletzen sich. Jamy senior war bei der Kollision bereits tot.

Derselbe Sonnenuntergang, noch etwas früher, sah, wie Jamys Mutter, eine schmächtige Frau, hinter den Plastikrollos eines Motels in Montana von einem überenthusiastischen Lastwagenfahrer totgequetscht wurde.

Waisenkind Jamy ist reich.

Und was tut er nun?

Eine Zeitlang begeistert sich Jamy für die Gemeinschaftsidee. Er teilt sein Vermögen mit den anderen. Mama fährt den Jaguar, den ihr Jamy als Zeichen der Verbundenheit gekauft hat, umgehend zu Schrott. Sopwith gerät bei dem Versuch, den frühen Marlon Brando zu imitieren, unter seine Vierzylinder-Honda. Bad George verliert in seiner Rolle als Popeye infolge böiger Winde und offener Luken vor den Bahamas eine teure Yacht. Alle zusammen ruinieren sie eine Villa, als sie in der Absicht, großzügigere Räumlichkeiten zu schaffen, tragende Wände niederreißen. Um zu sparen, kaufen Bad George und Sophwith aus der Gemeinschaftskasse einen gebrauchten Schulbus. Beim Restaurieren dieser Rostlaube werden zweihundert Liter alten Benzins in einen städtischen Kanal abgelassen. Besser man verbrennt das Benzin. Ein Streichholz löst heftige Explosionen aus. Die Stadt präsentiert eine Rechnung für neuen Beton. In keinem der Fälle hatte es eine Versicherung gegeben. Während Jamy die Ersatzansprüche regelt, protestiert er, nicht so sehr wegen der entstandenen Verluste, sondern weil keiner Respekt vor ihm hat. Er löst die Kommune auf.

Da er noch immer nicht gelernt hat stillzusitzen, stürzt er sich in weitere Schwierigkeiten.

Jamy kauft Grundstücke, um deren Verkäufer zu beeindrucken, die aber nur so lange beeindruckt sind, bis der Vertrag abgeschlossen ist. Auch die Frauen, mit denen er sich verabredet, lassen Jamy im Stich. Sie halten ihn für verrückt. Es sind überwiegend Barbekanntschaften. Er erzählt ihnen, welche Grundstücke er besitzt, kritzelt Gesamtbeträge von Staatsanleihen, Aktien, Optionsscheinen, Edelmetallbarren und Barreserven in ausländischen Währungen auf Servietten. Er lädt seine neuen Freundinnen zu Reisen auf der Queen Elizabeth und mit der Concorde ein. Sie tauchen nie an den verabredeten Orten auf. Er kann sich nicht vorstellen, warum.

Auch Mangrove-Mama macht eine schwere Zeit durch. Sie befindet sich im Suchtstadium. Das Tauschgeschäft Sex gegen Drogen funktioniert bei ihr nicht. Sie wird in einem Lieferwagen vergewaltigt und an einem Strand ausgesetzt. Ein erregter Liebhaber wirft ihre Kleider aus dem Fenster einer billigen Absteige. Es passieren andere bizarre Dinge, an die sie sich nicht genau erinnert, aber ständig tauchen Polizisten auf, um ihr lästige Fragen zu stellen. Mama findet ein Kanu und paddelt, um unbegreiflichen Auseinandersetzungen aus dem Weg zu gehen, zwischen den äußeren Keys hin und her, wo ihr ein verlassenes Kokainschiff Zuflucht bietet. Sie beginnt von Seetang und rohem Fisch zu leben.

Bad George transportiert als Pilot eines Flugzeugs mexikanisches Marihuana. Die alte Kiste stürzt in die Everglades. Er wird mit der Ambulanz ins Gefängnis gebracht.

Sopwith fährt wieder mit einsamen Deutschen auf blauen Mietfahrrädern, doch keiner der Touristen möchte ihn behalten. Er versucht es mit Gartenarbeit und füttert schwere Palmwedel in lärmende Reißwölfe. Er mogelt bei den Stunden und wird ständig entlassen.

Also, sind wir nicht einer Meinung, daß diese Kinder die Hilfe eines Schutzengels brauchen?

Außer Mangrove-Mama, der blonden Loreleisirene, die ein Leben in der Wildnis führt und bei Egret Cove herumpaddelt, bin ich noch keinem dieser Kinder begegnet. Mama und ich verstehen uns gut. Gelegentlich bringe ich ihr Feinschmeckermahlzeiten ans Schiff.

Und nun beginnt das Treiben auf Eagle Island. Ich entdecke zu meinem Kummer und Zorn, daß die Adler verschwunden sind. Die Insel wird ihrer Mangroven beraubt, Yamamoto baut seine gräßliche Tempelvilla, Jamy zieht ein.

Jamy und ich lernen uns in der Bucht von Egret Cove kennen, als ich ihn anbrülle, weil er mit dem Kielwasser seines Rennboots mein Beiboot beinahe zum Kentern bringt. Die ausgiebigen Entschuldigungen des lieben Jungen sind der Anfang meiner fürstlichen Bewirtungen dieses Halunken.

Der meist arbeitslose Sopwith und der bedingt haftentlassene Bad George erledigen zu jener Zeit Gartenarbeiten für mich, und Jamy trifft die beiden auf meinem Grundstück. Er stellt sie als Butler beziehungweise Kapitän ein, versichert seinen ehemaligen Kumpels jedoch, daß es keinen Mr. Freundlich mehr gibt.

Sopwith besucht mich gelegentlich, um sich über seinen Herrn zu beklagen, der ihn und Bad George auf Distanz hält. Ich erfahre, daß auch Mangrove-Mama ihre frühere Beziehung zu Jamy wiederherzustellen versucht, aber lediglich ab und zu eine Nacht bei ihm verbringen darf.

Soviel zur Geschichte. Ich hoffe, ich habe die wesentlichen Linien von Ursache und Wirkung deutlich machen können. Jetzt wollen wir sehen, wo sie sich kreuzen. Vielleicht ergibt ihr Schnittpunkt ein erfreulicheres Bild als Mangrove-Mamas blutende Leiche.

Ich schenkte aus der Flasche nach und verteilte mehr Zigarren. Die Zitronentorte ruhte leicht auf den Steinkrabben. Ich konnte spüren, wie sich die kleinen trockenen Füße des Papageis auf meiner Schulter bewegten. «Arf arf», murmelte der Vogel schläfrig. Ein weiterer lieblicher Abend unter Palmen, genossen im Kreise von Freunden.

«Mangrove-Mama totgetreten, wie?» fragte ich. «Erzähl's mir noch einmal, Jamy. Und laß nichts aus.»

Jamy erhob sich, setzte sich in Positur und gestikulierte. Da stand er wieder auf dem Schauplatz des Verbrechens, am Rande seiner Lagune, und dort zerrte Mama bettelnd mit spitzen Fingern an seinem Ärmel. Sie wollte über Nacht bleiben. Er wollte nicht, daß sie über Nacht blieb. Er wollte New-Age-CDs auf dem neuen Klangsystem hören, das Bad George installiert und Sopwith erklärt hatte.

«Arf arf huh-huh-huh...»

Lieber Papagei.

«Und dann hast du Mama getreten?» fragte ich.

Jamy sagte, er erinnere sich, ihr einen Schubs gegeben, sie fallen und eine Menge Blut auf dem Fußboden gesehen zu haben.

«Aber hast du sie getreten?»

Jamy konnte sich nicht erinnern. Bad George behauptete, Jamy habe sie getreten, und Sopwith bestätigte es, also hatte Jamy sie wohl getreten. Hier waren zwei nüchterne Zeugen, und Jamy, der Täter, war voll mit Kokain.

«Du warst benebelt, mein Lieber?»

Jamy gab zu, ein bißchen geschnupft zu haben, um sich auf den New Age Jazz auf seinen neuen CDs richtig einzustimmen.

«Kannst du dich erinnern, sie geschubst zu haben?»

Das konnte er.

«Du kannst dich nicht erinnern, sie getreten zu haben?»

Das konnte er nicht. Bestimmt? Bestimmt. Er erinnerte sich jedoch an das Blut, viel Blut, das unter Mama hervorkam, die ihr Baby verlor, weil Jamy sie getreten hatte. Jamys Baby. So sagten Sopwith und Bad George später.

«Hatte Mama dir erzählt, daß sie schwanger war?»

Das hatte sie nicht.

«Wie konnte sie dann das Baby verlieren? Dein Baby? Wieso *dein* Baby?»

Jamy gestand, er habe hin und wieder mit Mama geschlafen.

Ich sagte zu Jamy, daß Mama jetzt über vierzig sei. Vierzigjährige Frauen werden zwar manchmal schwanger, doch was war mit Mamas genügsamem Lebensstil, ihrer Kanufahrerei jeden Tag, ihren Mahlzeiten aus rohem Fisch und Meeresalgen . . .

«Hast du jemals eine Frau geschwängert?» fragte ich.

Er antwortete, äh, jetzt, wo ich davon spräche, äh, nein . . .

«Nun stirbt Mama», sagte ich. «Sie liegt auf deinen Marmorfliesen im Zen-Salon dicht bei der Lagune, und sie stirbt.»

Nein, nein, das hätte ich mißverstanden, meinte Jamy. Da lebte Mama noch, aber sie sei sehr krank gewesen und blutete, und er sei high gewesen und außerstande, mit der Situation fertig zu werden. Bad George und Sopwith jedoch seien nüchtern gewesen, deshalb habe er sie gebeten, Mama ins Key West Hospital zu bringen und sie behandeln zu lassen. Bad George sagte, Krankenhäuser nähmen keine alleinstehenden Frauen auf, die bluteten, nicht ohne Geld. Jamy spuckte Geld aus.

«Wieviel?»

Tausend Dollar, sagte Jamy. Während er das Geld holte, wickelten Bad George und Sopwith Mama in eine Decke und trugen sie ins Schnellboot – die Rettungsmannschaft schießt in die dunkle

Nacht davon. Das Boot gleitet über die flachen Wellen von Egret Cove, das Gebrüll der beiden Außenbordmotoren verliert sich im schwarzen Raum.

«Du bist zu Hause geblieben, Jamy?»

Ja, sagte er. Jamy haßt Blut, und er haßt leidende Frauen. Und da waren noch die neuen CDs. Während Mangrove-Mama von der modernen Medizin wieder zusammengeflickt wurde, wollte Jamy sich beim Klang der sanften sphärischen New-Age-Musik entspannen und seine geistige Energie konzentrieren, um sie auf telepathischem Wege Mama zu übermitteln, damit sie umgehend wieder gesund würde. Sie wurde nicht umgehend wieder gesund. Sie starb, bevor sie die Krankenhaus-Küste erreichte. Bad George und Sopwith brachten die Leiche zurück, die immer noch in die blutige Decke gewickelt war. An der einen Seite hingen Mamas lange blonde Haare heraus und an der anderen ihre toten Füße. Ein unerträglicher Anblick, der Jamy dazu brachte, seine Musikanlage auszuschalten.

«Wo ist die Leiche, Jamy?» fragte ich, aber ich mußte eine Pause einlegen. Jamy, im Alkoholrausch, schlurfte um meinen Stuhl herum, fuchtelte wild mit den Armen und stimmte sein Klagelied an. Wie sehr er Mangrove-Mama geliebt habe, jammerte er, wie sehr er sich wünschte, den Schaden, den er ihr, allen und allem zugefügt habe, wiedergutzumachen. Die Welt gehe zugrunde, und er habe mit seinen Millionen gespielt, zur zerstörerischen Verschwendung und Verschmutzung beigetragen, das Ozonloch vergrößert, während er ein weiterer Heiliger Jean-Jacques Cousteau hätte sein können oder Kapitän eines Greenpeace-Schiffes mit Mama als Maat; oder er hätte japanische Walfangschiffe torpedieren können oder ein solargetriebenes Flugzeug fliegen, um über russischen Atommüllagern zu patrouillieren, die die Versorgung mit Pfifferlingen beeinträchtigten, mit denen New Yorker Bettlerinnen ernährt werden konnten.

«Ja», sagte ich, «ja.»

Während ich dem Papagei in seinen Käfig half – der müde kleine Kerl fiel mir fast von der Hand –, ging ich zur Analyse über.

War es der französische Romancier Stendhal, der einmal gesagt hat, daß erfolgreiche Geschäftsleute gute Philosophen abgeben, weil sie den Mut haben, die Dinge klar zu sehen? Großverdiener sehen, was vor sich geht, anstatt das zu sehen, was sie möchten, daß es vor sich geht, und ziehen Gewinn aus dem Akzeptieren unangenehmer Wahrheiten.

Was würde ich gern sehen? Gerechtigkeit natürlich. Jamy in Handschellen und unkrautjätend am Straßenrand, während ein Kaugummi kauender sadistischer Südstaatenwachposten mit dem Gewehr vor seiner Nase herumfuchtelt.

Und dann würde ein anderer reicher Dummkopf auf Eagle Island herumlümmeln. Sieh ihn dir doch an, diesen nichtsnutzigen Trottel, diesen elenden Schwachkopf Jamy, wie er daherplappert...

Egret Keys Schutzengel zwingt sich, ruhig, wohlwollend, freundlich distanziert zu bleiben und härter an sich zu arbeiten. Ja, selbst Engel geraten in Versuchung, aber ich hatte nicht die Absicht, Luzifer zu folgen. Es sei denn, der Schritt gefiele mir.

«Hast du die Leiche ins Meer geworfen?» fragte ich. Meine Atmung wurde ein wenig unregelmäßig. Dies war die entscheidende Frage, von der meine Lösung abhing.

«Habe Mama begraben», schluchzte Jamy.

«Wo, mein lieber Junge?»

«An Bad Georges Pißfelsen», schluchzte Jamy.

Besser, viel besser. Dieser Steinhaufen, überwuchert mit giftigen Florida-Stechpalmen und von Säure tropfenden Pappeln befindet sich auf halbem Wege zwischen Eagle Island und meinem Haus. Wir haben ihn so genannt, nachdem Bad George anfing, ihn auf seinen Fährtouren über die Bucht als Pissoir zu benutzen.

«Laß uns hinfahren und einen Blick darauf werfen», sagte ich.

Jamy, erschöpft von der Selbstanklage, war auf meinem Walnußfußboden eingeschlafen. Ich goß mehrere Gießkannen über ihm aus. Jamy begann zu wimmern, erhob sich jedoch.

Der Papagei wachte auf. «Arf?»

«Nein, du bleibst hier, kleiner Freund.» Ich fand einen Spaten, schleppte Jamy zu meinem Anlegeplatz und ließ ihn ins Ruderboot fallen. Jamy umklammerte meine Knie. «Bitte, Jannie, laß Mangrove-Mama in Frieden.»

Er blieb im Boot, vornüber gesunken, den Kopf in den Händen, während ich grub. Bad George und Soptwith hatten gute Arbeit geleistet, die Leiche lag zwei Meter unter Steinen und Geröll, aber es war nicht Mangrove-Mama. Ich glaubte, das alte Mädchen zu erkennen. Auf der anderen Seite von Egret Cove gibt es eine ganze Flotille von Schiffswracks, auf denen ständig wechselnde Bootsbesetzer leben. Diese Frau hatte mir einmal mit erhobener Flasche zugewinkt, als ich vorbeiruderte, und eine sexuelle Begegnung vorgeschlagen. Ich entwickelte eine Theorie, die mit allen Fakten übereinstimmte. Wieder einmal betrunken, war diese Frau ins Wasser gefallen und ertrunken. Ihr Körper trieb in jener verhängnisvollen Nacht in der Bucht und kollidierte mit dem Boot von Bad George, Sopwith und Mangrove-Mama.

Das Licht meiner Taschenlampe erfaßte Mangrove-Mamas blonde Locken, die geschickt in das verfilzte Haar der toten Frau geflochten waren. Wer hatte sich diese schauerliche Mühe gemacht? Mama war angeblich krank. Der zimperliche Sopwith? Während Bad George ihn mit drohend erhobener Faust dazu zwang? Ich mußte lächeln, als ich mir die Szene vorstellte: das Plätschern der Wellen, die Schreie der Eulen, das Flattern von Fledermausflügeln, unheimliche Laute, die Sopwith' schwachen Protest begleiteten. Sein Quieksen klingt wie Stan Laurels dünnes Greinen, und Bad George, der stolz einen Bowler trägt und dicker geworden ist, verkörpert an der Seite des bemitleidenswerten Introvertierten den unerbittlichen Oliver Hardy. Mangrove-Mama glänzt darin als die schöne Frau, die Komikerpaare als Kontrast brauchen.

Ich verneigte mich vor dem Leichnam, schaufelte das Geröll zurück, stampfte das Grab wieder fest und stieg in mein Boot.

«Wie geht es Mama?» fragte Jamy.

«Ausgezeichnet», antwortete ich. Wir ruderten schweigend zu meinem Haus. Ich brachte Jamy im Gästezimmer unter. Am nächsten Morgen schlug Jamy, während er mir beim Frühstücken zusah und sich in eine Wolke aus Zigarettenrauch hüllte, vor, ich solle ihm die Hand halten, wenn er sich dem Sheriff auslieferte.

«Nicht nötig», sagte ich. «Ich kann dich retten, mein lieber Junge, unter bestimmten Bedingungen.»

Voller Ehrfurcht flüsterte Jamy: «Du kannst Mangrove-Mama wieder zum Leben erwecken?»

«Warum nicht?» entgegnete der Weise von Egret Key seinem unerleuchteten Schüler.

Ein Hoffnungsschimmer glomm in Jamys Augen auf.

Wie schon gesagt, schrieben mir meine Nachbarn gewisse Kräfte zu. Das hängt mit diesem teuflischen New Age zusammen. Es gibt hier alle möglichen reichen selbsternannten Spiritualisten, und der allgemeine Trend geht dahin, das Wachstum der Seele voranzutreiben. Die meisten Suchenden an dieser Küste streben nach dem Buddhawesen, und um etwas Abwechslung in die allgemeine Suche zu bringen, gestehe ich, daß ich es mit dem Tao halte.

Taoisten, abgesehen davon, daß sie den namenlosen Weg namens Tao gehen, vollführen Tricks. Die hiesige Legende verweist auf meinen «magischen Swimmingpool», der «den Geist reflektiert», auf meinen betagten Hibiskusbaum, «einen Startpunkt für den astralen Sprung in den Raum», auf mein Barbecue-Gestell, «ein alchimistisches Instrument zur Herstellung unsichtbar machender Zaubertränke». Mein Alter wird auf hundert Jahre und mehr geschätzt. Da ich in Europa geboren bin, traut man mir zu, daß ich mich an den 1. Weltkrieg und den belgischen Freiheitskampf erinnern kann. Wenn ich dazu gedrängt werde, bestätige ich, daß ich bei dem zaristischen Spion Gurdjieff im Kum-Bum-Kloster in Tibet tantrischen Lamaismus studiert habe. Auf einer von der Smithsonian Institution finanzierten Reise nach Neuguinea, die ich kürzlich unternommen habe, erwarb ich eine Schädeltrommel, die bei Vollmond meine indianischen Penobscot-Tänze begleitet. Ich singe häufig Kinderlieder und kann in W.-C.-Fields-Manier mit Telefonbüchern jonglieren. Kein Wunder, daß Jamy mir glauben wollte.

«Jamy», sagte ich, «du hast in gemeiner, egoistischer und ignoranter Weise, was drei Seiten derselben Medaille sind, ein Paar herrlicher Adler, wenigsten vier Pelikane einer bedrohten Art und eine Gruppe seltener Ibisse getötet, um dir ihre Insel anzueignen. Du bist ein übergeschnappter Tyrann. Ich kann dir Mangrove-Mama wiedergeben, aber ich muß dafür auf deiner prompten Besserung bestehen.»

Jamy murmelte salbungsvolle Versprechen.

«Okay?»

«Okay», flüsterte Jamy.

«Also gut», sagte der Hüter der Insel, während er sich über den weißen Schnurrbart strich und seine stahlblauen Augen aufblitzen ließ, «du wirst Mama zurückbekommen, um sie zu lieben und für sie zu sorgen. Du und deine karmischen Brüder Sopwith und Bad George, plus die von mir wiederzubelebende Muse, werdet eure wahre Bestimmung erfüllen und den Heiligen Jean-Jacques Cousteau unterstützen. Nachdem...»

«Arf?» fragte der Papagei aus seinem Käfig.

«Ja?» fragte Jamy aus seiner Hölle.

«...du die Behörden aufgesucht und ihnen mitgeteilt hast», sagte ich von meiner Wolke herab, «daß du ein Vogelschutzgebiet für bedrohte Arten einrichten willst und die Genehmigung brauchst, dein häßliches Haus abzureißen. Überwache persönlich das Abbrennen des Gebäudes sowie die Sprengung deiner Privatstraße und deines Yachthafens. Übertrage den Besitz von Eagle Island auf die Egret Key Wetlands Conserving Society, und ermächtige mich, ihren Präsidenten, die Insel für alle Zeiten in ein offiziell anerkanntes Naturschutzgebiet umzuwandeln.» Ich wies auf die Tür. «Tu es *jetzt*, lieber Junge!»

Jamy faltete seine Hände. «Du wirst mir Mama zurückgeben?»

Ich sagte, daß ich diese Kleinigkeit erledigen würde.

Ich befreite den Papagei. Gemeinsam beobachteten wir, wie Jamy am Anfang eines geschäftigen Tages wiedergeboren wurde. Wenn Jamy eine Sache erst einmal begriffen hat, weiß er, wie er sie anpacken muß.

Ich ruderte hinaus, um Mama ausfindig zu machen. Sie versteckte sich zuerst, aber ich hatte ein Mittagessen mitgebracht, und der gute Duft lockte ihr Kanu aus den Mangroven hervor.

«Unser kleiner Plan funktioniert also nicht», meinte sie, nachdem sie sich bis zum Grund meines Freßkorbs vorgearbeitet hatte.

«Er funktioniert sehr gut», sagte ich. «Was macht die Blutung, Mama?»

Sie errötete unter ihrer Inselbräune. «Ein Frauenleiden, Jannie. Ich bin jetzt in einem gewissen Alter, und dieses karge Leben bringt die Dinge nicht ins Gleichgewicht. Entweder alles oder nichts.»

Ich errötete ebenfalls. «Keine verunglückte Schwangerschaft?»

«Nein», sagte sie.

«Es ist alles einfach so passiert?» fragte ich. «Ihr habt nicht zuerst die Leiche der alten Frau gefunden, sie irgendwo an die Leine gelegt und dann im richtigen Augenblick hervorgeholt, um deinen Liebhaber in ein Erpressungskomplott zu verstricken?»

«Es ist alles einfach wieder passiert», schluchzte Mangrove-Mama, «so wie immer alles einfach passiert ist.» Zuerst sei sie blutend zusammengebrochen, dann sei das Boot gegen die Leiche der betrunkenen Frau gestoßen, und dann seien sie auf den dummen Erpressungsplan verfallen.

«Alles ist in Ordnung», sagte ich. «Jamy liebt dich.»

Ich sang: «*Eines Abends, beim Tanz auf dem Mallory Square . . .*»

Ich deutete auf ihr kurzes Haar. «Sieht hübsch aus.»

Mama schluchzte weiter.

«Das brauchst du nicht», sagte ich. «Warte hier noch ein wenig. Die Aussichten sind gut.»

An jenem Abend sahen ich, Bad George und Sopwith von meiner Kaimauer aus dem Feuerwerk auf Eagle Island zu.

«Ich würde Jamy ja gern dabei helfen», sagte Bad George, «aber ich glaube, er ist wütend auf mich.»

«Bad George», murmelte ich. «Mit der Leiche der alten Frau

herumzupfuschen und für Geld Lügen zu erzählen ist nicht ganz das, was dein Pfadfinderführer im Sinn hatte.»

Bad George senkte seinen dicken Kopf, und Sopwith gab wieder das Stan-Laurel-Quieksen von sich. Sie wollten wissen, wann der Sheriff sie abholen würde.

«Engel verpfeifen keine Kumpel», sagte ich, «aber es wird sich einiges ändern müssen.»

Mangroven haben wieder Besitz von der Insel ergriffen.

Jamy kam kürzlich von der Entziehungskur zurück. Die Ärzte haben gute Arbeit geleistet. Der Patient hat sogar das Rauchen aufgegeben. Mangrove-Mama hilft ihm, einen alten Schoner zu restaurieren. Bad George und Sopwith sind mit von der Partie, und die Bande nimmt an einem Navigationskurs der Küstenwache teil. Wer als erster die Prüfung besteht, wird Kapitän der *Saint Cousteau* und darf das Schiff auf Patrouille steuern, Umweltsünder verfolgen, Wale aus frei herumtreibenden Netzen befreien.

Jamy sagt, ich dürfe mitkommen und zusehen.

Während ich geduldig warte, bewundere ich einen Adler, der hoch über der Bucht schwebt und dann und wann hinabgleitet, um seinen prüfenden Blick über die Insel schweifen zu lassen. In der Nähe des Ortes, wo einst «Goldy» Yamamotos Zen-Tempel sein Dach erhob, habe ich auf einem Pfosten ein Holzrad installiert. Es hat noch nicht den Beifall des Vogels gefunden.

Deutsch von Klaus Schomburg

Freunde

Wir blicken meist zurück, wenn wir alt werden. Das ist eine dieser unbequemen Wahrheiten, an die wir erst später glauben, wenn uns der Beweis ins Gesicht starrt. Ich blicke nicht gern zurück – ich gehe lieber vorwärts, auf ständig zurückweichende Landschaften zu –, aber ich mache die Gesetze des Lebens nicht: eine weitere unbequeme Wahrheit, die uns das Alter zu unserem Mißfallen beschert.

Das Schicksal hatte mich, da sonst kaum etwas anderes zu tun übrig war, einem Dasein mit sich wiederholenden Rückblicken ausgeliefert, denen ich mich auf der Terrasse meines Zufluchtsortes auf den Florida Keys hingab. Meine einzige Gesellschaft war ein Papagei, der mich nicht mochte. Er hätte mich mögen sollen als Dank für reichliche Tagesrationen Vogeldelikatessen, die aus Miami geliefert wurden, und für sündhaft teures Quellwasser, das mehrere hundert Meilen von hier entsprang, aber er nannte mich «Betrüger». Er sprach das Wort genüßlich aus, mit zur Seite geneigtem Kopf, flüsternd, und die Beleidigung von der Zungenspitze schiebend, als ob er mir eine delikate Geheiminformation anvertraute. Er wußte, daß ich ein Betrüger war, denn wenn ich mich schlecht fühlte und über die kahlen Felder ging, die sich bis zu meiner Bucht erstreckten, konnte er mich rufen hören: «Hans Thompson, du bist ein Betrüger!»

Tatsächlich bin ich mehr als das. Ich bin auch der Peiniger meiner lieben verstorbenen Frau, die ich während vieler langer Jahre demütigte, indem ich niemals nachgab, ihr Gespräch unterbrach, ihr immer sagte, was sie tun und was sie nicht tun sollte. Außerdem habe ich Steuern hinterzogen und mich um niemanden gekümmert als um mich selbst.

Ein Bösewicht, stimmt's?

Gewiß. Ich versuche jedoch immer, Entschuldigungen vorzubringen. Das zahlt sich manchmal aus. Ich habe meiner Frau das Leben eigentlich nicht absichtlich schwergemacht. Sie selbst hat den Ärger herausgefordert – das schonungslose zweischneidige Messer der täglichen Disharmonie wurde von uns beiden fachmännisch gehandhabt. Die Steuerbehörde übers Ohr zu hauen? Hör zu, alter Kumpel, du erwartest doch nicht im Ernst von mir, daß ich unsere Schulden produzierende Bürokratie unterstütze, oder? Und wenn ich mich nicht selbst verwöhne, wer dann? Ich bin ein einsamer, verlorener alter Kauz, der traurig in seinem Elf-Zimmer-«Häuschen» (so nennen wir unsere Behausungen hier, um Touristen mit unserer Bescheidenheit zu beeindrucken) umherwandert, ein Opfer seines eigenen Reichtums. Wer hat schon eine Wahl? Sind wir Menschen nicht alle auf Schlechtigkeit programmiert?

Doch ich bekenne mich schuldig, mich dafür entschieden zu haben, ein Betrüger zu sein. Mein Gewissen wird sich hier nicht rühren. Es stimmt, ich nehme die Schuld auf mich.

Ich war im Immobiliengeschäft in Boston tätig, mit dem jungen Frank als Partner, dem damals ein Viertel unseres erfolgreichen Unternehmens gehörte. Ich war gut in meiner Arbeit, und unser Geschäft florierte, aber je älter ich wurde, um so weniger tat ich. Ich beschränkte mich meistens auf beifälliges Kopfnicken. Nachdem ich ein paar Tausend davon verteilt hatte, hatte sich Frank ganz gut entwickelt. Meine Geduld wurde belohnt. Ich wollte aussteigen.

«Hör zu, Frankie», sagte ich, «entweder kaufst du meinen Dreiviertel-Anteil an unserem Geschäft, oder ich verhökere ihn an unsere ehrlose Konkurrenz.» Ich brachte seine Proteste mit meinem Blick zum Schweigen. «Vergiß nicht», gab ich ihm zu bedenken, «daß ich mit fünfundsiebzig Prozent der König im Schloß bin. Ich kann an jeden verkaufen, der einen vernünftigen Preis bietet.»

Frankie setzte seine Armesündermiene auf.

«Ich glaube nicht», sagte ich, «daß du Lust hättest, für die Konkurrenz zu arbeiten, stimmt's?»

Frank mußte mir recht geben. Es gab in der Welt der Immobi-

«Alter Mann ohne Perspektive.»

(Surry, Maine/USA: 1994)

lien keine Möglichkeit für Frankie, mit dieser Bande von Halsabschneidern zusammenzuarbeiten.

Er habe nichts dagegen, meinen Preis zu bezahlen, wenn ich gewillt sei, den Kauf zu finanzieren. Entrüstet wehrte ich ab. «Davon will ich nichts hören, Frankie. Dein Seniorpartner will Bargeld sehen.» Mein Preis war gepfeffert, man muß ja schließlich für die Zukunft sorgen. Das Geschäft blühte damals, die Käufer standen Schlange, man konnte ihnen teures Eigentum gar nicht schnell genug in den Rachen stopfen, aber das Immobiliengeschäft ist ein Geschäft, und wie jedes Geschäft verläuft es in Wellen. Was in die Höhe schießt, stürzt wieder herab. Auf fette Jahre folgen magere Jahre. Der Kapitalismus brüllt vor Begeisterung, der Kapitalismus vergießt Tränen. So war es immer, und ich wußte es nur zu gut, denn ich hatte Wohlstand im Elend versinken sehen und umgekehrt, und wieder umgekehrt.

Frank war nicht so vorausschauend wie ich. Er glaubte mein optimistisches Verkäufergerede und war noch viel zu unerfahren, um mein eigennütziges Bluffen zu durchschauen. Er gab mir alles Geld, das er besaß, und lieh sich den Rest von der gierigsten aller Banken. Ich schnappte mir die Beute, eilte gen Süden und hatte mich kaum im Luxusleben der Floridariffe eingerichtet, als sich der Markt drehte und Franks Kartenhaus zu wackeln begann.

Ein schlechtes Geschäft, in der Tat, aber der gute junge Frank weigerte sich, mir die Schuld zu geben. Er arbeitete noch härter, und es gelang ihm, mehr oder weniger rechtschaffen zu bleiben. Er versagte sich und seiner Familie alles, um die Ratenzahlungen für sein Bankdarlehen leisten zu können. Ich hätte ihn nicht in diese mißliche Lage bringen sollen.

Bin ich bestraft worden? Nun ja, ich glaube schon. Ich bin heutzutage kurzatmig, und mein Herzschlag verfällt manchmal in unkontrollierte Solos, und mein Magen hat die Neigung, sich zu verkrampfen. Schlechtes Gewissen, was sonst? Meine Frau tat ihren letzten Seufzer und verabschiedete sich in den Hausfrauenhimmel, und die Einsamkeit, die an ihre Stelle trat, schmerzt ebensosehr wie mein Körper. Ich tue die Dinge, die man auf den Keys eben tut: Bei schönem Wetter unternehme ich in der Bucht Ausflüge mit meinem 400-PS-Suzuki-Gleitboot, hin und wieder genehmige ich mir mit Callgirls aus Miami traurige Sexorgien, und einmal in der Woche fahre ich sogar nach Key West, um meinen Sonnenuntergang mit den verrückten Typen zu teilen. Aber während die anderen einen eleganten älteren Bürger im Tom-Wolfe-Anzug sehen, der sich in einem langen Urlaub die Zeit vertreibt, bezeichne ich mich als verzweifeltes Arschloch.

Kann man den Schmerz von Schuldgefühlen besänftigen? Die Asche meiner Frau wurde in der Bucht verstreut, und ich lasse regelmäßig Rosen an der Stelle schwimmen. Manchmal ist es sehr beschwerlich, frische Rosen zu besorgen, weil der Touristenverkehr in der Saison überhand nimmt und meine verminderte Sehfähigkeit mich die Geschwindigkeit drosseln läßt, was die Fahrer hinter mir wütend macht. Trotzdem, ich fahre weiter. Mein Jaguar schüttelt sich, während der Hurrikan über die meilenlangen Brücken tobt und heftige tropische Regenfälle meine Windschutzscheibe überschwemmen. Die Situation ist nicht ungefährlich und kostet mich äußerste Anstrengung. Einmal wurde der Jaguar über zwei Fahrspuren geschoben, das Stahlgeländer schlug Funken, ich verlor das Bewußtsein, und ein Lastwagen fuhr in mein Auto hinein – das beinahe in den Golf von Mexiko katapultiert worden wäre –, aber irgendwie gefiel mir das.

Was tue ich sonst noch, um das Gewicht meiner Sünden zu verringern? Ich stifte Geld für einen Obdachlosenfonds und gehe schonend mit anderen um, selbst wenn es eine unerfahrene Kellnerin ist, die mir blutrote Chowder (ein Mischgericht aus Meeresfrüchten) über meinen englischen Nadelstreifenanzug und meine thailändische Seidenkrawatte kippt. «Macht nichts, meine Liebe.» Ich lächle, gebe doppeltes Trinkgeld, rufe meinen Bewährungsengel an, weise auf die gute Tat hin und hoffe, daß der Gepriesene es zur Kenntnis nimmt.

Ich denke auch an den jungen Frank. Ich weiß genau, wie sehr ich ihn reingelegt habe, und würde das gern wiedergutmachen, aber ich kenne ihn. Er würde den Scheck zerreißen.

Manchmal wird es mir zuviel in diesem unmöglichen Paradies mit seinem klaren Wasser und dem blauen Himmel, mit seiner importierten Fauna, um den Mangrovendschungel und die spärlichen Pinienhaine zu beleben, und seinem immerwährenden Schauspiel vielfältiger Vogelarten: Fischadler, die auf Reklameflächen nisten, weiße Reiher, die graziös durch das Unkraut schreiten, Pelikane, die geduldig im Sturzflug in die Bucht eintauchen. Dann nehme ich, überwältigt, das Flugzeug nach Boston.

Wieder zu Hause, steige ich im besten Hotel ab. Wer sich die Mühe macht, mich zu bemerken (das tut niemand, aber ich darf es mir in der Phantasie vorstellen), sieht mich im Wintergefieder über braungebrannter Haut: dreiteiliger Tweedanzug, pelzgefütterter Regenmantel im Bogart-Stil – wohlhabend und mit leeren Händen.

Das erste Mittagessen nehme ich traditionsgemäß mit Frank ein, der sich höflich erkundigt, wie die Dinge stehen.

«Gut», versichere ich ihm. «Alles läuft wie geschmiert. Und wie steht's mit dir, mein Junge?»

Frank will mich nicht mit seinen Sorgen belasten. Hält er nicht den guten Namen der Firma hoch? Er will mich glauben machen, daß es nicht besser sein könnte. Der größte Teil des Personals ist gegangen, der frühere Glanz unserer halbseitigen Anzeigen ist auf einen Quadratzentimeter an einer billigen Stelle geschrumpft, und das Büro in Beacon Hill ist in eine Cambridger Gasse umgezogen, aber wir wollen keine dieser Lappalien erwähnen.

Frank setzt ein breites Lächeln auf.

«Irgend etwas nicht in Ordnung, mein Junge?»

So erzählt mir Frankie schließlich alles – stückchenweise und mit einem leichten Stottern, das Bestandteil seines angeschlagenen Images heutzutage geworden ist. Das dunkle holländische Bier, das ich gern zum Mittagessen trinke und das ich dem gehorsamen Frank aufdränge, hilft, ihn mitteilsam werden zu lassen. Das Geschäft ist katastrophal, aber (sein Lächeln ruft längst vergangene Zeiten zurück) es gibt noch eine gute Chance, wieder hochzukommen, und diese Chance liegt in einem viergeschossigen Lagerhaus am Hafen, nahe bei Fosters Werft, das er spontan und billig auf einer Auktion kaufte.

«Ein großes Gebäude, mein Junge? Das sich aufpolieren läßt? Künftige Wohnungen für das reiche Künstlervolk?»

«Jessir. Bös heruntergekommen, natürlich, aber da läßt sich was draus machen.» Frank taut auf. «Phantastische Lage – die benachbarten Häuser sind in elegante Eigentumswohnungen umgewandelt worden. Es ist ein solides Projekt, in dem sich leicht fünf Apartments unterbringen lassen. Der Blick reicht über den ganzen Hafen. Ein Finanzierungsproblem sollte es auch nicht geben. Die Bank hat es sich angesehen, und der Kreditsachbearbeiter ist in das Projekt verliebt.»

Großartig. Genau das, was Frank brauchte. Warum hielt sein Lächeln also nicht an?

«Ich kann nicht in das Haus rein», sagte Frank.

Besetzer? Hausbesetzer sind ein rauhes Volk heutzutage.

Große Drogenhändler unterstützen sie, sie lieben Slums für ihre Geschäfte, aber die Polizei, wenn man vernünftig mit ihr spricht, ist daran interessiert, verseuchten Besitz zu säubern. Und es gibt noch andere Möglichkeiten. Ob ich vielleicht helfen könnte?

«Selbst Hausbesetzer können nicht rein, Mr. Thompson.»

«Wilde Ratten? Große Käfer?»

Frank rülpste leise hinter einer höflich gehobenen Hand. «Ein Geist.»

Ich tat das nicht als Scherz ab. Ich besitze einige Erfahrung mit Geistern. Ich werde diese Gabe in der Öffentlichkeit nicht zugeben, aber ich bin selbst so etwas wie ein Medium. Ich habe manchmal Begegnungen mit Toten. Es macht ihnen nichts aus, sie treten immer hübsch zur Seite.

Der erste war Onkel Jerry, dem ich höchst unerwartet im oberen Flur unseres alten Hauses in der Charles Street begegnete. Ich muß ungefähr fünf Jahre alt gewesen sein, als sich der Zwischenfall ereignete, und spürte ein dringendes Bedürfnis, Pipi zu machen. Da spazierte Onkel daher, unter seinem breitkrempigen Filzhut, hinter seinem Stock mit Silberknauf. Onkel benahm sich immer wie ein guter Kerl, deshalb brauchte ich mich nicht zu fürchten – obgleich ich keine Ahnung hatte, was er zu dieser frühen Stunde in unserem Flur machte und warum ich plötzlich durch seine gepflegte alte Gestalt hindurchsehen konnte. Es war die Nacht, in der Onkel starb. Er war für seine Höflichkeit bekannt, und ich glaube, er wollte auf Wiedersehen sagen.

Später sah ich andere Geister. Ein Herr, der von einem Lastwagen überfahren worden war, ging ruhig und in gutem Zustand gen Himmel, seinen zerschmetterten Körper auf dem Asphalt zurücklassend. Und dann – ein Erlebnis aus jüngerer Zeit – war da noch Sam, unsere Katze, die von einem grimmigen Dobermann aus unserer Straße zerfleischt wurde und im gleichen Moment durch das üppige Blätterwerk unseres Flamboyant-Baumes davonschwebte.

Viel weiter oben auf den Florida Keys, in der Nähe des Festlands, ging mir neben einem weitläufigen Friedhof einmal das

Benzin aus, und ich mußte den dünnen Schreien der Bewohner lauschen und konnte undeutlich ihre Bewegungen sehen.

«Ein Geist behindert dein Geldprojekt?» fragte ich Frank.

Frank nickte. «Ich wollte es auch nicht glauben, Mr. Thompson, aber ich habe versucht, eine Nacht in dem Haus zu verbringen. Der letzte Bewohner ließ ein paar Möbel zurück, ich legte mich für eine Minute auf seine Couch und muß eingenickt sein.» Frank tupfte Schweißtropfen von seiner Stirn. «Es war schlimm, Mr. Thompson. Ich konnte es nicht aushalten – ich stürzte nach einer Weile hinaus, fiel hin, verstauchte mir den Knöchel. Verletzte mich auch am Schienbein. Ich habe nicht gewagt zurückzugehen.»

Geschäftsleute versuchen pragmatisch zu sein. Frank ist ein guter Katholik.

«Besorg dir einen Priester», sagte ich. «Deine Religion akzeptiert Geister. Der Priester taucht mit seinem Weihrauchbrenner auf, und alle gespenstischen Spielverderber flüchten sich irgendwoanders hin.»

Frank lächelte unsicher. «Ja, Mr. Thompson. Ich habe mir einen Exorzisten besorgt, aber es funktionierte überhaupt nicht. Der Priester konsultiert jetzt einen Therapeuten – einen Zen-Trappistenmönch.» Er versuchte, zynisch zu lachen.

Ich hätte mich auf eine Diskussion einlassen können, doch plötzlich wußte ich, was ich tun würde. Ich präsentierte meinen Vorschlag.

«Sie?» fragte Frank. «Aber Sir, Sie sind herzkrank – Sie sollten sich schonen.»

«Ich möchte mir das Projekt gern ansehen, Frank», sagte ich.

Wir machten eine Zeit aus und trafen uns an jenem Abend vor Franks Lagerhaus. Als ich die markanten Umrisse des Gebäudes, seine soliden Grundmauern und sein Fachwerk sah, mußte ich mir einfach frohlockend die Hände reiben. Wenn es Frank gelang, dieses Projekt in Gang zu bringen, würde er seine Verluste wieder wettmachen können und sogar noch massenhaft Geld übrig haben. Ich sah alles vor mir: Entkernung des Gebäudeinneren, dann verputzte und weiß getünchte Zwischenwände, Wohn- und Arbeitsräume mit Mahagonitäfelung, Marmorfußböden im Empfangsbereich, Panoramafenster, um die Aussicht auf den Hafen zu maximieren. Jacuzzi-Bäder mit Unterwasserdüsen, einen Wahnsinns-Lift im Industrieformat (ich stellte ihn mir als kleines viktorianisches Vorzimmer mit Empire-Lehnstühlen auf einem Perserteppich vor), Wäscherutschen zum Erdgeschoß und einen zentralen Staubsauber mit Anschlüssen überall. Oje, oje, die Preise könnten in schwindelnde Höhen getrieben werden, und man könnte leicht eine halbe Million damit verdienen.

Ich gratulierte Frank zu seinem glücklichen Fund.

«Danke», meinte Frank. «Aber was habe ich davon, wenn sich niemand im Haus aufhalten kann? Ich werde auch nicht zulassen, daß Sie dort hineingehen, Sir. Ich beabsichtige, den Besitz auf einer Auktion zu versteigern, und habe die Hoffnung, mein Geld zurückzubekommen.»

Um Franks Stimmung zu verbessern, nahm ich ihn in eines der gemütlichen neuen Lokale in der Nähe der Battery Street mit und lockerte, mit Whisky vorneweg und Cognac zum Nachtisch, seinen Widerstand. Im Laufe des Abends gab er mir den Schlüssel zum Haus.

Schuldgefühle erzeugen Mut, aber in meinem Fall nicht genug. Es tat mir leid, bevor ich die Tür hinter mir geschlossen hatte. Der Lichtschalter funktionierte nicht. Die Taschenlampe, die Frank mir gegeben hatte, beleuchtete eine Staubwolke, die mir in den knarrenden Aufzug vorausging. Eine vorübergehend sichtbare Ratte und ihre raschelnden Gefährten ließen mich vor Angst stöhnen, und die Taschenlampe fiel mir aus der Hand und zerbrach.

Die gußeiserne Ziehharmonikatür des Aufzugs quietschte sarkastisch, als ich das oberste Stockwerk erreichte. Zitternd umhertastend gelang es mir, den Etageneingang zu finden, und weitere rostige Angeln ächzten, während ich eine Tür aufstieß und das riesige Loch dahinter betrachtete. Als ich endlich genug Mut aufbrachte hineinzugehen, verfing ich mich in einem Vorhang, der sich um meinen Hals wickelte. Ich riß mich los, und der Vorhang schwang zurück, von einem Luftzug zum Fenster gesogen.

Straßenlaternen halfen mir, das gefaltete Gesicht des Vorhangs zu erkennen, und ich hörte seine Stimme, zusammengesetzt aus dem Knarren der Scharniere, einem Auto, das auf dem Kai vorbeifauchte, und dem Dröhnen eines Hubschraubers hoch über dem Hafen.

«Hihihi», lachte ein alter Mann. «Zu Besuhuch hier?»

Ich konnte mein Herz wild gegen die Rippen schlagen hören.

Der Vorhang umarmte mich wieder, und ich kämpfte schwächlich mit ihm. Das wenige Licht, das sich von der Straße hereinstahl, erschien mir kalt und abweisend. Ich setzte mich auf die Fensterbank. Dem alten Mann war es irgendwie gelungen, eine Gestalt anzunehmen, die frei umherschweben konnte – ich sah in ihm ein heruntergekommenes Wrack, einen Streuner, der sich ins Haus verirrt hatte. Sein knochiger Kiefer, spärlich mit vertrockneter Haut bedeckt, gab hohle Geräusche von sich. Ich bemerkte seine langen, schlanken Eckzähne, grüngerändert vom Alter, aber immer noch stark und scharf. Die Augen funkelten aus tiefen Höhlen unter Brauen, die aus rostigem Draht gebogen zu sein schienen.

Franks Phantom existierte also: ein flüchtiges, aber furchteinflößendes Abbild einer vergangenen menschlichen Gestalt. Der Geist war mit einer von Farbspritzern bedeckten Hose bekleidet, die an abgenutzten rosa Trägern hing. Er kam wieder näher, krümmte seine langen Knochenfinger und stieß die geschwärzten hundeartigen Nägel in die Luft, dann wich er zurück und untersuchte den Hintergrund des weitläufigen Raumes, durchstöberte einen Schrank, in dem Gläser klirrten. Da er offenbar nicht fand, was er suchte, schlurfte er auf seinen altmodischen karierten Pantoffeln davon.

Gut, dieser Dämon stand also zwischen Frank und seiner finanziellen Genesung. Was konnte er mir antun? Ich versuchte mich an meinen guten alten Onkel Jerry zu erinnern – *er* hat mir nichts zuleide getan und auch nicht die Gespenster, die über dem Friedhof in der Nähe von Miami ihre Party feierten. Es gelang mir, meine zittrigen Nerven zu beruhigen, und ich verließ das Fensterbrett, um nach einer schmutzigen Couch zu suchen. Auf dem Weg fand ich eine leere Weinflasche und hob sie auf in der Absicht, sie als Waffe zu benutzen.

Es roch nach Moder. Etwas kroch aus einem Spalt in der Wand mir gegenüber und wurde zu einer überdimensionalen Motte, die Zementkrümel von sich abschüttelte. Sie flatterte dicht an mir vorbei, und ich schwang die Flasche. Ich verfehlte den Widersacher, brachte es jedoch fertig, mir mit der anderen Hand meine Brille von der Nase zu schlagen. Ich tastete auf dem Boden danach, entdeckte sie schließlich und setzte sie gerade wieder auf, als ich mich von den Knopfaugen einer Ratte beobachtet sah. Das fußgroße Biest schritt munter vorwärts, die Ohren gespitzt, den nackten Schwanz hoch aufgerichtet. Die Flügel der Motte berührten meinen Nacken. Der Geist schlurfte herbei, blieb stehen, drehte sich zu mir um und kratzte sich an seiner dünnen Nase, als ob er plötzlich erstaunt wäre.

«He.»

Ich räusperte mich. «Sir?»

«Sie dürfen diese Couch nicht benutzen», kreischte er. «Verpiß dich. *Ich* schlafe hier.»

«Sie sind tot, Mr. Geist», sagte ich – langsam, als ob ich mir die Worte von der Zunge schälen würde.

«Und wenn schon», erwiderte er. «Sie sind trotzdem auf meiner Couch.» Mir fiel auf, daß einige seiner Wörter davonrollten, als ob sie aus einer kläglichen Pfennigspfeife geblasen würden.

Die Ratte und die Motte rannten und flogen in der Gegend umher, geradewegs durch meinen geisterhaften Gastgeber hindurch – die Ratte durchquerte seine dünnen Knöchel, die Motte bohrte sich in seinen Kopf.

Er deutete auf mich. «Ein Tropfen?»

«Was war das?» fragte ich.

«Ein Tropfen. Her mit der Flasche.»

Ich brachte meinen widerstrebenden Körper dazu, sich von der

Couch zu erheben. Vielleicht würde der Geist auf gute Manieren reagieren. Ich verbeugte mich, nannten meinen Namen.

Seine Klaue schoß auf mich zu, packte die Flasche und schlug gegen ihren Boden, dann näherte er seine schnabelartige Nase ihrem Hals und inhalierte geräuschvoll.

Ich fragte ihn nach seinem Namen.

Er stellte die Flasche auf den Boden – vorsichtig, als ob er ihren wertvollen Inhalt schützen wollte. «Geht Sie'n Dreck an. Sie Pisser», krächzte er. «Los, los, verschwinden Sie, ja? Oder –» Er tänzelte näher heran und klatschte in die Hände.

«Ich kann nicht weggehen», sagte ich.

Seine Hände fielen herunter. «Warum nicht?»

«Wegen meinem früheren Partner», sagte ich. «Dem Mann, den sie weggejagt haben. Er hat gutes Geld für dieses Haus bezahlt, und nun lassen Sie niemanden herein. Ich bin hier, um Ihnen klarzumachen, daß *Sie* es sind, der hier verschwinden muß.»

Die rostigen Augenbrauen bewegten sich nach oben. «Ihr Mann hat mein Haus gekauft. Wo ist denn das Geld?»

«Sie sind tot, Sir», sagte ich. «Geld nützt Ihnen nichts mehr.»

Seine Klauen schlossen sich langsam um die abgenutzten rosa Hosenträger. «Mit Geld kann man sich Schnaps kaufen. Her damit, Pisser.» Die tiefliegenden Augen zwinkerten. Der Ausdruck gefiel ihm offensichtlich. Er sagte ihn wieder. «Pisser!» Er lachte.

«Vielleicht ist das Geld an Ihre Erben gegangen», sagte ich.

Die plötzlich losgelassenen Hosenträger schnappten gegen seine Rippen. «Hab keine.»

«Was tun Sie dann noch hier?» fragte ich. «Warum gehen Sie nicht in den Himmel, wo Sie erwartet werden? Der Himmel soll ein ganz angenehmer Ort sein.»

«Hören Sie», quiekte er, «die Bullen kann ich vielleicht nicht mehr rufen, aber es gibt eine Menge Teufel hier. Wollen Sie, daß ich ein paar auf Sie hetze?» Er blickte über seine Schulter. «Der Mann hier will euer Heim. Los, Jungens, schnappt ihn euch.» Sein durchsichtiger Finger bohrte sich durch meine Brust.

Die Ratte tauchte auf und saß halb im Fuß des alten Mannes, die

Umrisse ihres Gesichts waren deutlicher sichtbar als die des Geistes. Die Ratte war wirklich.

«Und ich bin auch wirklich», sagte der Geist. «Mehr sogar noch.»

Telepathie. Warum nicht? Geister, vom Körper befreit, dürften über schärfere Sinne verfügen als wir.

Der Finger des Geistes wackelte hin und her. «Sie haben keine Ahnung, wozu wir hier fähig sind.»

«Sie sind substanzlos», sagte ich. «Sie können mir nichts tun.»

«Sie sind ein Pisser. Sobald Sie schlafen, gehört Ihre Seele mir, und wenn ich erst ein wenig daran geknabbert habe, wird sie kaum in der Lage sein, sich zu rächen.» Er kicherte. «Was halten Sie von *der* Substanz? Erinnern Sie sich daran, wie Ihr Freund aufgegeben hat? Werden Sie nun also verschwinden? Oder wollen Sie, daß ich Ihre substantielle Seele zerreiße, während Rattie hier an Ihren Zehen knabbert? Schmerz ist Schmerz, und Sie werden ihn spüren.» Er fuchelte mit beiden Armen. «Dies ist Ihre letzte Chance. Bei drei fallen wir über Sie her. Und eins, und zwei...»

Die Motte ängstigte mich mehr als der Geist oder die Ratte. Der riesige Falter kam aus dem Bauchnabel des alten Mannes auf mich zugeflattert. Ich versuchte das bösartige Insekt zu fangen, aber es wich mir geschickt aus. Der alte Mann lachte bei meinem hektischen Schreckenstanz.

Ich wurde müde, aber ich konnte mir unter keinen Umständen erlauben einzunicken. Unglücklicherweise neige ich in letzter Zeit dazu, plötzlich einzuschlafen, und ich komme nicht ohne Nickerchen aus. In Taxis, Flugzeugen, Warteräumen schlafe ich hilflos ein.

Der Geist las meine Gedanken und grinste höhnisch. Er deutete auf die Couch. «Na los, legen Sie sich hin, entspannen Sie sich – hä hä.»

Ich mußte mich hinlegen. Er ging auf Zehenspitzen um die Couch herum – ich konnte die Gelenke in seinen Fußknochen knacken hören. Ich versuchte, mich aufzusetzen, um seine Angriffe abzuwehren, aber ich fühlte mich zu schwach. Das alkoholische Abendessen war ein schlimmer Fehler. Schläfrig, betrunken und gegen einen Dämon kämpfen – all das würde mein Los nicht verbessern. Bald hatte der alte Mann seine Hauer in meine Kehle geschlagen. «Leckeres Zeug», murmelte er.

«Vampir», stöhnte ich.

«Nicht doch.» Er zog sich zurück und berührte mit dem Mund kurz seinen Handrücken. «Ich brauche nur die Dämpfe. Richtiges Blut wäre ordinär.» Er gestikulierte zur Tür. «Gut, ich lasse Sie gehen.» Seine Augen blinkten kurz. «Hauen Sie ab.»

Ich stolperte zur Tür. Frank würde mich entschuldigen müssen – jeder Mensch hat seine Grenze. Ich war gefährlich nahe an meine herangekommen.

Ein vorbeifahrendes Taxi hielt an und brachte mich zum Hotel. Das Telefon in meinem Zimmer klingelte. «Gott sei Dank», sagte Frank. «Wie ist es gegangen?»

«Ja, ja», sagte ich. «Frank – wie heißt der alte Kauz?»

«Max Polski.»

«Was weißt du sonst noch?»

«Er war ein verschrobener Geizhals», erwiderte Frank. «Er vermietete das Haus an Ausbeutungsbetriebe, aber er erhöhte ständig die Miete, und schließlich gingen alle. Dann zog er selbst ein und verbrachte die meiste Zeit mit Trinken. Er nahm eine Woche lang die Post nicht aus dem Kasten, und als der Briefträger die Polizei benachrichtigte und diese die Tür aufbrach, hatte der alte Max schon eine ganze Weile tot auf seiner Couch gelegen. Die Stadt versteigerte das Gebäude, um aus dem Erlös unbezahlte Steuern zu begleichen. – Wir haben es hier mit dem Teufel zu tun, Sir.»

«Frank», sagte ich, «leider bin ich nicht jemand, der aufgibt. Du rufst ein Reinigungsunternehmen an, sobald du ins Büro gehst. Ich möchte, daß sie sofort mit einer großen Mannschaft – in der Menge liegt die Sicherheit – in das Haus gehen und es gut ausmisten. Alle Möbel und Vorhänge – alles, was dort so herumfliegt, auf den Müll und weg damit. Sie sollen Spinnweben beseitigen, die Fußböden mit Ungeziefervernichtungsmitteln imprägnieren, Rattengift versprühen, Gas in die Ritzen blasen.»

«Haben Sie eine Ahnung, was das kostet, Sir?» fragte Frank traurig.

«Kein Problem – ich bezahle», sagte ich munter.

Frank hielt stand. «Bitte, Mr. Thompson, Sie verschwenden Ihr Geld. Gegen diese Art des Bösen hilft nichts. Selbst der Priester...»

«Der Priester hat uns den Weg bereitet», sagte ich. «Max muß jetzt schwächer sein, nachdem der gute Mann ihn mit Zaubersprüchen und Weihrauch bearbeitet hat. Ich habe ihn wahrscheinlich auch ein bißchen mürbe gemacht. Seine Moral dürfte jetzt einen Tiefpunkt erreicht haben. Besorg die Reinigungsmannschaft, Frank. Heute. Riskier's.» Ich spürte Frank nachgeben. Das Haus bedeutete ihm ebensoviel wie mir. Er mußte inzwischen begriffen haben, daß ich etwas wiedergutmachen wollte. Mein Gehirn mag zwar abgenutzt sein, aber ich kann immer noch rechnen. Der Profit, den Frank mit Polskis Haus machen konnte, würde in etwa dem entsprechen, was ich ihm bei unserer Trennung zu Unrecht abgenommen hatte. Wenn ich Max herausbekommen konnte, würde sich die Bürde meiner Schuld verringern.

Am nächsten Abend fand ich mich wieder in dem Haus ein. Der Geruch der Reinigungsmittel warf mich beinahe um. Polskis wehende Erscheinung wartete im obersten Stockwerk auf mich. Sein Rattenfreund war da, schien jedoch ziemlich schlaff zu sein, und die Motte pflegte einen eingerissenen Flügel.

«Sie haben mir das alles angetan?» fragte Polski ruhig.

«Max», sagte ich, «tun Sie mir einen Gefallen, und denken Sie zur Abwechslung einmal an andere. Sie sind tot. Gehen Sie dahin, wo es den Toten gutgeht, und lassen Sie die Lebenden in Ruhe, damit wir hier unten ein wenig Frieden haben.»

Polski verhakte seine dünnen Arme und ließ das Kinn fallen. «Niemand stößt mich in die Hölle, Mister. Mir geht es gut hier, dies ist mein Revier.»

Ich seufzte. «In Ordnung. Was machen wir jetzt – wollen wir wieder miteinander kämpfen? Kommen Sie nur, Max.» Ich zeigte ihm eine zitternde Faust. «Auf ein neues.»

Er ging hinter seinen knochigen scharfen Fäusten auf mich los, aber alle Aufwärtshaken gingen geradewegs durch mich hindurch. «Warten Sie nur!» kreischte er. «In einer Minute sind Sie eingeschlafen, und dann werde ich Sie wieder gehörig in Stücke reißen. Mein Verstand gegen Ihren. Sie sind herzkrank, stimmt's? Das werden Sie morgen früh nicht mehr sein, Sie Pisser! Wissen Sie, warum?» Er lachte dünn. «Weil Ihr Herz dann nicht mehr schlagen wird.»

Ich grinste, während ich durch ihn hindurchging, aber ich wußte, daß er nicht prahlte. Ich mußte mich bestimmt bald hinlegen, und damit hätte Max freies Spiel.

Dieses Mal bearbeitete er mich mit Visionen. Sich zersetzende Leichen tropften von Decke und Wänden, der Fußboden verrottete, und ich fiel in wandernde Höhlen, wo ich beinahe in meinem eigenen Kot erstickte. All meine vergangenen Fehler wurden mir vorgespielt auf Bühnen, die in den lebenden Fels gehauen waren, mit hervorragenden Schauspielern, korrekt inszeniert, und führten mir die schäbige Kleinlichkeit meiner erbärmlichen Existenz vor Augen. Unfähig, mich loszureißen, beobachtete ich auch, was mein abscheuliches Verhalten im Leben anderer Leute bewirkte. Es schien, als ob nichts, was ich je getan habe, etwas anderes als Schwierigkeiten verursacht hätte.

Zum Glück gelang es mir, hin und wieder aufzuwachen, so daß ich mich ein bißchen erholen und in dem gründlich geschrubbten Gebäude umherwandern konnte. Doch dann überfiel mich wieder die Müdigkeit, und ich trottete dahin, wo Polski mich erwartete, um seine hummergroße Motte auf mich zu hetzen.

«Bitte», sagte ich unterwürfig zu seinen Füßen, «geben Sie's auf, Max. Sie können nicht gewinnen. Ich werde diese Nacht durchstehen, und ich werde morgen früh noch da sein. Ich werde das Haus dem Erdboden gleichmachen – und Sie werden keine Bleibe mehr haben.»

Er beschimpfte mich mit poetischen, aber üblen Ausdrücken.

«Schreien Sie ruhig weiter», sagte ich. «Sie verschwenden nur Ihre Zeit und Ihre Kraft – wenn Sie erst einmal erledigt sind, werden Sie hingehen, wohin Sie gehören.»

«Niemals.» Seine Stimme schwang sich noch höher.

Die Sonne malte endlich raffinierte abstrakte Kunst auf die Rückwand des Obergeschosses. Polski verblaßte, und ich ging zum Hotel zurück. Ich beauftragte Frank, ein paar Männer mit Vorschlaghämmern und Preßluftbohrern ins Lagerhaus zu schicken, damit sie ein wenig Radau machten, aber keinen wirklichen Schaden anrichteten. Es geht doch nichts über das Showgeschäft, um die Dummen zu beeindrucken.

In jener Nacht war Max bereit zu reden.

«Keine Kompromisse», versicherte ich ihm. «Sie müssen einfach gehen.»

«Wohin?»

«An den Ort, zu dem Ihr Handeln hier Sie bestimmt hat.» (Du liebe Zeit, wenn man mich so hört – Mama hatte recht, ich hätte Priester werden können.)

Polski setzte wenig Vertrauen auf Belohnungen im Jenseits. Er beschrieb mir seine irdischen Taten. Ich mußte zugeben, daß sie sich zu einem vergeudeten Leben summierten, mit einem schlechten Start und einem schlechten Ende und viel Elend dazwischen.

«Allein, immer allein», piepste Max. «Nie ein Freund.»

Ich seufzte. «Hier ist es dasselbe.»

«Und ich werde nicht gehen.» Polskis Eckzähne mahlten grauenvoll. «Nur zu, bauen Sie das Haus um – in dem Augenblick, in dem Sie die Wohnungen auf dem Markt anbieten, finden Sie mich hier wieder.»

Ich war dabei einzunicken und konnte ihn deutlich sehen: eine menschliche Vogelscheuche, verloren zwischen Himmel und Erde. Ich ging, aber er blieb in meinen Gedanken.

In der folgenden Nacht gab er auf. Wir saßen nebeneinander auf dem Fußboden. Max war sogar ein wenig gesellig, er wollte wissen, wo ich lebte, womit ich mich beschäftigte, ob es mir Spaß machte. Höflich beantwortete ich alle seine Fragen: «Auf einer weniger bekannten, mangrovenbewachsenen Koralleninsel mit Brückenverbindung vor der Küste Floridas.» – «Ich bin pensioniert, gondle nur so herum. Gewiß, ich trinke – jeden Abend unter dem Banyanbaum, wenn es nicht zu heiß ist und die Moskitos verschwinden.» – «Ja, Max, es ist sehr schön da unten.»

«Das ist in den Tropen?»

«Absolut», sagte ich.

Max kauerte sich zusammen, die Arme eng um die Knie geschlungen, und fröstelte. Dann lächelte er. «Thompson, Sir?»

«Mr. Polski?»

Er zuckte die Achseln. «In Ordnung. Sie haben gewonnen. Sagen Sie dem jungen Frank, das Haus gehört ihm, ich ziehe aus.» In seinen Augen waren Tränen, wahrscheinlich verursacht durch die Dämpfe der Reinigungsprodukte. Oder vielleicht waren es Tränen des Zorns über den Verlust seiner geräumigen Wohnung und der geschmackvoll angeordneten Möbel. Vielleicht erbosten ihn die vergasten Küchenschaben, die unter meinen Füßen knirschten. Oder sollten wir vielleicht annehmen, daß am Ende irgendein himmlisches Licht den Weg in seine Schatten gefunden hatte und Max plötzlich erkannte, daß andere auch Bedürfnisse haben?

«Ist das Ihr Ernst, Max?»

«Ja», sagte Polski ruhig.

Wir verließen gemeinsam das Haus und winkten zum Abschied der hustenden Ratte und der verletzten Motte zu. Als wir auf die Straße traten, wurde Polskis Gesicht von den hellen Scheinwerfern eines vorbeifahrenden Autos ausgelöscht. Ich wartete einige Minuten darauf, daß er wieder erschiene, aber er zeigte sich nicht.

Bis zum nächsten Abend, als die Lichter im Flugzeug nach Miami für einen Moment ausgingen – und da saß er neben mir, die zerlumpte Erscheinung vom Mondlicht durchdrungen, auf dem Sitz, auf dem ich meinen neuen Hut abgelegt hatte. Ich schlug mit dem Hut nach der geisterhaften Erscheinung. Polski grinste und verschwand, aber in meinem Auto auf der Verbindungsstraße über die Keys war er wieder da und studierte aufmerksam den Golf von Mexiko auf der einen, den Atlantischen Ozean auf der anderen Seite.

Azurblaues gegenüber kobaltblauem Wasser, es mangelt uns nicht an eindrucksvollen Farben hier.

«Dies ist nicht der Himmel, Max», sagte ich.

Seine Eckzähne zeigten sich in ihrem breitesten Lächeln. «Gut genug für mich, Mr. Thompson.»

«Bitte verschwinden Sie», bat ich.

Max schüttelte seinen grauen Kopf. «Wenn ich das tue, gehe ich schnurstracks in das Bostoner Haus zurück.»

Unmöglich. Ich hatte dem jungen Frank versichert, daß ich alle Hindernisse aus dem Weg geräumt hätte. In mißmutigem Schweigen fuhr ich weiter. Max bewunderte eine Gruppe von Truthahngeiern, die auf einem Inselchen irgendein Aas umkreisten, das aus dem Mangrovengewirr zu unserer Rechten herausgetrieben zu sein schien. Die Vögel landeten einer nach dem anderen mit dunklen ausgebreiteten Schwingen, Klauen und Schnäbel bereit zum Beißen und Reißen. Max seufzte glücklich. «Ich hätte nichts gegen einen Tropfen einzuwenden. Haben Sie irgend etwas an Bord?»

Ich fand eine Miniatur-Bourbonflasche, ein Souvenir aus dem Flugzeug, nippte an ihrem Inhalt und ließ ihn dann schnuppern. «Aaaah», sagte er.

Zu Hause angekommen, stellte ich eine Kochplatte auf die Terrasse, wo ich in einem kleinen Kessel mehr Whisky erhitzte. Bourbondämpfe erweisen sich als Maxens beliebteste Fahrkarte zu höherer Einsicht. Jeden Abend sehe ich ihn auf der Terrasse knien und tief inhalieren. Danach tanzt und singt er manchmal, oder er rezitiert Gedichte mit einem irischen Akzent.

Er ist nicht so lästig, wie ich befürchtet hatte. Wenn er sich langweilt, spaziert er gelegentlich durch meine Wohnung, aber im allgemeinen weiß er sich gut zu beschäftigen und bleibt mir aus dem Weg.

Einige illegale Siedler ertranken im vergangenen Jahr auf der anderen Seite unserer Bucht, als sie mit ihrem Boot verunglückten, und Max lädt ihre geisterhaften Überreste gern ein, seine Dämpfe mit ihm zu teilen. Bei Vollmond flattert er rhythmisch um die Bananenbäume herum, und ich kann undeutlich den Klang von Voodoo-Trommeln hören, vielleicht Erinnerungen an entflohene haitianische Sklaven, die hier vor einem Jahrhundert Schiffbruch erlitten. In letzter Zeit geht er mir immer mehr aus dem Weg, außer wenn ich mich verspäte, seinen Whisky zu erhitzen, dann verdichtet er seine Gestalt und lungert herum, exotische Flüche füsternd, die er von seinen neuen Bekannten aufgeschnappt hat.

Der Papagei hat aufgehört, mich zu beleidigen, denn er ist ebenfalls hellseherisch veranlagt und sich der jüngsten Veränderungen wahrscheinlich bewußt. Er kann auch unseren nichtzahlenden Mieter wahrnehmen, schüttelt seine Flügel und kreischt enthusiastisch, wenn Maxens halbdurchsichtige Gestalt an seinem Käfig vorbeischwebt.

Frank rief neulich an, um mich über die Fortschritte zu informieren. Die Wohnanlage ist noch keineswegs fertiggestellt, aber er hat eine der fünf Wohnungen verkauft und eine Anzahlung kassiert, die selbst in diesem frühen Stadium all seine finanziellen Sorgen beseitigt.

Während ich diese Aufzeichnungen in die Maschine tippe, versucht ein überdimensionaler Nachtfalter meine Drahtgittertür zu überwinden, eine Ratte raschelt in einem nahe gelegenen Raum an der Wand entlang, und mein lebendiges Gespenst schwebt über der Terrasse und summt ein Jagdlied der Seminolen-Indianer. Der Papagei krächzt schläfrig. Es ist spät. Bald werde ich von meinem Schreibtisch aufstehen, meinen schmerzenden Rücken strecken, genüßlich gähnen und all meinen Freunden eine aufrichtige gute Nacht wünschen.

Deutsch von Klaus Schomburg

PAPUA-NEUGUINEA

1985

«Auf der anderen Seite des Zauns ist das Gras immer grüner.»

Anderswo ist immer anderswo als da, wo man gerade ist. Australien war mir als das am weitesten entfernt liegende Ziel erschienen, aber sobald ich mich in Brisbane niedergelassen hatte, gab es da noch, nur eine Flugstunde weiter, Neuguinea. Papua-Neuguinea, das Land magischer Kannibalen, tropischer Strände und Regenwälder, in denen der Riesenvogel Kasuare herumstolziert, das Land der Schneeberge, Penisskulpturen und kraushaarigen Tänzerinnen. Solange ich in Brisbane war, konnte ich nirgends hinfahren. Ich mußte arbeiten. Aber der Wunsch blieb bestehen, und zwanzig Jahre später bot sich mir die Gelegenheit.

Als ich an den unbewohnten Küsten der PNGs entlangfuhr, zwischen Tausenden Inseln hindurch, zu denen auch so große wie New Ireland und Bougainville gehören, kehrte die Zeit zu einer Gegenwart zurück, die ich mir nur ansatzweise hätte vorstellen können.

Sogar was ich über Kannibalismus hörte, erschien mir aufregend. Der Kapitän des Schiffs erzählte mir von einem berühmten deutschen Missionar, der, als er alt und schwach wurde, bei den Stammeshäuptlingen der Region anfragte, ob sie ihn nicht bitte töten und aufessen könnten, weil sein Geist und seine Seele sich mit Geist und Seele seiner Freunde – den ihrigen also – vereinigen sollte. Die Häuptlinge lehnten höflich ab. Neuguinea befand sich zu jener Zeit noch unter weißer Herrschaft, und auch wenn sie ihren weißen Bruder liebten und nichts lieber getan hätten, als seine zeitliche Hülle feierlich in sich aufzunehmen, hatten sie keine Lust, sich aufhängen zu lassen.

Der Missionar startete den alten Dieselmotor an seinem Boot und kreuzte zum nächst liegenden Archipel hinüber. Nach mehreren geduldigen Versuchen gelang es ihm schließlich, sich von einem der entfernteren Stämme gefangennehmen zu lassen und zum Bestandteil eines religiösen Mahles zu werden. «Die weiße Polizei hat die armen Schweine erschossen und aufgehängt», sagte mein Kapitän. «Wo doch der alte Mann einfach nur weiter an der Gegenwart teilnehmen wollte.»

Die folgende Geschichte ist vielleicht gar nicht so weit hergeholt...

Lady Hillary

Guten Tag, Ma'm, ich begrüße Sie und Ihre amerikanische Reisegruppe hier bei uns auf den Tariandischen Insel von Niugini.

Gefällt Ihrer Gruppe meine kleine Pazifikinsel? Freut mich. Ich bin der Häuptling hier, ein sehr unbedeutender Häuptling. Mein Urgroßvater Waku war ein berühmter Häuptling, der nach vielen sorgfältig geplanten und hervorragend geführten Kriegszügen hier in Pangea Bay an der Ostküste von Niugini zum Herrscher aller Tariandischen Inseln gewählt worden ist. Niugini ist unser Name für Papua-Neuguinea. PNG – so nennen wir es auch – ist, wenn man das unermeßliche Grönland nicht mitzählt, die größte Insel unserer Erde. Trotzdem kennen unser Land nur wenige, höchstens wirklich erfahrene Reisende, wie Sie selbst, Ma'm, und Ihre Gruppe.

Ich war nie in Amerika, aber ich bin nach Europa gefahren. Nachdem wir unabhängig geworden sind, waren wir 1978 der Meinung, wir sollten bei unseren ehemaligen Herrschern, den Engländern, Deutschen, Holländern und Portugiesen, einen Antrittsbesuch machen. Ich gehörte zum Gefolge unseres Premierministers, wir trugen dreiteilige Anzüge und einen Federkopfschmuck. Und wo wir auch hinkamen, hielt man uns für Repräsentanten eines der neugegründeten afrikanischen Staaten. Ständig haben wir gesagt: «Papua-Neuguinea, nördlich von Australien», und dann hat vielleicht irgendein Abteilungsekretär «Ah, aha...» gesagt und uns zum Mittagessen eingeladen. Hamburger mit Pommes oder so. In Bonn hat man uns Sushis vorgesetzt, und das war wirklich sehr nett, weil wir gern frischen Fisch essen.

Aber im Zweiten Weltkrieg waren wir wichtig, und sogar amerikanische Krieger haben zugegeben, daß mein Großvater Witu aus dem Tariandischen Krokodil-Clan von Niugini ein großer Häuptling der Papuainseln war. Als der Krieg vorbei war, kam

«Mudmen Warriors: Fuck you and OK.» (Papua-Neuguinea: 1988)

Lieutenant James Cosby von der US-Marine und überreichte meinem Großvater eine Verdienstmedaille. Wir bewahren sie in unserem Langen Haus in einem eigenen Regal auf.

Ursprünglich hing sie an diesem wunderschönen Band, das ich hier an meinem Gürtel zwischen den Papageienfedern trage. Einen kleinen Moment bitte, ich muß nur erst die Schnalle öffnen. Bitte sehr, Ma'm, geben Sie es ruhig zum Ansehen an Ihre Mitreisenden weiter. Häuptling Witu hat sich diese Ehre damit verdient, daß er Sie als Alliierte über die Seebewegungen der Japaner auf dem laufenden hielt. Einmal hat mein Großvater einen japanischen Zerstörer überlistet. Er hat nämlich japanische Lichtsignale beobachtet und nachgemacht, und da ist der Zerstörer auf ein Riff gelaufen. Außerdem war Häuptling Witu bekannt für seine listenreichen Ratschläge.

Die Weisheit meines Großvaters rettete Ihrem Marine Corps

einmal sogar das Gesicht. Soll ich Ihnen erzählen, wie es dazu gekommen ist, oder will Ihre Gruppe nun lieber zum Sporttauchen gehen?

Ihr Zeitplan gestattet es Ihnen, ein Stündchen für Volkstümliches zu erübrigen? Schön. Wir können uns dort drüben in den Schatten des Banyanbaumes setzen. Sehen Sie die Stelle, wo die Luftwurzeln eine kleine Kanzel bilden? Dort ist mein Thron, von dem aus ich auf meine Leute hinabblicken und ihre zeremoniellen Tänze anleiten kann. Aber im Moment brauchen wir keine Zeremonien. Vielleicht ein andermal. Möglicherweise möchten ja einige Ihrer Teilnehmer etwas über unsere religiösen Tänze erfahren? Aber jetzt erzähle ich – wo waren wir stehengeblieben? Diese Sache, wo es darum ging, Ihrem Marine Corps das Gesicht zu wahren, war etwas verzwickt, personell und politisch. Lieutenant James Cosby – bei uns hieß er «Jim Bwana» – war nämlich angeklagt, meine schöne Schwester Leia vergewaltigt und ihr hinterher die Kehle durchgeschnitten zu haben. Unser Mordverdächtiger Jim Bwana war aber ein großartiger Mann, und zwar nicht nur als Marinesoldat, sondern auch als Absolvent Ihrer – ach, ich kann es nie richtig aussprechen – Ihrer Havvard-Schule. War das richtig so? Havvard – Ja? Diese amerikanische Schule für gescheite Leute? Gut. Trotz seiner ganzen Qualifikationen hätte Jim Bwana, den wir alle so gern hatten und bewunderten, hier fast seinen Namen und seinen guten Ruf verloren, wenn nicht Häuptling Witu, der Vater meines Vaters, ihn gerettet hätte.

Ist Krieg nicht etwas Komisches?

Ich war damals nur ein kleiner Junge, aber ich werde nie im Leben diesen ruhmreichen Tag vergessen, als Ihre Kriegsvögel sich mit ihren japanischen Genossen an unserem Himmel duellierten, als unsere Riesenkrokodile sich in die Lagunen hineingleiten ließen, um nach den Leichen von Fallschirmspringern zu suchen, als getrocknete Hühnereier und andere exotische Speisen aus kleinen grünen Dosen serviert wurden und wir die Goldborten von den japanischen Offiziersröcken abtrennten und sie zusammen mit kleinen polierten Stücken, die wir aus gebrauchten Munitionsschalen geschnitten hatten, in unseren Frisuren verarbeiteten. Später wurde der Spaß noch größer, denn als Japaner hier landeten, kam es in unserem acht Fuß hohen Gras immer wieder zu kurzen Kämpfen – dabei haben wir unsere eigenen Waffen eingesetzt. Tut mir leid, ich werde versuchen, mich kurz zu fassen. Ich vergesse immer, daß Sie noch mehr Punkte auf Ihrem Programm haben – Sporttauchen, nicht wahr? Hoffentlich ziehen Sie sich dabei nicht nackt aus. Wie man hier hört, gilt Nacktsein in Amerika als Unverschämtheit, und wir können hier keine ausländischen Unverschämtheiten dulden. Sie werden nicht unverschämt sein? Sehr schön, das freut mich. Wie gesagt, ab und zu denke ich daran zurück, wie es war, als wir noch Speere geschleudert oder sie wie Knüppel geschwungen haben.

Jetzt spielen wir Golf. Haben Sie unseren Golfplatz gesehen? Japanische Industriemagnaten fliegen ihre Geschäftsflugzeuge aufs Festland nach Port Moresby und kommen dann mit ihren Tragflügelbooten über die Pangea Bay herüber. Wenn sie hier an Land gehen, verlange ich von ihnen hohe Eintrittsgelder und Gebühren. Wären Sie gern Mitglied bei uns? Im Gedenken an Jim Bwana könnte sich eine Ermäßigung rechtfertigen lassen. Hier, Sir, meine Karte. Damen haben auf dem Golfplatz keinen Zutritt. Falls Sie und Ihre Freunde vorhaben, noch einmal herüberzukommen, schicken Sie bitte ein Fax an meine Büronummer, damit ich Ihnen die Reservierungen bestätigen kann. In den Wintermonaten ist hier nämlich recht viel los.

Wir Männer des Krokodil-Clans sind immer auf dem Kriegspfad. Ich freue mich, hier unter den Teilnehmern auch weißhaarige Männer zu sehen, weil die sich an den großen Krieg in den vierziger Jahren erinnern. Ab und zu bringt der Ausflugsdampfer von Port Moresby uns Ihre Anthropologiestudenten, die ihre Laptops vollschreiben müssen. Die Touristikagentur bezahlt mich dafür, daß ich ihre Fragen beantworte. Ich erzähle Ihnen dann immer unsere Kriegsgeschichten. Von denen haben sie vorher noch nie etwas gehört. Manchmal starren mich diese hellhäutigen jun-

«Todes-Meditationen.» (Surry, Maine/USA: 1976)

gen Leute wirklich so an, als wenn sie von nichts keine Ahnung hätten.

Oh dear...

Daß ich mir einen Keilerstoßzahn durch die Nase gesteckt habe, entschuldigt nicht den Gebrauch der doppelten Verneinung. Wenn Sister Cissy mich hören könnte, würde sie mir mit diesem bösen hölzernen Lineal auf die Finger klopfen. Sister Cissy war eine australische Klosterschwester, die hier unterrichtet hat. Natürlich vor der Unabhängigkeit. Jetzt ist die junge Papua-Schwester, die Sie an der Anlegestelle abgeholt hat, für die Mission verantwortlich.

Wie bitte?

Ja, Ma'm, auf dieser Insel haben wir damals den römisch-katholischen Glauben behalten, als man erklärte, unser Volk sei jetzt alt genug, selbst zu entscheiden. In der Religion hat es keine Veränderungen gegeben, aber im Aussehen. Wir sind hier in den Tropen. Sie haben sicher selbst bemerkt, wie heiß es hier ist. Deshalb zeigen sich unsere Schwestern schon immer mit nacktem Oberkörper, denn soweit es uns betrifft, halten wir das keineswegs für unverschämt. Ich bin sicher, daß Sister Cissy uns diese Änderung vergeben würde, aber genauso sicher bin ich, daß ihre Seele über die doppelte Verneinung erzürnt ist. Ich muß mich bei ihrer Seele entschuldigen. Sehen Sie, Sister, jetzt, da wir uns moderne Filme ansehen, schnappen wir auch leicht eine schlechte Sprache auf, aber was mich angeht, bin ich sehr bemüht, Ihr britisches Queen-Englisch zu sprechen. Zurück zu Ihnen, Ma'm. Gibt es eigentlich in Amerika auch eine Queen? Manchmal bringe ich das nämlich durcheinander. Ich war ja nur in Europa, verstehen Sie. Sie haben jetzt doch eine, oder nicht? Lady Hillary? Nein? Ich dachte, ich hätte es irgendwo gelesen. Im *Time Magazine*? Nicht? Sie war auf dem Titelbild. Eine hübsche Frau.

Für mich ist Amerika immer so etwas wie ein Traum. Wie Kino.

Habe ich richtig gehört, Ma'm? Haben Sie gesagt, die Gewalt im Fernsehen hat einen unglückseligen Einfluß auf uns Eingeborene?

Kann sein, aber hier in Niugini haben wir noch kein Fernsehen. Der Premierminister meint, wir brauchen nicht noch mehr Werbung. Er sieht fern, wenn er in Australien im Hotelzimmer ist, und er sagt, sie zeigen nur immer tote Babys und Fast food. Aber Kinofilme sehen wir hier. Drüben im Langen Haus, in diesem sehr großen Gebäude mit dem schrägen Dach, habe ich einen Videorecorder und einen großen Monitor, den uns eine japanische Gruppe mitgebracht hat. Er läuft über den alten Caterpillar-Generator, den Sister Cissy hiergelassen hat. Mein Vetter, der Kapitän auf dem Ausflugsdampfer ist, bringt uns immer Videobänder herüber, die er in Port Moresby kopiert hat. Prügel-Filme sind wirklich lustig, Ma'm. Die Sprache mag zwar schlecht sein, aber die Handlung ist einfach hervorragend. Ganz besonders gern mögen wir Häuptling Schwarzenegger, der Lady Hillary aus dem Kennedy-Stamm geheiratet hat.

Ach, verstehe. Entschuldigen Sie meine Dummheit, Ma'm. Wir bekommen hier nicht sehr viele Zeitungen. Clint hat Lady Hillary geheiratet? Clint Eastwood? Wieder falsch? Clint Ton? Ach so, Clinton. Aber er ist bloß ein Präsident, sagen Sie? Ich bin froh, daß Sie mir das erklärt haben. Ich will versuchen, es mir zu merken.

Soll ich Ihrer Gruppe nun erzählen, wie das damals war, als Ihr Marine Corps fast sein Gesicht verloren hätte? Und was da mit dem großartigen Jim Bwana und mit meiner armen Schwester Leia passiert ist?

Jim Bwana und seine Männer waren während der Schlacht im Korallenmeer als US-Navy-Motorpatrouillenboot eingesetzt. Wie Sie vielleicht noch wissen, wurde zwischen dem Guadalkanal und diesen Inseln hier eine Flotte japanischer Schiffe, die nach Australien wollte, besiegt. Den Anblick, der sich uns dabei bot, kann man wohl nie mehr vergessen. Das erste große Ereignis waren die in Formation hier vorbeiziehenden japanischen Kriegsschiffe. Ich hatte noch nie etwas dergleichen gesehen: diese großen hellgrauen Wasserfahrzeuge mit ihren schwenkbaren Gewehren, den hellen Fahnen für die Verständigung und den vom Hinterdeck aus hochgeschossenen Seefliegern, die alles auskundschafteten. Sobald Kriegsschiffe vorbeizogen, japanische oder amerikanische, rannte ich am Strand englang, die anderen Jungen hinter mir her, und wir schrieen und winkten und hatten überhaupt keine Vorstellung, was wir da sahen, aber wir waren so glücklich, daß es uns fast verrückt machte. Wie die Stumme hier, aber die ist immer so.

Dann tauchten Ihre Leute plötzlich in Mustangs am Himmel auf und warfen Bomben auf uns ab. Sie dachten, die Japaner hätten unser Dorf besetzt, aber was sie sahen, waren nur unsere Frauen, die die Felder bestellten (damals haben sie das noch gemacht, inzwischen bestehen sie darauf, daß wir Männer uns auch daran beteiligen) und kleine Mädchen, die auf den Aussichtstür-

«Das kollektive Unterbewußtsein.»
(Trobriand Islands, Papua-Neuguinea: 1988)

men aus Bambusholz saßen und die Vögel, die das Saatgut fressen wollten, verscheuchten. Die Mustang-Piloten müssen ziemlich nervös gewesen sein, denn sie haben andauernd im Tiefflug gefeuert und Bomben abgeworfen. Unsere Männer waren zu diesem Zeitpunkt gerade mit einer wichtigen Zeremonie beschäftigt, weil ich und ein paar andere Knaben auf das Erwachsensein vorbereitet wurden. Ich trug meinen cremefarbenen, mit Papageienfedern geschmückten Rock und eine hellrote Geistermaske aus Ton und stampfte gerade über den Dorfplatz, als auf einmal die Teufel der Lüfte herabtauchten und das Dorf zu brennen anfing. War das etwa keine angsteinflößende Initiation? Erst dachte ich, ich hätte etwas falsch gemacht. Glücklicherweise haben Ihre Leute unsere beiden Gemeindetempel nicht getroffen. Das Lange Haus und das Haus der Knaben gelten nämlich beide als geheiligte Bauten. In ihrem Inneren sind Schätze, mit deren Hilfe wir unsere Seelen erheben. Meinen Vater und meinen Bruder aber haben sie getroffen. Mein Bruder Masset war sofort tot, doch mein Vater ließ sich Zeit und hatte noch viele hilfreiche Halluzinationen, bevor er auf dem Schildkrötenpanzer davontrieb.

Ja, Ma'm, es wurden auch einige Frauen und Mädchen getroffen.

Dann schickten die Japaner ein Boot herüber, um nachzusehen, warum die Amerikaner uns bombardiert hatten.

Nein, Ma'm, Sister Cissy hatte uns bereits verlassen. Sie ist schon vor dem Krieg gestorben, und die anderen australischen Nonnen sind in ihr Kloster nach Brisbane geflohen. Sie hatten uns Stricken beigebracht und Jesus und wie man seine Hände wäscht und sich vor dem Essen erleichtert und daß man seinen Lehrmeistern mit Respekt begegnen muß. Ich habe vergessen, wie man strickt, aber Jesus liebe ich immer noch. Die Japaner hatten Buddha. Er wohnt in einem kleinen Mahagonikasten mit Flügeltüren, die man aufmachen kann, und man verbrennt Weihrauch und klatscht in die Hände und singt. Ich mag Buddha auch. Wir bewahren ihn im Langen Haus auf, in dem Kasten, den wir von dem japanischen Captain erbeutet haben. Unsere heiligen Schwestern haben einen kleinen Jesus in ihrer Kirche, aber wir haben im Langen Haus unseren eigenen großen Jesus. Vor langer Zeit hat mein Bruder Masset ihn geschnitzt, aus eigens ausgesuchten Treibholzstücken, die er ineinander verzahnt hat. Eine große Statue, die immer noch in Gebrauch ist, auch wenn das Eichhörnchen im Magen von Jesus wohnt. Es hat lange Barthaare und nimmt manchmal an den Feierlichkeiten teil, indem es herumrennt und quiekt. Elvis Presley haben wir auch. Auf einem Bild, das die Stumme gemalt hat. Erst hat uns ein Seekapitän ein Poster von ihm geschenkt, aber dann ist das Papier kaputtgegangen. Die Stumme liebt ihn. Ja bitte, Ma'm? Wie Sister Cissy gestorben ist? Völlig unnötig, glaube ich. Es gibt einen Hügel hinter dem Dorf, auf den können wir steigen, wenn wir uns gereinigt haben. Nur um dort zu sitzen und vor uns hin zu schauen, um Ruhe zu haben und so. Sister Cissy wollte auf dem Hang Tomaten züchten. Wir haben sie gewarnt, aber sie war so energisch und hat angefangen, Samen zu ziehen und den Boden aufzureißen. Da hat ihr eine von den Teufelsechsen, die auf dem Hügel wohnen, in den Hintern gebissen. Diese Teufelsechsen sind sehr schnell und sehr groß, zehn Fuß lang, mit Schwanz natürlich. Sie fressen gern unsere Ziegen, aber sie fressen auch uns, wenn wir nicht aufpassen und uns nicht vor ihnen schützen. Sister Cissy ist sehr fest gebissen worden. Hinterher hat sie mit ihrer Harke auf die Echse eingeschlagen, bis sie weggelaufen ist und sich im Gebüsch versteckt hat. Das ganze ist über fünfzig Jahre her, damals kannte man noch kein Penicillin.

Ich singe Ihnen die Geschichte vor, und die Stumme spielt mit Sister Cissys Knochen die Begleitung dazu. Sind alle bereit?

Los!

> Teufelsechse läßt sich vertreiben, weil sie denken kann. Wartet im Gebüsch, bis Sister Cissy schwach genug ist. Mein Großvater, Häuptling Wiku, kann auch denken. Teufelsechse konzentriert sich auf Sister Cissy, und Großvater konzentriert sich auf Teufelsechse und fängt sie. Wir braten Teufelsechse und feiern ein Totenfest für die Sister. Teufelsechse nehmen wir durch den Mund in uns auf, Sister Cissy durch das Ohr. Musik von ihren Knochen. Musik von ihren Knochen.

Sie brauchen keine Angst zu haben vor unserer heiligen Stummen. Sie trägt alles Verrückte der Insel in sich, aber wir halten sie unter Kontrolle. Wir haben immer eine Person, die verrückt ist. Verrücktsein ist so nützlich. Nein, es ist nicht immer eine Frau. Eigentlich glaube ich, daß dieses Mal etwas falsch gelaufen ist, aber irgendwie ist in dieser Generation die Stummheit in eine Frau gewandert. Vielleicht ist der Treibhauseffekt daran schuld? Oder hat es wieder eine Unachtsamkeit im Umgang mit Atomenergie gegeben? Es ist irgendwie berunruhigend. Sehr beunruhigend. Genug, Stumme, es reicht jetzt. Du kannst dich wieder hinsetzen.

Ja, du hast hübsche Beine. Schlag sie übereinander, das ist besser. Danke schön. Und jetzt, ganz ruhig, entspanne dich.

Wo bin ich stehengeblieben? Bei Sister Cissys Hintern? Wir haben Heilkräuter daraufgelegt, aber die Infektion durch den Biß der Teufelsechse konnten wir nicht mehr aufhalten. Hohes Fieber setzte ein, das zum Tode führte. Dann haben wir ihren Körper für einige Zeit eingegraben, an einer Stelle, die in Sicht- und Hörweite des Langen Hauses war. Und wir haben viel getrommelt und gesungen und dergleichen, um Sister Cissys Knochen darauf vorzubereiten, daß die Stumme mit ihnen spielen wird.

Ja, Sir. Es wird abends recht kühl hier. Könnte der Wind vom Meer sein. Man fröstelt, nicht wahr? Geht mir genauso. Andere Fragen?

Wie die Japaner waren?

Etwas fischig, Ma'm, haben mich an die Möwe erinnert, die ich einmal gegessen habe, als mein Kanu im Sturm auf ein Riff gelaufen war und ich warten mußte, bis mein Vater mich fand und zurückkbrachte. Der Mensch ist, was er ißt. Deshalb werden Möwen zu Fischen mit Flügeln und Japaner zu Fischen mit zwei Beinen. Australische Soldaten – wir haben auch ziemlich viele australische Soldaten gesehen mit solchen Hüten, die auf einer Seite hochgerollt sind – Australier sind wie Hammel und Amerikaner wie Rinder.

Haha.

Nichts für ungut, Ma'm, war nur Spaß. Verzeihen Sie mir. Wir auf den Tariandischen Inseln sind keine Kannibalen. Wir haben natürlich bestimmte Bräuche – welcher Stamm hat das nicht –, aber wenn Sie wirklich Menschenfleisch essen wollen, muß ich Sie zum Festland schicken. Ausländisches Recht hat ja, als man uns vor mehr als hundert Jahren kolonisiert hat, verboten, wie Sie wissen, Menschenfleisch zu essen. Im Westen draußen waren die Holländer, im Norden oben die Deutschen, hier unten im Süden und im Osten waren die Engländer und Australier, und noch früher waren da herumziehende Portugiesen. Die Sitten und Bräuche Ihrer weißen Stämme unterscheiden sich zwar etwas voneinander, aber in dem Punkt, daß wir uns nicht gegenseitig fangen und aufessen sollten, waren sie alle sich einig. «Kopfjagen», wie Sie das, was wir früher gemacht haben, nannten, nahm zuviel Zeit in Anspruch. Sie wollten lieber, daß wir Kokosnüsse sammelten und zu Margarine verarbeiteten, oder daß wir Paradiesvögel töteten, damit Ihre Freundinnen sich die Federn an den Hut stecken konnten. Immer nur Arbeit und kein Spaß mehr für uns; immer nur Spaß und keine Arbeit mehr für Sie. Aber die Kriegszüge eines Stammes sind für uns etwas, was uns Spaß macht, und jetzt, da wir wieder selbständig sind, setzt auf dem Festland auch wieder eine Gegenbewegung ein.

Alte Sitten sozusagen, damit wir etwas zu tun haben. Wie es bei uns Inselbewohnern damit steht? Nun, da alles sich immer so schnell verändert, weiß ich es nicht so recht. Mit Sicherheit kann ich nichts sagen, aber möglicherweise wird unter den jungen Männern durchaus noch der eine oder andere Brauch aufrechterhalten. Sie sind sehr selbständig, müssen Sie wissen. Die Knaben wachsen bei uns mit gewissen Freiräumen auf. Erwachsene leben ziemlich langweilig, finden Sie nicht auch? Vielleicht werden die Knaben von heute einmal so sein, wie ich jetzt bin, daß sie gern ein wenig Golf spielen, nachmittags zum Angeln gehen, ein Schläfchen machen, sich im Langen Haus Häuptling Arnold ansehen. Häuptling Schwarzenegger, meine ich, genau Ma'm, als Video auf dem großen Monitor von den Japanern.

Gibt es Bräuche, die die jungen Leute bei Ihnen praktizieren?

Unsere Jungen zwischen vierzehn und siebzehn – kein einfaches Alter, wie Sie sich vielleicht erinnern – leben dort drüben im Haus der Knaben. Ja, da wo die Schädel auf der Veranda hängen. Sie sind aus Plastik. Ich habe sie in London gekauft. Sie kamen hier in flachen Kartons an, alle kaputt, so daß wir sie erst wieder zusammenkleben mußten. Ich habe eine Woche lang klebrige Finger gehabt. Finden Sie nicht auch, daß sie ziemlich echt aussehen?

Also, einmal in der Woche haben die Knaben Unterricht, aber davon abgesehen achten wir nicht darauf, was unsere Sprößlinge sonst tun. Zum Unterricht kommen sie zu uns ins Lange Haus.

Dort lernen sie Rituale und bekommen Geschichten erzählt, vom Häuptling, das bin ich. Unser Zauberer, Mr. Waya, ist für die Rituale verantwortlich. Wir schlagen Trommeln aus Holz und schütteln Tamburine aus Eidechsenhaut (die Glöckchen daran sind Köpfe von kleinen Ratten), und die Stumme klappert mit den Schenkelknochen von Sister Cissy. Das Lange Haus ist dunkel innen, aber die Schatten tanzen. Die hohläugigen Bilder unserer Vorfahren schauen von den Dachsparren herunter. Und auch wenn draußen kein Wind geht, herrscht im Inneren des Hauses immer ein Luftzug, der die Grasröcke der Vorfahren und die Korallenkette meiner toten Schwester Leia rascheln läßt. Die Kräuter- und Pflanzenschüler von Mr. Waya verbrennen Zweige und Wurzeln und Blätter. Die hölzerne blaßweiße Jesusstatue hebt ihren Arm in die Höhe, und Buddha lächelt still in seinem Kasten vor sich hin. Die ausländischen Häuptlinge lächeln auch, vor allem Häuptling Elvis, wenn er sein «You're Nothing but a Hound Dog» singt. Kennen Sie das? Das Marinekampfmesser von Big Bart quietscht in seinem Futteral. Sergeant Big Barts Knochen haben wir nicht hier, aber die Stumme hat eine Maske angefertigt, die ihm sehr ähnlich sieht. Jetzt wo ich davon spreche, fällt mir auf, daß ich diese Maske in der letzten Zeit gar nicht mehr gesehen habe. Ich hoffe nur, sie hat sie nicht aus ihrer Nische herausgenommen. Aber, wie auch immer –

Unsere großen Knaben summen also vor sich hin, und die kleineren singen mit ihren klaren hellen Stimmen «Heart break Motel». Außerdem haben wir auch noch unsere eigenen Gesänge. Und nach einer Stunde Singen und Verbrennen ist die Luft voll von diesem beißenden Geruch, der zeigt, daß es jetzt soweit ist, daß alles zu hüpfen beginnt.

Ha!

Verzeihen Sie, ich werde jetzt etwas zu begeistert.

Nein, Ma'm, Mädchen dürfen weder ins Lange Haus noch ins Haus der Knaben.

Nach dem Unterricht im Langen Haus gehen die Knaben wieder zurück in ihr Haus.

Was sie dort machen? Ich glaube, sie spielen Karten. Und außerdem kann ich mir vorstellen, daß sie Benson & Hedges rauchen, das ist eine Zigarettenmarke, für die hier auf Reklametafeln Werbung gemacht wird. Auf den Bildern sieht man hübsche Krieger in ihrer Zeremonienkleidung, denen schöne junge Mädchen – wie meine verstorbene Schwester Leia – zusehen. Alle rauchen. Oder die Knaben trinken auch Budweiser. Der Dampfer bringt einmal in der Woche Bier und nimmt dafür geschnitzte Holzfiguren mit. Auf dieser Insel bearbeiten wir Palmenholz. Unsere Spezialität. Dort steht ein Beispiel unserer Kunst. Können Sie sehen?

Auf der einen Seite ein großer Penis, auf der anderen ein Gewehrkolben. Die Kolbenseite des Objekts ist geschwungen. Vor hundert Jahren trugen die portugiesischen Räuber solche Handfeuerwaffen. Diesen portugiesischen «Blackbirders» ist es hier nicht besonders gut ergangen. Einige sind von uns gefangengenommen worden, aber die meisten sind von allein gestorben, weil wir sie verzaubert haben. Jedenfalls wird es so erzählt.

Ja, das stimmt, Ma'm. Ich habe selbst auch im Haus der Knaben gelebt damals – natürlich – ja, zum Beispiel – aber ich habe keine Ahnung, ob diese Art von Zeitvertreib heute noch sehr beliebt wäre. Als ich ein Knabe war, gab es auf den Tariandischen Inseln einen Brauch, der hieß «Jage die Frau», aber, wie gesagt, das ist lange her.

«Jage die Frau» bedeutete, daß Kundschafter auf die Nachbarinseln geschickt wurden, die SIE – das weibliche Prinzip einer jeden Insel – suchen sollten. Hier auf dieser Insel war meine Schwester Leia Anwärterin auf das weibliche Prinzip. Wir wußten das, aber der Brauch gebietet, daß wir selbst eine SIE von einer anderen Insel für uns finden und daß wir Leia beschützen mußten, weil Knaben von anderen Inseln sich ganz sicher von ihr angezogen fühlen würden. Als ich also ein Knabe war und im Haus der Knaben lebte – Was das für ein neues Gebäude ist auf der anderen Seite des Ortes? Es ist Ihnen also aufgefallen? Irgend so eine neumodische Sache, mit der wir nicht so richtig klarkommen. Wir werden es wahrscheinlich bald einreißen müssen, aber bitte, Ma'm, unterbrechen Sie jetzt nicht mehr. Ich will Ihnen ja diese Geschichte erzählen.

Sobald also unsere Kundschafter aus dem Knabenhaus in Erfahrung gebracht haben, welches Mädchen auf den anderen Inseln SIE verkörpert, beobachten wir sorgfältig, welche Angewohnheiten sie hat und welche Zeiteinteilung und so weiter, und wann und wo sie vielleicht allein ist. Und dann – wollen Sie diese Geschichte wirklich hören, Ma'm? Ganz bestimmt? Ist sie nicht vielleicht zu roh für Ihre Gruppe? Es sind ja fast nur Frauen – okay, dann erzähle ich weiter.

Falls irgendwelche Knaben krank sind, bleiben sie auf der Insel im Haus der Knaben zurück und zünden Feuer an und bewachen sie und verbrennen Zweige und machen diesen beißenden Rauch, von dem ich vorher gesprochen habe. Wir anderen nähern uns unauffällig in Kriegskanus, die die Form eines zweiköpfigen Krokodils haben, an. Sie haben diese Kanus im Hafen liegen gesehen? Ausstellungsstücke für Touristen jetzt, aber früher waren sie alle in Gebrauch. Die Paddel sind scharf wie Rasierklingen, so daß sie auch als Waffe benutzt werden können. Wir Knaben sind selbst zu Waffen geworden dabei, mit unseren nackten, eingeölten und durch die verschiedenen Kriegsspiele, die wir ständig gespielt hatten, gestählten Körpern. Wir warteten nur auf eine mondlose, windstille Nacht. Und sobald wir auf der richtigen Insel waren (es sind insgesamt sechs Inseln), versteckten wir uns im Urwald, der um das Dorf herum wuchs, und warteten auf den Tagesanbruch und darauf, daß SIE sich zeigte. Dann fingen wir sie ein, banden sie an einen Pfahl fest, rannten damit zu den Kanus zurück, warteten, bis es dunkel wurde und paddelten nach Hause.

Und dann?

Hmmm. Ich weiß nicht, ob Ihre Anthropologen diesen Teil unserer Bräuche jemals richtig verstanden haben. Menschenfleisch ißt man nicht, um sich davon zu ernähren. Dafür halten wir Schweine. Der Brauch, SIE ausfindig zu machen, zielt auf die Vereinigung der Seelen ab, für den Magen ist da gar kein Platz.

Wenn Knaben SIE miteinander teilen und essen, dann deshalb, um ihre Männlichkeit ins Gleichgewicht zu bringen.

O doch, damals, in jenen lange vergangenen Zeiten, haben wir SIE gegessen. Aber es gab noch andere religiöse Bräuche, die vorher ausgeführt wurden.

Wie bitte? Sagten Sie «Vergewaltigung»?

Wie wir das nur tun konnten? Das arme Mädchen? Arm? Vielleicht. Vielleicht auch nicht. Denken Sie nur daran, welche Ehre es war und wie die Auserwählte sicher sein konnte, daß sie das Höchste und Erbaulichste der einen Hälfte des Lebens war. Daß sie das war, wonach alle Männer suchten. Immer und ewig.

Und denken Sie auch daran, welche Nachwirkungen dieser Brauch hatte. Für uns, die Knaben, die daran beteiligt waren, war es ein gefährliches Abenteuer. Wir mußten sterben, wenn wir gefangen wurden. Immer gab es Rache, wenn die Knaben der anderen Insel bemerkten, daß ihre Göttliche nicht mehr da war, und sie Kundschafter aussandten, um da einen Ausgleich herbeizuführen. Natürlich kamen sie auch auf die Insel, um SIE wiederzufinden. Um uns sozusagen kleinzuhalten.

Widerlich, sagen Sie?

Erinnern Sie sich an Lieutenant James Cosby, «Jim Bwana»? Was warf man ihm vor? Wie war es möglich, daß Leia vergewaltigt und dann noch umgebracht wurde?

Schuldig?

Vielleicht möchten Sie zuerst etwas Kokossaft trinken? Wir haben auch Heineken. Und für die Damen Perrier?

Sie sind nicht durstig?

Gut.

Leia und ich hatten verschiedene Mütter. Leias Mutter war eine SIE, die niemals gefangen worden war. Wir wußten, daß auch Leia eine SIE war, und haben uns bemüht, sie zu bewachen.

Sie haben, als Sie heute früh vom Dampfer die Rampe heraufgegangen sind, unsere Mädchen gesehen? In Zweierreihen aufgestellt und einander so nah gegenüber, daß unsere Besucher sich gerade so durchwinden können? Sie hatten nur Miniröcke aus

Gras an und waren mit Eichhörnchensekret parfümiert? Und sie haben «We love Jesus, we love Jesus» gesungen und sich gegenseitig angestoßen dabei, und die Stumme hat mit den Knochen den Takt geschlagen? Und die Mädchen haben mit ihren Brüsten die Herren in Ihrer Gruppe berührt und gestreichelt? Ja, das waren unsere neuen Klosterschwestern. Aber Leia war noch viel, viel attraktiver.

Die amerikanischen Marinesoldaten haben sie gern angesehen, aber sie hatte nur Augen für Jim Bwana. Der Lieutenant und seine Männer waren eigentlich gekommen, um Funkgeräte zu installieren und uns als Artilleriebeobachter und Luftaufklärer zu unterweisen, aber als auch die Japaner Patrouillen absetzten, blieben die Marines da. Sie töteten mit ihren Messern, um keine Aufmerksamkeit zu erregen. Später, als die Japaner wieder abgezogen waren und die Marines kaum etwas zu tun hatten, ließ Jim Bwana eine lange Landungsbrücke ins Meer bauen. Am äußeren Ende errichteten die Marines ihm eine kleine strohgedeckte Hütte. Jim Bwana saß da oft stundenlang ganz ruhig und still. Ich glaube, er dachte an Leia. Vielleicht wußte er, daß sie SIE war. Und Leia zeigte sich ihm immer wieder, immer, wenn er von seiner Landungsbrücke zurückkam, fand sie etwas im Garten zu tun, sie lächelte ihn an und pflückte Blumen oder Früchte.

Aber sogar gute Männer sind manchmal schlecht. Ist Ihnen das auch schon aufgefallen? In Lieutenant Jims Gruppe gab es so einen guten schlechten Mann. Ein Sergeant, Big Bart, der ganz verrückt wurde von Leias Lächeln und ihren Bewegungen. Und alles war für Jim Bwana, und der schien nichts davon zu merken. Und wir Knaben, weil wir keinen Raubzug von einer Nachbarinsel, bei dem «SIE» gesucht und gefunden werden sollte, erwarteten – der große Krieg war noch nicht vorbei –, achteten nicht darauf, was geschah. Wir haben Leia nicht beschützt. Eines Nachts brach Big Bart in die Hütte meiner Schwester ein und vergewaltigte sie. In derselben Nacht nahm Jim Bwana, ermutigt durch Leias verführerische Einladungen, endlich seinen Mut zusammen und klopfte an ihre Tür. Drinnen wollte Leia gerade um Hilfe rufen. Und da hat Big Bart, als er die Stimme des Lieutenants hörte, ihr die Kehle durchgeschnitten und ist durch das Fenster entflohen. Den Lieutenant beunruhigte Leias Todesröcheln, und er kam herein, sah sie, versuchte noch, ihr zu helfen, und lehnte sie gegen seine Brust. Er war voll Blut. Big Barts Messer lag noch da. Der Lieutenant trug keine Waffen bei sich. Als er merkte, daß Leia tot war, ergriff ihn die Panik. Er rannte davon und hinterließ natürlich Fußabdrücke.

Morgens fanden wir Leias Leiche, und wir sahen das Blut und das Messer und die Fußabdrücke, die eine Spur bis zum Lieutenant in seiner strohgedeckten Hütte am Ende der Landungsbrücke zeichneten, wo er saß und auf uns wartete. Wir mochten Jim Bwana sehr, und wir verstanden, was er getan hatte, aber der Brauch verlangte, den Eindringling zu töten.

Er tat uns wirklich leid, aber nun waren unsere Brüder, die großen Lagunenkrokodile, hungrig, und wir mußten sie füttern.

Der Lieutenant erzählte meinem Großvater, Häuptling Witu, daß er unschuldig war, aber alles sprach gegen ihn (obwohl wir nicht verstanden, warum er nicht versucht hatte, Leia aufzuessen). Auch die Marinesoldaten glaubten nicht daran, daß ihr Lieutenant unschuldig war. Häuptling Witu schwieg. Er nickte nur, ließ Jim Bwana in einen Bambuskäfig hinter dem Langen Haus sperren und befahl mir, Wache zu stehen. Am Abend hörte ich, wie er ihn fragte, ob seine Havvard-Ausbildung (ich wünschte, ich könnte es richtig aussprechen) ihm irgendeine Lösung eingab. Jim Bwana sagte nein. Er hatte keine Ahnung, wer der Mörder wirklich war. Als er Leias Hütte betreten hatte, war da nur Blut gewesen und ihr lebloser Körper.

Sergeant Big Bart war unterwegs, um die Funkausrüstung auf einem Hügel an der anderen Inselseite zu überprüfen. Währenddessen kam die Nachricht vom Festland, daß der große Krieg bald zu Ende wäre, und wir wußten, daß unsere Freunde, die Marinesoldaten, jetzt darauf warteten, daß ein Kriegsschiff kommen würde, um sie abzuholen.

Da waren also ungefähr zwanzig siegreiche weiße Marines und ungefähr fünftausend freundliche schwarze, bewaffnete und kriegserfahrene Krausköpfe – so nannte man uns damals. Das war ein Kosename. Wir waren Ihnen von Nutzen gewesen. Die Inseln und das Festland zusammengenommen, waren wir ein paar Millionen Menschen. Es war nicht anständig, uns die Hilfe, die wir Ihnen während des Krieges geleistet hatten, mit dem zu vergelten, was ein Marinelieutenant meiner Schwester Leia, der Tochter des Häuptlings, angetan hatte. Wie gesagt, der Fall war sehr verzwickt.

Die damalige Stumme klapperte mit den Hüftknochen von Sister Cissy, und Mr. Waya befragte im Langen Haus einen zersplitterten Schildkrötenpanzer, während mein Vater den beißenden Geruch machte, und setzte dann ein Datum für die Verkündung des Verdikts fest. Man konnte vorhersehen, wie die Entscheidung meines Großvaters ausfallen würde. Die Fakten waren eindeutig: der leblose Körper meiner Schwester auf der Strohmatte. Das Marine-Kampfmesser auf dem Boden. Männersamen in ihrer Muschel. Lieutenant Jims blutige Spur vom Haus zum Landungssteg und bis hinein in die Hütte, wo wir ihn selbst fanden, weinend.

Was konnte man tun?

Mein Vater sagte, da der Schildkrötenpanzer bestimmte, daß er heute spät in der Nacht seine endgültige Entscheidung zu treffen habe, wäre es nett, wenn man vorher noch einen Wettkampf im Messerwerfen abhalten würde. Sämtliche Marines und eine ganze Anzahl unserer Krieger nahmen daran teil. Zielscheibe war eine weibliche Figur aus Eidechsenhaut, die zwischen Bambuspflöcken aufgehängt wurde. Gerade als der erste Wettkämpfer sein Messer werfen wollte, begann es heftig zu regnen, wie immer um diese Zeit des Tages während der Regenzeit. Mein Vater befahl, alle Messer in einen Schuppen zu legen und abzuwarten, bis der Regenguß vorbei war. Während Mr. Waya die Trommel schlug und die Stumme tanzte, vertauschte ich eines der Messer gegen dasjenige, mit dem Leia getötet worden war, welches wir in der Nacht ihrer Ermordung gefunden hatten.

Der Regen hörte auf und alle gingen in den Schuppen, um ihre

Messer wieder zu holen. Einer der Marines sagte, seine Waffe fehlte. Ich zeigte auf den flachen Dolch, der noch auf dem Tisch lag.

«Nicht meiner.»

«Wessen?» fragte mein Großvater.

Die Amerikaner sahen sich das Messer an. Auch wenn Marinemesser genormt sind und anfangs scheinbar ganz gleich aussehen, bleiben sie nicht so. Nach einiger Zeit kann jeder Soldat das seine und die von Freunden unterscheiden, weil sie bsetimmte Einkerbungen haben und Beulen und Rostflecken und irgendwelche Schäden am Griff, oder einfach daran, wie sie sich anfühlen.

Einige Marines erklärten, daß das Mordmesser Sergeant Big Bart gehörte. Da sie bereit waren, diese Behauptung zu beschwören, wurde Jim Bwana sofort auf freien Fuß gesetzt. Verzeihung, Ma'm, was meinen Sie?

Ach so, es interessiert Sie, was mit dem Sergeant passiert ist, mit Big Bart? Er war ja nicht da. Da er sich schuldig fühlte, streifte er auf der Insel herum und führte alle möglichen Arbeiten aus, er nahm versprengte japanische Soldaten gefangen, suchte nach abgeschossenen Piloten und so weiter.

Zuerst haben wir ein Fest gefeiert. Preisgekrönte Schweine wurden geschlachtet und große Fische auf Spießen über glühenden Kohlen gebraten, es gab alle Arten von Gemüse und geröstete Insekten, und die jungen Mädchen stellten sich in Reihen auf und tanzten. Wir Jungen schüttelten die Regenstäbe. Leias Abbild aus Eidechsenhaut bewegte sich im Wind hin und her. Wir tranken erbeuteten Sake. Mitten im Fest kam Big Bart zurück, aber er merkte, daß etwas nicht stimmte, und machte sich wieder davon. Wir waren nicht in der Verfassung, ihn zu fangen.

Nein, Ma'm, eine Echse stellte ihn. Wir Jungen fanden Big Bart auf demselben Hang, auf dem auch Sister Cissy gewesen war. Das Wundfieber hatte ihn schon fast umgebracht. Er starb, als wir ihn hinuntertrugen. Die Marines ließen ihn hier zurück, und wir schickten seine Metallmarke, die er um den Hals gehabt hatte, mit dem Dampfer zum Festland.

Den Körper?

Den Körper haben die Krokodile gefressen, Ma'm. Wir gehören ja, wie gesagt, zum Krokodil-Clan.

Sie müssen jetzt gehen?

Vielen Dank, Ma'm, wir freuen uns zwar über Geschenke, aber auf dieser Insel verhalten wir uns ab und zu auch umgekehrt. Heute nehmen wir keine Geschenke an. Hier ist eine Kassette für jeden von Ihnen. Die Musik hat Mr. Waya komponiert. Ich spiele Ihnen ein Stück hier auf dieser Donnerbox vor.

Hat es Ihnen gefallen?

Haben Sie die Hüftknochen gehört?

Verzeihung, Ma'm?

Was das für ein Weinen war zwischen der Percussion von der Stummen? Nein, das ist nicht von Big Bart. Das ist nur das Geräusch, das die großen Fledermäuse mit den flachen Gesichtern machen, wenn sie zwischen den Palmkronen herumfliegen und Kokosnüsse suchen. Ich wollte sie verscheuchen, als wir die Aufnahme machten, aber die Stumme war nicht glücklich darüber. Ja, die großen Fledermäuse klingen ziemlich schuldbewußt. Wie die Stimmen von kleinen Geistern, meinen Sie? Ob es uns nicht leid tut, daß wir all diese kleinen Mädchen gefangen haben? Nun, wir haben nur alle drei Jahre oder so ein Mädchen gefangen. Sie müssen wissen, daß das ein Brauch ist, der eine sehr tiefe Bedeutung hat. Eine religiöse Bedeutung, könnte man sagen. So... ich wünsche Ihnen, daß Sie sicher nach Hause kommen. Und bitte, grüßen Sie doch Lady Hillary von mir, und sagen Sie ihr, sie soll auf sich aufpassen.

Ja – sie machen wirklich großen Lärm, unsere Mädchen. Im Haus der Mädchen findet wieder einmal eine Feier statt. Ob sie sich auf irgend etwas vorbereiten? Ja, scheint ganz so. Warum sie andauernd «abau, abau» singen? Ich weiß es wirklich nicht. «Abau» ist unser Wort für das männliche Prinzip. Was diese Kriegskanus in der Bucht neben ihrem Gebäude sollen? Unsere Nonnen haben die Mädchen ermuntert, paddeln zu lernen.

Die Zeiten ändern sich?

Wer dieser hübsche Knabe ist? Das ist mein Sohn Kokoda, ein ganz außergewöhnlicher Junge. Absolut perfekt. Höchstens vielleicht ein wenig zu ängstlich.

Was beunruhigt dich, Kokoda? Der Gedanke, daß die Mädchen auf den anderen Inseln in ihren neumodischen Häusern auch «abau» singen?

Daß sie kommen werden, um dich zu fangen?

Deutsch von Elfi Hartenstein

Photo by Bart Kops

«Kriminalschriftsteller sind Psychoanalytiker der menschlichen Schattenseite.»

Janwillem van de Wetering, 1931 in Rotterdam geboren, reiste fünfzehn Jahre durch die Welt. – In der Reihe rororo thriller liegen vor: Outsider in Amsterdam (Nr. 2414), Eine Tote gibt Auskunft (Nr. 2442), Der Tote am Deich (Nr. 2451), Tod eines Straßenhändlers (Nr. 2464), Ticket nach Tokio (Nr. 2483), Der blonde Affe (Nr. 2495), Massaker in Maine (Nr. 2503), Ketchup, Karate und die Folgen (Nr. 2601), Der Schmetterlingsjäger (Nr. 2646), Der Commissaris fährt zur Kur (Nr. 2653), Die Katze von Brigadier de Gier (Nr. 2693), Rattenfang (Nr. 2744), Inspektor Saitos kleine Erleuchtung (Nr. 2766), Der Feind aus alten Tagen (Nr. 2797), So etwas passiert doch nicht! (Nr. 2915), Kuh fängt Hase (Nr. 3017), und De Gier im Zwielicht (Nr. 3082). Außerdem hat Janwillem van de Wetering 1991 das rororo-thriller-Magazin 6 Schwarze Beute sowie die Anthologien mit japanischen Stories Drachen und tote Gesichter (Nr. 3036), Totenkopf und Kimono (Nr. 3062) herausgegeben und Blut in der Morgenröte (Nr. 3075).

Janwillem van de Wetering

«Seine Helden sind eigensinnig wie Maigret, verrückt wie die Marx-Brothers und grenzenlos melancholisch: Der holländische Krimiautor **Janwillem van de Wetering**, der mitten in den einsamen Wäldern des US-Bundesstaats Maine lebt, schreibt mörderische Romane als philosophische Traktate.»
Die Zeit

Der blonde Affe
(thriller 2495)

Der Commissaris fährt zur Kur
(thriller 2653)

Eine Tote gibt Auskunft
(thriller 2442)

Der Feind aus alten Tagen
(thriller 2797)

Inspektor Saitos kleine Erleuchtung
(thriller 2766)

Die Katze von Brigadier de Gier
Kriminalstories
(thriller 2693)

Ketchup, Karate und die Folgen
(thriller 2601)
«... ein hochkarätiger Cocktail aus Spannung und Witz, aus einfühlsamen Charakterstudien und dreisten Persiflagen.»
Norddeutscher Rundfunk

Massaker in Maine
(thriller 2503)

Kuh fängt Hase *Stories*
(thriller 3017)

Outsider in Amsterdam
(thriller 2744)

rororo thriller

Rattenfang
(thriller 2744)

Der Schmetterlingsjäger
(thriller 2646)

So etwas passiert doch nicht!
Stories
(thriller 2915)

Ticket nach Tokio
(thriller 2483)
«Dieses Taschenbuch macht süchtig: nach weiteren Krimis von Janwillem van de Wetering und nach Japan.»
Südwestfunk

Tod eines Straßenhändlers
(thriller 2464)

Der Tote am Deich
(thriller 2451)

Drachen und tote Gesichter
Japanische Kriminalstories 1
(thriller 3036)

Totenkopf und Kimono
Japanische Kriminalstories 2
(thriller 3062)

3021/3

Serientäter

Larry Beinhart
Priester waschen weißer
(thriller 3043)
Tony Cassella schlüpft in die Rolle eines irischen Priesters um den Tod von Wendy Tavetian und einem Japaner aufzuklären.
Zahltag für Cassella
(thriller 2932)
Bei Privat Eye Tony Cassella steht eine Steuerprüfung an. Genau in dem Augenblick, als er genügend Beweismaterial gegen den Justizminister persönlich zusammen hat...

K. C. Constantine
Ein unbeschriebenes Blatt
Ein Fall für Mario Balzic
(thriller 2776)
«Constantine ist ein wunderbarer Autor. Lang lebe Polizeichef Balzic!»
New York Times
Blues für Mario Balzic
(thriller 3002)
Schwere Zeiten für Mario Balzic: ein Mord geschieht, seine Mutter wurde mit einem Schlaganfall ins Krankenhaus eingeliefert und seine Frau hat wenig Verständnis für sein Pflichtbewußtsein.

William Krasner
Opfer einer Razzia
(thriller 3001)
Organisiertes Verbrechen + illegales Glücksspiel = Unmoral & Prostitution - Charley Hagen, Partner von Detective Captain Sam Brige, zieht wieder einmal voreilige Schlüsse.
Die letzte Tat des Mr. Goodman
(thriller 2937)

Jean-Bernard Pouy
Sprengsatz aus der Vergangenheit
(thriller 3021)
Der Schlüssel zur Affäre
(thriller 2977)

3024/4b

rororo thriller

Schwarze Beute
Stories von berühmten Autoren und neuen Talenten finden sich in den thriller-Magazinen und immer wieder – Shock, Thrill and Fun.
thriller–Magazin 5
Herausgegeben von Norbert Klugmann und Peter Mathews
(thriller 2969)
thriller–Magazin 6
Herausgegeben von Janwillem van de Wetering
(thriller 3000)
thriller-Magazin 8
Herausgegeben von Maj Sjöwall
(thriller 3093)

Die Reihe *rororo thriller* wird herausgegeben von Bernd Jost. Ein Gesamtverzeichnis aller lieferbaren Titel finden Sie in der *Rowohlt Revue*. Jedes Vierteljahr neu. Kostenlos in Ihrer Buchhandlung.